बेड़ियाँ तोड़ती स्त्री

बेड़ियाँ तोड़ती स्त्री

अरविन्द जैन

राजकमल प्रकाशन

ISBN : 978-93-89598-85-8

मूल्य : ₹495

पहला संस्करण : 2021
दूसरा संस्करण : 2022

प्रकाशक : राजकमल प्रकाशन प्रा. लि.
1-बी, नेताजी सुभाष मार्ग, दरियागंज
नई दिल्ली-110 002

शाखाएँ : अशोक राजपथ, साइंस कॉलेज के सामने, पटना-800 006
पहली मंजिल, दरबारी बिल्डिंग, महात्मा गांधी मार्ग, प्रयागराज-211 001
वेबसाइट : www.rajkamalprakashan.com
ई-मेल : info@rajkamalprakashan.com

मुद्रक : बी.के. ऑफसेट
नवीन शाहदरा, दिल्ली-110 032

BEDIYAN TODATI STREE
by Arvind Jain

सृष्टि की श्रेष्ठतम
संकल्पना, संरचना
और
सम्भावना के लिए

क्रम

भूमिका

स्त्री पढ़ रही है भविष्य/लहूलुहान सिन्दूरी सपने/हत्यारी भाषा-परिभाषा/जाति-धर्म और क़ानूनों की। 'घरे-बाहिरे' आदेश-उपदेश-अध्यादेश/चाल-चलन-चरित्र और भेष/नैतिकता और मर्यादा के नए-पुराने पाठ/और इनके पीछे छिपी साठ-गाँठ।

यह सच है कि मैं, तुम या हम नहीं जानते, कुछ भी तो नहीं जानते 'रसोई और बिस्तर के गणित से परे, एक स्त्री के बारे में' फिर उसके सपनों और संकल्पों या विद्रोह और बग़ावत के बारे में, कुछ भी कैसे जान सकते हैं! उनके तथाकथित प्रतिनिधियों की कविता-कहानी-उपन्यास या लेख पढ़कर, हत्या-आत्महत्या, दहेज हत्या, (यौन) हिंसा के ख़िलाफ़ धरना-प्रदर्शन या जुलूस में क्रान्तिकारी भाषण सुनकर, क्या हम दमन के विरुद्ध भीतर ही भीतर पनपते विरोध-विद्रोह या 'सुनामी' सी मौन क्रान्ति की आहट का अनुमान लगा सकते हैं? इन्साफ़ की तलाश में निकली स्त्रियों की 'आत्मकथा' तो अभी लिखी ही नहीं गई है ज़नाब! तो पढ़ोगे कहाँ से! अभी तो 'सपने डाउन लोड हो रहे हैं'।

फ़िलहाल आगे अँधेरा है और पीछे लाशें। ऐसे हिंसक अँधेरे समय में, भविष्य की स्त्री (2050) के बारे में सोचना-समझना और कल्पना करना बेहद दुसाध्य काम है। सालों से सुनता आया हूँ 'त्रिया चरित्र और पुरुष के भाग्य के बारे में तो देवता भी नहीं जानते'। आज लगता है कि यह पूरा ग़लत पाठ था/है। दरअसल मर्दों के चरित्र और स्त्री के भविष्य के बारे में, न्याय के देवी-देवता सब जानबूझकर भी अनजान बनने का नाटक-नौटंकी कर(ते) रहे हैं। बार-बार वही अधूरा श्लोक 'यत्र नार्यस्तु पूज्यंते, रमन्ते तत्र देवताः...'।

अभी तो एक तरफ़ छोटे-बड़े पर्दे और रंगीन चिकने काग़ज़ या पोस्टर की हर औरत का नाम है 'कल्पना'। फोटो, पेंटिंग, मूर्तियाँ, फ़िल्म, कैलेंडर, फूलदान,

ऐशट्रे और बिकनी में नहाती सुन्दर स्त्रियों की (अर्ध)नग्न छवियों के कामुक विज्ञापन हैं। मांसल-मादक छवियाँ हैं। स्त्री देह की कामुक छवियाँ (छातियाँ)! गौर से देखने के बाद भी यह बताना मुश्किल है कि इन कल्पनाओं-कामनाओं-छवियों में, हमारी अपनी माँ-पत्नी या बहन-बेटी कौन या किस जैसी है। दूसरी तरफ़ औरतों को नंगा कर घुमाने और सनसनी फैलानेवाली हिंसक ख़बरें हैं। (यौन)हिंसा के बाद, हत्या की शिकार हुई बच्चियों की लाशें हैं। ऐसे समय में भविष्य की स्त्री (2050), क्या-कैसी होगी कहना कठिन है, मगर असम्भव तो नहीं!

स्त्रियों का कहना है उन्हें बचपन से क़ानून बताया-पढ़ाया जा रहा है कि विवाह संस्था के अन्दर पैदा हुए बच्चे *जायज़* और विवाह संस्था के बाहर पैदा हुए बच्चे *नाजायज़* हैं। वैध सन्तान का प्राकृतिक संरक्षक पिता और अवैध सन्तान की संरक्षक माँ। यानी वैध सन्तान पुरुष की और अवैध स्त्री की। उत्तराधिकार के लिए वैध सन्तान और वैध सन्तान के लिए वैध विवाह (पवित्र संस्कार) होना अनिवार्य। अवैध बच्चे पिता की सम्पत्ति के *क़ानूनी वारिस* नहीं हो सकते। हाँ, माँ की सम्पत्ति (अगर हो तो) में बराबर के हकदार होंगे। मतलब यह कि जो वैध और क़ानूनी है, वो पुरुष का। और जो अवैध या ग़ैर-क़ानूनी है, वो स्त्री का। वैध सन्तान की सुनिश्चितता के लिए ही तो *यौन-शुचिता,* सतीत्व, नैतिकता और मर्यादा गढ़ी गई थी/है। और इसीलिए स्त्री देह पर पूर्ण स्वामित्व तथा नियंत्रण बनाए रखना, पुरुष का परम धर्म है ना! पुरुषों की यौन कामनाओं के लिए क़ानून के तमाम 'चोर दरवाज़े' और उनके अवैध बच्चों के अधिकारों की रक्षा के लिए, न्याय मन्दिरों के दरवाज़े हमेशा खुले रहे हैं। वाह! क्या बँटवारा किया था/है, स्त्री-पुरुष के बीच क़ानूनी अधिकारों का।

आधी-आबादी मानती है कि भ्रूणहत्या से लेकर सती तक बुने-बनाए गए 'क़ानूनी जाल-जंजाल', स्त्री हितों की रक्षा-सुरक्षा कम आतंकित अधिक करते (रहे) हैं। बहुएँ दहेज की बलिवेदी पर और बेटियाँ तेजाब हमलों या गैंगरेप के दुष्चक्र में मारी जाती रही हैं। औरतें अपने ही घरों में असुरक्षित रही हैं। 'अपना घर' बेटियों के यौन शोषण-उत्पीड़न का अड्डा बन गया था। 'आशा किरण' में अँधेरे पसरे रहे और अधिकांश अपराधी (अग्रिम) ज़मानत पर, छुट्टे घूमते रहे। सर्वोच्च न्यायालय से सज़ा के बावजूद 'निर्भया' के हत्यारों को सात साल तक फाँसी नहीं हो पाई। यौन हिंसा के 'आँकड़े' निरन्तर बढ़ते रहे हैं। न्याय या क़ानून-व्यवस्था से आम औरतों (आदमियों) का भरोसा उठता जा रहा है। सम्भव है एक दिन, काग़ज़ी क़ानून की विशाल इमारतें अपने ही भार तले दब जाएँ, बशर्ते कि समय रहते इन जर्जर संस्थाओं की ठीक से 'मरम्मत' नहीं हुई।

(यौन) हिंसा या 'एसिड अटैक' की शिकार स्त्री की 'प्रेतात्मा', सड़क से संसद तक मँडरा रही है और तब तक मँडराती रहेगी, जब तक 'इन्साफ़' नहीं मिलता। 'प्रेतात्मा' के भय, दबाव और तनाव में रातोरात आयोग बने, अध्यादेश जारी हुए। क़ानून में संशोधन और आँसू पोंछने का हर सम्भव प्रयास किया गया। मगर इन्साफ़ की तलाश में भटकती 'प्रेतात्मा' के पीछे-पीछे, लाखों 'ज़िन्दा लाशें' भी इस आशा और उम्मीद में घूम-घुमा रही हैं कि उनके साथ भी 'न्याय' होगा। होना चाहिए। देश के कोने-कोने से लेकर, भगवान दास रोड तक चीखती-चिल्लाती पीड़ा, चक्कर काटती रही है और उसकी पीठ पर चिपका कैलेंडर बदलता रहा है। साल दर साल। जैसे आधी-आबादी के लिए न्यायालय, प्रतीक्षालय में बदल गया हो। सदियाँ बीतीं, पर हालात नहीं। कहना कठिन है कि सिर्फ़ क़ानून बदलने से, समाज और आधी-दुनिया के हालात बदल जाते हैं।

उल्लेखनीय है कि 1947 में देश आज़ाद हुआ और 1950 में संविधान लागू हुआ था। धीरे-धीरे स्त्रियाँ शिक्षित हुई हैं और घर (रसोई) से बाहर निकल पाई थी। थोड़ा गौर से देखें-समझें तो पता चलेगा कि 1950-55 के बीच पैदा हुई पीढ़ी ही, आज (2020) सत्ता के शीर्ष पर हैं। इनमें स्त्रियाँ नाममात्र की इसलिए हैं कि उस समय (1950-55) स्त्रियाँ उतनी शिक्षित-सजग-और चेतना सम्पन्न नहीं थी, जितनी आज हैं। आँकड़े बताते हैं कि 1951 में स्त्री साक्षरता दर सिर्फ़ 8.8 प्रतिशत था, जो 1971 में लगभग 22 प्रतिशत, 1991 में 39 प्रतिशत, 2001 में 53 प्रतिशत और 2011 में बढ़ कर 65.4 प्रतिशत हो गया था।

आश्चर्यजनक तथ्य है कि 2013 के आते-आते तो आईआईटी के लिए चुने प्रथम दस छात्रों में दो लड़कियाँ थीं। 2018 में मेडिकल नीट टेस्ट में प्रथम आई थी लड़की। पिछले पाँच सालों में पुरुषों के मुकाबले 4500 से अधिक स्त्रियाँ डॉक्टर बनीं। हालाँकि इंजीनियरिंग में अभी भी स्त्रियाँ 30 प्रतिशत से कम ही आ रही हैं। लेकिन हर क्षेत्र में मर्दों का वर्चस्व टूट रहा है और टूटेगा। शिक्षा से ही स्त्री की दुनिया बदली और बेहतर हुई है और भविष्य में और अधिक बेहतर होने की सम्भावना है।

अनुमान है कि 1970-75 के बीच जन्मी पीढ़ी, सम्भवत 2030-35 में सत्ता के शीर्ष पर पहले से अधिक होगी। यानी आज से 12 साल बाद देखना कि देश के सत्ता संस्थानों में स्त्रियों की भागीदारी कितनी बढ़ती है! 1990-95 के बीच पैदा हुई पीढ़ी, 2050-55 के आस-पास सत्ता संस्थानों के शिखर पर होगी। होनी चाहिए। क्योंकि तकनीक और बेहतर शिक्षा सुविधाओं से लैस (डॉक्टर, इंजिनियर, आईएएस, जज, वकील, शिक्षक) महिलाओं की यह पीढ़ी, निश्चित रूप से स्वतंत्र

चेतना से सम्पन्न और आत्मनिर्भर होने के विश्वास से भरी पीढ़ी होगी। हालाँकि इसमें शहरी क्षेत्र कि स्त्रियाँ ही अधिक होंगी।

मेरा मानना है कि साल दर साल बाद, देश के तमाम सत्ता संस्थानों (विधायिका, कार्यपालिका, न्यायपालिका और मीडिया) में शिक्षित, आत्मनिर्भर, साधन-सम्पन्न, शहरी स्त्रियों की भूमिका और भागीदारी अप्रत्याशित रूप से बढ़ेगी। समान अधिकारों के लिए सामजिक-राजनीतिक संघर्ष तेज़ होंगे और भविष्य की स्त्री हर क्षेत्र में हाशिये की बजाय केन्द्र में दिखाई देने लगेगी। इस बीच स्त्री की स्वयं अर्जित सम्पत्ति ही नहीं, बल्कि उत्तराधिकार में मिली सम्पत्ति भी लगतार बढ़ी है और बढ़ेगी। स्त्री विवाह संस्था की पारम्परिक बेड़ियाँ तोड़कर, अपनी व्यक्तिगत पहचान बना रही है। घर-परिवार के बन्धनों से मुक्ति के रास्ते तलाश रही है। मतलब देह और धरती के नए समीकरण, तेज़ी से बन-बिगड़ रहे हैं।

स्त्रियों द्वारा विधि-विधानों में रोज़ नए संशोधनों की माँग या दबाव-तनाव भी बढ़ता जा रहा है। मत भूलो कि विवाह-पूर्व या सह-जीवन में वयस्क स्त्री-पुरुष द्वारा सहमति से यौन सम्बन्ध (या परस्पर सहवास) कोई क़ानूनन अपराध नहीं, आप कहते रहें 'अनैतिक'। वैसे भी क़ानून का 'नैतिकता' या 'अनैतिकता' से क्या लेना-देना? घरेलू हिंसा अधिनियम ज़िन्दाबाद। आपने ही तो कुछ समय पहले 'व्यभिचार' और 'समलैंगिकता' सम्बन्धी प्रावधानों को, असंवैधानिक घोषित किया है ना। निस्सन्देह यह सब सिर्फ़ संयोग नहीं बल्कि ऐतिहासिक प्रक्रिया का हिस्सा है। पितृसत्ता के हर सम्भव प्रयास (षड्यंत्र) के बावजूद, स्त्री अब किसी एकतरफ़ा 'सन्धि-पत्र' पर हस्ताक्षर करने को तैयार नहीं है। घर से अदालत तक स्त्री संकल्पों और शुभाकांक्षाओं को देखा-परखा और विश्लेषित किया जा सकता है।

निस्सन्देह स्त्रियाँ जब अपने जीवन के सारे फ़ैसले ख़ुद करने लगेंगी (सही-ग़लत) तब सामजिक यथार्थ भी बदलेगा। उनका कहना-मानना है "मेरी देह है तो मैं ही मालिक हूँ। जो हुआ सो हुआ, अब और नहीं। छोटे-बड़े 'पर्दे' पर 'बेपर्दा' हो रही हूँ, तो मेरी मर्ज़ी। देह की छवि ही तो बेच रही हूँ। देह नहीं। अब देह की 'माँसल-मादक' छवियाँ देख-देखकर, आपकी और आपके लाड़लों की लार टपक रही है या वे पागल हो रहे हैं, तो मेरा क्या क़ुसूर! सँभालकर रखो अपने लाड़ले राजकुमारों को। देख...देख...देह का जादू देख! आपने ही तो पढ़ाया-सिखाया था कि 'नाच गोरी नाच, पैसा मिलेगा'। 2050 आते-आते पूँजी के आनन्द बाज़ार में, स्त्री की दैहिक छवि और बौद्धिक क्षमता सबसे अधिक 'अमूल्य पूँजी' सिद्ध होगी।

बदलते समय और समाज में अगर स्त्री 'मुक्ति का सपना' देख रही है, तो वो एक दिन साकार भी होगा। सभ्यता, संस्कृति, परम्परा और धर्मग्रंथों ने बहुत पढ़ा लिए शील, संयम, मर्यादा, नैतिकता, आदर्श और देह शुचिता के पाठ। हिंसा, शोषण, दमन और उत्पीड़न के ख़िलाफ़, स्त्री विरोध-प्रतिरोध (प्रतिशोध) के परिणाम भी हमारे सामने हैं। समानता और न्याय की तलाश में निकली स्त्री, अपना सब कुछ दाँव पर लगा रही है। सो, भविष्य की स्त्री इन्साफ़ माँगेगी। सामाजिक-आर्थिक-राजनीतिक इन्साफ़। देह और धरती ही नहीं, सब कुछ पर बराबर अधिकार। सम्पत्ति में भी और सत्ता में भी। 'बेडरूम' नहीं, 'बोर्डरूम' में भी बराबर भागीदारी माँगेगी।

क्या हमें आनेवाले कल के राष्ट्र-व्यापी महिला संघर्ष, आन्दोलन, धरने, प्रदर्शन, घेरावों और 'मौन क्रान्ति' की आहट सुनाई नहीं पड़ रही? देखो! लड़कियाँ 'लड़ाकू विमान' उड़ाना सीख रही हैं। सीख रही हैं रणनीति, राजनीति की शतरंज और शह-मात का खेल। समय आने पर वही रचेगी, क़ानून और न्याय की नयी भाषा-परिभाषा। वही तय करेगी विवाह, परिवार और 'आनन्द बाज़ार' से लेकर 'सेवा उद्योग' तक के नए नियम। सामने दीवार पर लिखा है, बशर्ते हम पढ़ना चाहें।

2003 के बाद समय-समय पर लिखता-छपता रहा हूँ, मगर लेखों को पुस्तक रूप में प्रकाशित करवाने का साहस कभी नहीं जुटा पाया। कारण एक नहीं अनेक हैं। दरअसल 2003 के बाद 'पुरुष' होने की वजह से, विशुद्ध स्त्रीवादी विचारों से दीक्षित स्त्रियों और 'सवर्ण' होने के कारण क्रान्तिकारी दलित विचारकों और सिद्धान्तकारों से डर लगने लगा। हालाँकि 'औरत होने की सज़ा' और अन्य पुस्तकों को लेकर कभी कोई विवाद या आरोप नहीं। बल्कि देश भर के पाठकों से अपार स्नेह ही मिलता रहा है। परन्तु हवा में यह आशंका चक्कर लगाने लगी कि कभी, कहीं, कोई भी, विषय पर बोलने का 'अधिकार पत्र' माँगने लगा तो? लिंग, जाति और धर्म से मुक्ति का कोई रास्ता था/है नहीं। इसके बावजूद पढ़ने, सोचने, लिखने और बोलने का 'दु:साहस' करता रहा। करता रहूँगा। अभिव्यक्ति के ख़तरों, भय और आतंक से, 'गूँगा' तो नहीं ही बन सकता ना! 'सवर्ण पुरुष' होने से पहले 'व्यक्ति' हूँ! लेखक न सही, वकील तो बने रहना होगा। पता नहीं क्यों, इस बीच यह भी लगता रहा कि जो लिखा व्यर्थ है और अनलिखा अनर्थ। इसका कारण यह भी हो सकता है कि सारी 'बेचैनियाँ', विभिन्न स्कूलों, कॉलेजों, अकादमियों, टीवी चैनलों और विश्वविद्यालयों (दिल्ली, मुम्बई, लखनऊ, इलाहाबाद, सागर, वर्धा, गोवा, भोपाल आदि) में छात्रों और शिक्षकों से संवाद और साक्षात्कारों में

'शांत' हो गई। मेरे पास उन शब्दों का कोई रिकॉर्ड नहीं है। अदालती व्यस्तता, पिता की लम्बी बीमारी, सामजिक अलगाव और अवसाद के बहुत से बहाने भी हैं। 'राष्ट्रीय सहारा' की मनीषा, 'दुनिया इन दिनों' के सम्पादक सुधीर सक्सेना, 'स्त्रीकाल' के सम्पादक संजीव चन्दन, 'फॉरवर्ड प्रेस' के सम्पादक प्रमोद रंजन, 'जनचौक' के सम्पादक महेंद्र मिश्र और भाई लोकमित्र गौतम का आग्रह/दबाव न होता, तो शायद कोई भी लेख लिखा ही नहीं जाता। इन सब का हृदय से आभार, सिर्फ़ औपचारिकता नहीं। स्वीकार करता हूँ कि सारा दोष/अपराध मेरा ही है। सबसे क्षमा चाहता हूँ। मौजूदा कोरोना संकट में अगर घर में क़ैद न होता तो प्रस्तुत पुस्तक के लेख भी फाइलों में ही दबे पड़े रहते। पुस्तक में संकलित लेखों के बारे में मुझे कुछ नहीं कहना। पढ़ने या न पढ़ने का निर्णय, आप स्वयं करें। कुछ भी पसन्द आया तो सालों 'अप्रकाशित' रहने का अफ़सोस न रहेगा।

29 अगस्त, 2020

—अरविन्द जैन

विवाह संस्था में पत्नी के अधिकार

"क्या मैं ही पहला आदमी हूँ जो इस पुकार को सुनकर ऐसा व्याकुल हो उठा हूँ या औरों ने भी इस आवाज़ को सुना है और सुनकर अनसुना कर दिया है? और क्या सचमुच जवान लड़की की आवाज़ को सुनकर अनसुना किया जा सकता है?" [1]

सुप्रीमकोर्ट के तत्कालीन मुख्य न्यायाधीश रंजन गोगोई की पीठ ने 5 मार्च, 2019 को वैवाहिक अधिकारों की पुनर्स्थापना[2] की संवैधानिक वैधता को चुनौती देती एक जनहित याचिका[3] सुनवाई के लिए तीन न्यायमूर्तियों की खंडपीठ को सौंपी जो अभी विचाराधीन है। इस सन्दर्भ में ऐतिहासिक पृष्ठभूमि जानना ज़रूरी है और दादाजी बनाम रख्माबाई केस (1884-88) की चर्चा के बिना बात अधूरी रहेगी।

रख्माबाई उन्नीसवीं सदी के उत्तरार्ध में जन्मी एक ऐसी भारतीय स्त्री थी, जिसे अपने विरोध में तैनात परिवार, समय और समाज की कुप्रथाओं, परम्पराओं और मनमाने क़ानूनों का उम्र-भर सामना करना पड़ा। तब सहमति से सहवास या वैवाहिक सहवास की उम्र सिर्फ़ दस साल तय थी।[4] परिणामस्वरूप 'बाल विवाह' क़ानून सम्मत माने जाते थे। दहेज और अन्य सामाजिक-आर्थिक कारणों की वजह से उन दिनों, उत्तर भारत में तो लड़कियों का पैदा होते ही गला घोंट कर मार दिया जाता था या वे कुपोषण के कारण मर जाती थीं।[5]

रख्माबाई ढाई साल की थी कि पिता जनार्दन पांडुरंग का देहान्त हो गया। वसीयत के हिसाब से मिली लगभग पच्चीस हजार की सम्पत्ति, उसकी माँ ने रख्माबाई के नाम कर दी थी। छह साल बाद ही विधवा माँ जयंत्रीबाई ने, डॉ. सखाराम अर्जुन से दूसरा विवाह कर लिया। सौतेले पिता ने ग्यारह साल की

उम्र में ही रख्मा का (बाल) विवाह, अपने ही गरीब रिश्तेदार दादाजी भीकाजी (उम्र बीस साल) से करवा दिया। पढ़ना-लिखना बंद। दादाजी (पति) लगातार यह दबाव बनाते रहे कि रख्माबाई (पत्नी) को उनके साथ रहने दिया जाए, लेकिन रख्माबाई उसके साथ रहने या ससुराल जाने को राजी नहीं हुई। ग्यारह साल बाद (1884) अन्ततः मामला वकीलों, क़ानून और अदालत की तारीख़ों और अपील-दर-अपील में उलझता चला गया।

बम्बई उच्च न्यायालय के न्यायमूर्ति पिनी ने मुकदमा रद्द करते हुए, अपने ऐतिहासिक निर्णय[6] में लिखा, "वर्तमान मुकदमे के पक्षकार ग्यारह साल पहले विवाह के धार्मिक समारोह से गुजरे थे। जब प्रतिवादी ग्यारह वर्ष की बालिका थी। उन्होंने कभी सहवास नहीं किया। और अब जब प्रतिवादी बीस-बाईस की महिला है, तो वादी अदालत से उसे घर ले जाने के लिए विवश करने को कह रहा है। प्रतिवादी बचपन में हुए विवाह को मानने के लिए राजी नहीं। उसकी सहमति कहाँ है! मुझे ऐसा लगता है कि इन परिस्थितियों में युवा महिला को इस व्यक्ति के पास जाने के लिए विवश करना, जिसे वह बेहद नापसन्द करती है, ताकि वह उसकी इच्छा के विरुद्ध उसके साथ सहवास कर सके। नहीं! यह एक बर्बर, क्रूर और घृणित कार्य होगा। मैं इस युवा स्त्री को वादी के साथ रहने और सहवास करने के लिए बाध्य नहीं कर सकता।"

न्यायमूर्ति पिनी के फ़ैसले से देश भर में (बाल) विवाह की वैधता, परिवार की पवित्रता, हिन्दू संस्कृति की रक्षा और स्त्री स्वतंत्रता, अस्मिता और अधिकारों पर बहस आमने-सामने आ खड़ी हुई।[7]

न्यायमूर्ति पिनी के फ़ैसले के विरुद्ध दायर अपील की सुनवाई बम्बई उच्च न्यायालय के न्यायमूर्ति सर चार्ल्स सार्जेंट (मुख्य-न्यायाधीश) और सर लिटिलटन होल्योक बेली की पीठ ने की। वकीलों (लैथम और मैक्फर्सन) की बहस सुनने के बाद न्यायमूर्तियों ने (2 अप्रैल, 1886) न्यायमूर्ति पिनी का फ़ैसला उलट दिया और मुकदमा वापिस एकल जज के पास भेज दिया गया, ताकि दोनों पक्षों की गवाही और वकीलों की बहस के बाद योग्यता के आधार पर निर्णय हो सके।

इस बीच न्यायमूर्ति पिनी इंग्लैंड लौट गए। उनकी जगह न्यायमूर्ति फैरन ने ली। बहस समाप्त होने के बाद न्यायमूर्ति फैरन ने रख्माबाई को निर्देश दिया कि वो एक महीने के भीतर अपने पति दादाजी के घर लौट जाए, अन्यथा छह महीने जेल जाने के के लिए तैयार रहे। उन दिनों वैवाहिक पुनर्स्थापना मामले में अदालत की डिक्री के उल्लंघन की सज़ा छह महीने की सज़ा होती थी।

रख्माबाई ने भी सार्वजनिक रूप से अपना संकल्प दोहराया "ऐसे निक्कमे और बीमार पति के साथ उम्र भर रहने की बजाय, छह महीने जेल जाना बेहतर होगा।" रख्माबाई के इस फ़ैसले से ब्रिटिश शासन-प्रशासन और न्याय व्यवस्था के पहिये डगमगा उठे। सम्बन्धित क़ानून-नियम बदलने की प्रक्रिया तेज हो गई। देश-दुनिया के अख़बारों में बहस गर्म होने लगी। पक्ष-विपक्ष में लेख, रिपोर्ट, पत्र, साक्षात्कार छपने लगे। रख्माबाई को जेल भेजने का सम्भावित परिणाम, देश भर में विरोध प्रदर्शन और 'स्त्री विद्रोह' हो सकता था। रख्माबाई के बचाव में गठित समिति ने प्रिवी कौंसिल में अपील दायर करने के लिए फंड जमा करना शुरू कर दिया।

नैतिकता, धर्म, संस्कृति, राष्ट्र, क़ानून और स्त्री अधिकारों पर बहस के साथ-साथ, कट्टरपंथी और सुधारवादी नेता बीच का रास्ता भी तलाशते रहे। प्रिवी कौंसिल में अपील दायर होने से सज़ा का ख़तरा टल गया। दोनों तरफ़ के बिचौलियों ने समझौते की बात भी जारी रखी। भारी दबाव-तनाव में सभी पक्ष टकराव से बचना चाहते थे। लम्बी क़ानूनी लड़ाई और अनिश्चित भविष्य की भावना से रख्माबाई भी थक गई थी। फिर एक दिन रख्माबाई इस बात पर राजी हो गई कि वह दादाजी को दो हज़ार रुपये देगी और दादाजी 'डिक्री' को लेकर कोई क़ानूनी कार्रवाई नहीं करेगा। समझौते के बाद रख्माबाई आगे की पढ़ाई के लिए इंग्लैंड चली गई। बाद में वह भारत की पहली महिला डॉक्टर बनी। दादाजी की 1904 में मृत्यु होने के बाद, रख्माबाई ने शेष जीवन विधवा के भेष में बिताया।

दरअसल अदालत तक आईं अधिकांश स्त्रियाँ क़ानून नहीं जानतीं और न्याय व्यवस्था उनकी पीड़ा को महसूस ही नहीं करती। स्त्री व्यथा-कथा को उसकी नज़र से कैसे देखें, समझें, महसूस करें? समय-समाज ने कभी परिचित ही नहीं होने दिया। हम तो उसे माँ, बहन, पत्नी, बेटी, प्रिया और खलनायिका, नायिका के रिश्तों-रूपों में ही जानते हैं। व्यक्ति के रूप में जानना कभी सीखा-सिखाया ही नहीं गया। सो करना भी चाहें, तो महसूस कर नहीं पाते। बात क्षणिक भावुकता या संवेदनशीलता की नहीं...उसकी पीड़ा को स्वयं की पीड़ा की तरह, आत्मसात करने की है। यह बिना प्रशिक्षित गहन संवेदना के सम्भव नहीं। स्त्री-पुरुष समानता पर, उपदेशात्मक आदेश सुनाना अलग बात है। न्याय के ऐसे हज़ारों निर्णय बताए-गिनाए जा सकते हैं। न्यायशास्त्र की अवधारणाएँ पुरुषों द्वारा, पुरुषों के सन्दर्भ में ही रची-रचाई गई हैं, न कि स्त्रियों के सन्दर्भ में। मगर बदलाव की ऐतिहासिक प्रक्रिया में अनिवार्य न्यायशास्त्र के नए शस्त्र-तर्क-वितर्क, विचार

और अवधारणाएँ भी, एक न एक दिन अवश्य विकसित होंगे। 'आधी दुनिया' अन्याय, दमन या विकल्पहीनता का बोझ, अधिक दिन तक ढो नहीं सकती। हर व्यक्ति या समाज का अपना एक सपना और संकल्प होता है, सो वो भविष्यहीन नहीं हो सकते।

कहना न होगा कि न्यायमूर्ति पिनी का फ़ैसला न बदलता, तो शायद भारत की करोड़ों बेटियों को विवाह संस्था की गुलामी से राहत मिलती। यह कहना ग़लत नहीं कि अगर रख्माबाई के पास इतनी 'सम्पत्ति' न होती, तो शायद मुकदमा ही नहीं होता। 1884 के बाद भारत में वैवाहिक अधिकारों की पुनर्स्थापना का क़ानून कुछ फेर-बदल के साथ आज भी बना हुआ है, जबकि इंग्लैंड में 1970 में ही खत्म हो गया। यहाँ महत्त्वपूर्ण प्रश्न यह है कि आज़ादी के बाद बने विवाह अधिनियम[8] में वैवाहिक अधिकारों की पुनर्स्थापना का क़ानून शामिल ही क्यों किया गया? जवाब स्पष्ट और सीधा है कि यह विवाहित स्त्रियों पर नियंत्रण रखने में, पुरुष हितों को पोषित करता था। विधायिका की भाषा को, न्यायपालिका की परिभाषा लगातार मजबूत करती रही। धर्म, विवाह और परिवार जैसी व्यक्तिगत आस्था में धर्म-निरपेक्ष संविधान और मौलिक अधिकारों का क्या काम!

रख्माबाई केस के लगभग सौ साल बाद आन्ध्र प्रदेश उच्च न्यायालय के न्यायमूर्ति पी.ए.चौधरी ने केस में हिन्दू विवाह अधिनियम की धारा 9 (वैवाहिक अधिकारों की पुनर्स्थापना) को भेदभावपूर्ण, बर्बर और मानवीय गरिमा का उल्लंघन मानते हुए असंवैधानिक करार दिया।[9] लेकिन साढ़े चार महीने बाद ही दिल्ली उच्च न्यायालय के न्यायमूर्ति अवध बिहारी रोहतगी ने इसे संविधान सम्मत माना।[10] न्यायमूर्ति रोहतगी ने न्यायमूर्ति चौधरी के तर्कों की खुले शब्दों में कड़ी आलोचना की और कहा कि विवाह संस्था में संवैधानिक अधिकारों का हस्तक्षेप, चीनी मिट्टी के बर्तनों की दुकान में साँड़ घुसने जैसा होगा। यह प्रावधान बनाने का उद्देश्य विवाह और परिवार बचाना है। यौन सम्बन्ध विवाह का मात्र एक हिस्सा है, सब कुछ नहीं। संवैधानिक वैधता पर बहस के लिए, तत्कालीन अटॉर्नी जनरल (के. पारासरन) अदालत में स्वयं मौजूद रहे।

सुप्रीम कोर्ट के न्यायमूर्ति एस. मुर्तजा फ़ज़ल अली और सव्यसाची मुखर्जी ने दिल्ली उच्च न्यायालय के निर्णय को सही मानते हुए, वैधता के सवाल पर पूर्ण विराम लगा दिया।[11] न्यायमूर्तियों ने कहा कि यह अधिकार तो विवाह संस्था में ही अन्तर्निहित है और हिन्दू क़ानून पर विषय के विद्वान् मुल्ला की किताब पढ़वाई। मतलब इस क़ानून को असंवैधानिक भी मान लें, तो धर्मशास्त्रों से कैसे बचेंगे! 'स्त्री

का धर्म है कि हमेशा अपने पति की छत्रछाया (घर) में आज्ञाकारी पत्नी बनकर रहेगी।' आश्चर्यजनक है कि तीनों अदालतों के फ़ैसलों में, दादाजी बनाम रख्माबाई केस का कहीं कोई उल्लेख तक नहीं है।

इस बीच देश की अनेक अदालतों ने बाल विवाह के मामलों में भी, इसे बचाव का उचित कारण नहीं माना। रख्माबाई से लेकर सरोज रानी और अभी तक, भारतीय पितृसत्तात्मक समाज में पत्नी पति की सम्पत्ति और 'यौन-दासी' बनी हुई है। बाल विवाह और वैवाहिक बलात्कार क़ानून की संवैधानिक वैधता के मुद्दे पर दिल्ली उच्च न्यायालय के तीन न्यायमूर्तियों (न्यायमूर्ति अर्जन सीकरी, वी. के. शाली और संजीव खन्ना) की पूर्णपीठ[12] के समक्ष (2008-12) बहस के दौरान, इस लेख के लेखक ने न्याय के रखवालों की हिन्दू धर्म, विवाह, परिवार और धर्मशास्त्रों में अटूट आस्था, निष्ठा और पूर्ण समर्पण को विशुद्ध रूप में उबलते-उफनते देखा और महसूस किया है। चारों तरफ़ से ज़हर बुझे तर्क-बाणों के घाव, अभी तक सालते हैं। अक्सर लगता था कि शायद मैं ताँबे की ठोस दीवार में कील ठोंकने का दु:साहस कर रहा हूँ।

परिणाम स्वरूप 2013 में हुए संशोधन के बाद भी, पति को अपनी पत्नी से वैवाहिक बलात्कार का क़ानूनी अधिकार बना-बचा हुआ है। बाल विवाह पूर्ण रूप से अवैध नही। विचित्र स्थिति यह है कि भूतपूर्व मुख्य न्यायाधीश दीपक मिश्रा ने 8 अप्रैल, 2019 को बंगलुरू में कहा कि पुरुषों के लिए वैवाहिक बलात्कार की छूट का प्रावधान हटाने से ग्रामीण परिवारों में अराजकता फैल जाएगी। परिवार संस्था बिखर जाएगी...नैतिक मूल्य नष्ट हो जाएँगे।

खैर, अब देखना यह है कि वैवाहिक अधिकारों की पुनर्स्थापना क़ानून की संवैधानिक वैधता को चुनौती देती विचाराधीन जनहित याचिका पर, सर्वोच्च न्यायालय के तीन न्यायमूर्तियों की पूर्ण पीठ, कब और क्या फ़ैसला सुनाती है। विवाह और संयुक्त परिवार के किले में क़ैद स्त्री की बेड़ियाँ टूटेंगी या नहीं। न्यायिक विवेक फिर कोई नया समाजशास्त्र-न्यायशास्त्र रचेगा या कोई उत्तर आधुनिक सांस्कृतिक राग अलापने लगेगा। 'क्या सचमुच स्त्री की आवाज़ को सुनकर अनसुना किया जा सकता है?'

(राष्ट्रीय सहारा, आधी दुनिया, 4 दिसम्बर, 2019)

सन्दर्भ

1. 'जहाँ लक्ष्मी क़ैद है' 1957, राजेन्द्र यादव, पृष्ठ 228
2. रेस्टीट्यूशन ऑफ कंजुगल राइट्स
3. ओजस्व पाठक बनाम भारत सरकार
4. भारतीय दंड संहिता, 1860
5. 'द फीमेल इंफेंटसाइड प्रिवेंशन एक्ट, 1870'
6. दादाजी बनाम रख्माबाई, 1885 आईएलआर 9 बम्बई 529, दिनांक 21 सिंतबर, 1885
7. देखें 'एनस्लेवड डॉटरस, सुधीर चन्द्र, ऑक्सफ़ोर्ड प्रेस, 1997
8. विशेष विवाह अधिनियम, 1954 और हिन्दू विवाह अधिनियम, 1955
9. टी. सरिता बनाम वेंकट सुब्बय्या, एआईआर 1983 आन्ध्र प्रदेश 356, दिनांक 1 जुलाई, 1983
10. हरविन्दर कौर बनाम हरमंदर सिंह, एआईआर 1984 दिल्ली 66, दिनांक 15 नवम्बर, 1983
11. सरोज रानी बनाम सुदर्शन कुमार, एआईआर 1984 सुप्रीम कोर्ट 1562, दिनांक 8 अगस्त, 1984 देखें 'पिता पुत्री संवाद, औरत होने की सज़ा', अरविन्द जैन
12. लज्जा देवी बनाम राज्य (2013 क्रिमिनल लॉ जरनल 3458) और महादेव बनाम भारत सरकार (2008) दिल्ली उच्च न्यायालय

फूलमणि! कौन सुनेगा तुम्हारी दलील...अपील

फूलमणि नाम था उस लड़की का और उम्र थी सिर्फ़ दस साल।[1] उम्र तो गुड्डों-गुड़ियों संग खेलने और स्कूल में पढ़ने-लिखने की थी। मगर दस साल की होते ही, फूलमणि के हाथ पीले कर दिए गए। उन दिनों दस साल की लड़की की शादी, कोई अनहोनी बात नहीं थी। हिन्दू धर्मशास्त्र, परम्परा और रीति-रिवाज़ यानी सब लड़की के रजस्वला होने से पहले ही, 'कन्यादान' के पक्ष में थे। क़ानून[2] दस साल की लड़की को विवाह योग्य भी मानता था और सहमति से सहवास योग्य भी। सो किसी को भी कोई बाधा या अड़चन की आशंका तक नहीं थी। दूल्हे हरि मोहन मिठी की उम्र थी तीस साल। आर्थिक रूप से कमजोर वर्ग में ऐसी बेमेल शादियाँ होना आम बात तब थी।

'सप्तपदी' होने के बाद सुहागरात को फूलमणि की माँ ने चीखों और सिसकियों में कई बार सुना 'बाप रे', 'मर गई रे'। फूलमणि की माँ इन चीखों को सुनकर डर गई और जब उसने कमरे में जा कर देखा तो कमरे में चारों तरफ़ ख़ून-ही-ख़ून था। फर्श के एक तरफ़ फूलमणि की लाश पड़ी थी। उसके पति हरि मोहन से जब उसने पूछा तो वो गूंगा बन चुका था।

पुलिस जाँच-पड़ताल और 'पोस्ट-मॉर्टम रिपोर्ट' आने के बाद मामला कोर्ट-कचहरी तक पहुँचा। चश्मदीद गवाहों की गवाही, डॉक्टरों के बयान और अभियुक्त हरि का पक्ष सुनने के बाद सरकारी वकील और बचाव पक्ष की बहस शुरू हुई। उन दिनों 'जूरी सिस्टम' से फ़ैसले होते थे। 'जूरी' में समाज के विभिन्न वर्गों के सम्मानित व्यक्ति शामिल किए जाते थे। न्यायाधीश 'जूरी' को तथ्यों और क़ानून से अवगत कराता और बहुमत के आधार पर फ़ैसला सुनाया जाता था। इस केस[3] में भी वैसा ही हुआ।

कलकत्ता उच्च न्यायालय के न्यायाधीश विल्सन ने 'जूरी' के सामने सब तथ्य, गवाहियाँ, रिपोर्ट और क़ानूनी स्थिति स्पष्ट की और अपनी राय भी सामने रखी।

न्यायाधीश विल्सन ने बताया कि इस केस में हत्या का इरादा सम्बन्धी कोई सबूत नहीं है। दस वर्ष से बड़ी उम्र की पत्नी से सहवास करना, कोई अपराध नहीं है। इसे 'बलात्कार' नहीं माना जा सकता, क्योंकि दोनों पति-पत्नी हैं। न्यायाधीश विल्सन ने कहा, 'हालाँकि पति को अपनी पत्नी से सहवास का क़ानूनन अधिकार है और यह कोई अपराध नहीं। लेकिन पति को कुछ भी ऐसा करने की छूट नहीं है, जिससे पत्नी की जान का ख़तरा हो या गम्भीर चोट पहुँचने की सम्भावना हो। पत्नी अपने पति की सम्पत्ति या कोई वस्तु नहीं है, जिसका मनमाना उपयोग और दुरुपयोग किया जा सके। यह जानते हुए कि खतरनाक और लापरवाही से किये गए कार्य से मृत्यु हो सकती है या गहरी चोट लग सकती है—आपराधिक कृत्य है। भले ही आपने जानबूझकर ऐसा नहीं किया या आपका ऐसा करने की कोई नियत भी नहीं थी।'

बचाव पक्ष के वकील का तर्क था कि हरि मोहन ने शादी से पहले भी कई बार फूलमणि से सहवास किया था और कभी भी ऐसा कुछ नहीं हुआ। डॉक्टरों ने इस पर कहा कि यह बताना बेहद कठिन काम है कि दोनों ने शादी से पहले भी सहवास किया था। हाँ! यह सम्भव है कि पहले इतना जोशपूर्वक न किया हो। और भी कारण हो सकते हैं।

न्यायाधीश विल्सन ने 'जूरी' को आगाह किया कि वे अपने विवेक से फ़ैसला लें और दोनों की उम्र, डीलडौल, सेहत और अन्य स्थितियों को भी ध्यान में रखें। फूलमणि अभी रजस्वला नहीं हुई थी। शारीरिक रूप से गर्भाशय आदि भी पूर्णरूप से विकसित नहीं हुए थे। हालाँकि स्तन थोड़े बढ़े हुए थे, लेकिन कुल मिलाकर वह एक दुबली-पतली लड़की ही थी। अभियुक्त पूर्णरूप से विकसित पुरुष है। लगता है कि उसने सहवास के समय कोई सावधानी नहीं बरती और बेहद लापरवाही से आगे बढ़ता गया। परिणामस्वरूप भीतर-बाहर इतनी गम्भीर चोटें आईं कि फूलमणि ख़ून में नहा गई।

अभियुक्त पर चार संगीन आरोप थे। ग़ैर-इरादतन हत्या, जानबूझकर ख़तरनाक और लापरवाही से गम्भीर चोट पहुँचाना जिससे मृत्यु तक सम्भव हो, लापरवाही में गम्भीर रूप से क्षति पहुँचाना और गम्भीर चोट पहुँचाना।

'जूरी' ने हरि मोहन को सिर्फ़ गम्भीर चोट पहुँचाने का दोषी पाया और एक साल कारावास की सज़ा सुनाई।

उल्लेखनीय है कि फूलमणि केस के बाद, देश भर में 'बाल विवाह' की कुरीतियों और भयावह परिणामों पर बहस तेज़ हो गई। 40 नर्सों ने मिलकर एक ज्ञापन सरकार को दिया जिसमें साक्ष्य सहित बताया गया कि कैसे सैकड़ों कम उम्र

की लड़कियाँ सहवास के दौरान मर जाती हैं या गम्भीर रूप से शारीरिक यातना झेलती हैं।

सरकार ने सहमति की उम्र पर आयोग गठित किया। 1891 में रिपोर्ट आने के बाद, सहमति से सहवास और विवाह की उम्र (लड़कियों के लिए) दस साल से बढ़ाकर बारह साल कर दी।[4] पति-पत्नी के बीच वैवाहिक सम्बन्धों को 'बलात्कार' की परिभाषा से बाहर ही रखा गया।[5]

कट्टर रूढ़िवादी हिन्दू नेताओं ने इसे ब्रिटिश सरकार द्वारा, हिन्दू संस्कृति में हस्तक्षेप और ईसाई षड्यंत्र कहकर भारी विरोध किया। क्रान्तिकारी नेता बाल गंगाधर तिलक तक ने कहा कि यह हिन्दू परम्परा के ख़िलाफ़ है, क्योंकि धर्मशास्त्रों के अनुसार विवाह रजस्वला होने से पहले होना चाहिए।

1925 में सहमति से सहवास की उम्र बारह साल से बढ़ाकर चौदह साल की गई।[6] दो साल बाद (1927) में बाल विवाह रोकने या कम करने के लिए विद्वान् विधिवेत्ता हरबिलास सारदा ने केन्द्रीय असेंबली में प्रस्ताव पेश किया, जो 18 सितम्बर, 1929 को पंडित मदन मोहन मालवीय के विरोध और काफी बहस के बाद पास हो पाया।[7] इस प्रस्ताव के विरोध में (1929) **पंडित मदन मोहन मालवीय,** लगभग दो घंटे से अधिक बोले। सदन को हिन्दू समाज की परम्परा, संस्कृति, रीति-रिवाज़ के अलावा, दुनिया भर के देशों में विवाह की उम्र के प्रमाण/आँकड़े बताए। बहस करते रहे कि लड़की की विवाह योग्य उम्र 12 से बढ़ाकर 14 साल करना, हिन्दू समाज कभी स्वीकार नहीं करेगा। पंडित जी ने विद्वतापूर्ण भाषण दिया, मगर सदन में बैठे अधिकांश सदस्यों ने उनकी एक न मानी। संशोधन के सुझाव भारी मतों से गिर गए।

इस अधिनियम[8] को 1 अप्रैल, 1930 से लागू किया गया, जिसे 'सारदा एक्ट' के नाम से जाना जाता है। शादी के समय दुल्हन की उम्र 14 साल और दूल्हे की उम्र 18 साल निर्धारित की गई। इसमें इतने क़ानूनी लूपहोल (छेद) थे कि अन्ततः क़ानून 'अर्थहीन' सिद्ध हुआ। बाल विवाह दंडनीय अपराध घोषित किया गया, मगर विवाह को 'वैध' बनाए रखा। हाँ! लड़की को यह अधिकार अवश्य दिया गया कि वह चाहे तो पन्द्रह साल की होने के बाद और अठारह साल की होने से पहले, विवाह को अदालत में याचिका दायर कर रद्द करवा सकती है।

देश आज़ाद होने के बाद, 1949 में बलात्कार क़ानून[9] में फिर संशोधन द्वारा सहमति से सहवास की उम्र बढ़ाकर 16 साल की गई। बाल विवाह क़ानून में शादी के समय दुल्हन कि उम्र (14 साल की जगह) 15 साल कर दी गई थी।

लेकिन यह अपवाद बना रहा कि पन्द्रह साल से बड़ी उम्र की पत्नी से सम्भोग को बलात्कार नहीं माना-समझा जाएगा।[10] पत्नी की उम्र बारह साल से अधिक और पन्द्रह साल से कम होने कि स्थिति में, पति को सज़ा में 'विशेष छूट' प्रदान की गई। न्यूनतम सात साल की बजाय, सिर्फ़ दो साल क़ैद या जुर्माना या दोनों।[11] यानी पति के लिए अपराध असंगेय और ज़मानत योग्य। यही नहीं, यह भी व्यवस्था की गई है कि 'वैवाहिक बलात्कार' के मामले में पुलिस कोई रिपोर्ट दर्ज नहीं कर सकती और पत्नी द्वारा 'शिकायत' करने पर कोई भी अदालत 'संज्ञान' ही नहीं ले सकती।[12]

1955 में हिन्दू विवाह अधिनियम पारित हुआ तो शादी के समय दुल्हन की उम्र 15 साल और दूल्हे की उम्र 18 साल निर्धारित की गई।[13] विवाह क़ानून[14] में पहले से ही लड़की की विवाह योग्य उम्र 15 साल और लड़के की उम्र 18 साल तय की गई थी। लेकिन दूल्हा-दुल्हन की उम्र निर्धारित उम्र से कम होने की स्थिति में भी, ऐसे बाल विवाह को न तो 'अवैध'[15] घोषित किया गया और न 'अवैध होने योग्य'[16]। सुप्रीम कोर्ट ने एक मामले में स्पष्ट कहा कि अगर विवाह 'अवैध' या 'अवैध होने योग्य' नहीं है, तो उसे वैध माना-समझा जाएगा।[17] सुप्रीम कोर्ट का कहा हर शब्द 'क़ानून' है, सो सभी अदालतों के लिए मानना अनिवार्य है।

एक साल बाद हिन्दू अल्पवयस्कता और संरक्षकता अधिनियम, 1956[18] की धारा 6 (सी) में आज भी यह हास्यास्पद प्रावधान मौजूद है कि 'विवाहित नाबालिग लड़की का संरक्षक उसका पति होता है' भले ही पति और पत्नी दोनों ही नाबालिग हों।

1978 में जनता पार्टी की सरकार ने हिन्दू विवाह क़ानून और बाल विवाह क़ानून में संशोधन[19] करके दुल्हन की उम्र 15 साल से बढ़ाकर 18 साल और दूल्हे की उम्र 18 साल से बढ़ाकर 21 साल कर दी मगर दूसरे सम्बन्धित क़ानूनों में कोई बदलाव नहीं किया गया।

यहाँ से क़ानून की 'कॉमेडी' (1978-2012) शुरू होती है—विवाह के लिए लड़की की उम्र 18 साल होनी चाहिए[20], मगर सहमति से सम्भोग के लिए 16 साल[21] काफी है और पति को 15 साल से बड़ी उम्र की पत्नी से 'बलात्कार' का क़ानूनी लाइसेंस[22] है ही। बाल विवाह हर हालत में वैध[23] माना-समझा जाएगा। पत्नी की न कोई दलील सुनेगा न अपील।[24]

2006 में नया बाल विवाह क़ानून[25] बनाया गया। लेकिन यहाँ भी कुछ विशेष स्थितियों[26] (अपहरण आदि) को छोड़ कर, विवाह वैध माना जाएगा। दिल्ली हाई कोर्ट की पूर्णपीठ[27] का फ़ैसला[28] पढ़ लें। (इस लेख का लेखक भी, इस मामले में चार साल बहस करता रहा।) लड़का-लड़की दोनों को बालिग़ होने पर, अदालत

से विवाह निरस्त करने का अधिकार दे दिया गया है।[29] इस बीच 'अवैध' विवाह से हुई सन्तान, 'वैध'[30] मानी जाएगी। 18 साल से बड़ा लड़का अगर नाबालिग लड़की से शादी करे, तो सज़ा और जुर्माना होगा।[31] लेकिन सुप्रीम कोर्ट के अनुसार अगर कोई नाबालिग लड़का, बालिग या नाबालिग लड़की से शादी करे तो कोई अपराध नहीं, सो कोई सज़ा भी नहीं।[32] यानी नाबालिग लड़कों-लड़कियों को विवाह की खुली छूट!

यौन अपराधों से 18 साल से कम उम्र के बच्चों (लड़के-लड़की) की सुरक्षा के लिए, अलग से क़ानून[33] और नियम[34] बनाए गए, जो 19 जून, 2012 से लागू हैं। हालाँकि बाल अधिकारों के संरक्षण के लिए आयोग[35] 2005 में ही बना दिया गया था, जो 20 जनवरी, 2006 से अस्तित्व में आया। इस क़ानून को बने छह महीने भी नहीं बीते थे कि 'निर्भया बलात्कार कांड' (16 दिसम्बर, 2012) की ख़बर आ गई। निर्भया केस के बाद, देशभर में उग्र आन्दोलन हुए। अध्यादेश जारी हुआ और न्यायमूर्ति जे. एस. वर्मा समिति की रिपोर्ट भी आई।[36] 'फ़ास्ट ट्रैक कोर्ट' बनाई गई और अन्तत: आपराधिक संशोधन अधिनियम, 2013 ('संशोधन 2013') 3 फरवरी, 2013 से लागू माना जाता है।

इसमें बलात्कार को अब 'यौन हिंसा' माना गया है और सहमति से सम्भोग की उम्र 16 साल से बढ़ाकर 18 साल कर दी गई। लेकिन धारा 375 के अपवाद में पत्नी की उम्र 15 साल ही है। संशोधन से पहले पति को अपनी पत्नी के साथ जहाँ सिर्फ़ सम्भोग कि ही छूट थी, संशोधन के बाद 'अन्य यौन क्रीड़ाओं' (किसी भी तरह की यौन क्रीड़ा) की भी छूट दे दी गई। यानी पूर्ण यौन स्वतंत्रता प्रदान कर दी गई। हाँ! 15 साल से कम उम्र की पत्नी से बलात्कार के मामले में, अब सज़ा में कोई 'विशेष छूट' नहीं मिलेगी। 'संशोधन 2013' पारित करते समय, सरकार ने 'वैवाहिक बलात्कार' सम्बन्धी न तो विधि आयोग की 205वीं रिपोर्ट की सिफ़ारिश को माना और न ही वर्मा आयोग के सुझाव को। भारतीय विधि आयोग ने सिफ़ारिश की थी कि भारतीय दंड संहिता की धारा 375 के अपवाद को ख़त्म कर दिया जाना चाहिए।

शुक्र है कि चार साल बाद (अक्टूबर 2017) सुप्रीम कोर्ट के विद्वान न्यायमूर्ति मदन बी. लोकुर और दीपक गुप्ता ने अपने 127 पृष्ठों के निर्णय[37] में कहा कि पन्द्रह से अठारह साल के बीच की उम्र की पत्नी से यौन सम्बन्ध को बलात्कार का अपराध माना जाएगा। लेकिन माननीय न्यायमूर्तियों ने अठारह साल से बड़ी उम्र की पत्नी के बारे में चुप्पी साध ली। सो बालिग़ विवाहिता अभी भी पति के लिए घरेलू 'यौन दासी' बनी हुई है और संशोधन होने तक बनी रहेगी। कोई नहीं

कह सकता कि वैवाहिक बलात्कार से पति को क़ानूनी छूट पर विचार-विमर्श कब शुरू होगा?

फूलमणि की मृत्यु (हत्या) के बाद पिछले 130 सालों में बहुत से क़ानून बने, संशोधन हुए, न्याय का नज़रिया बदला, नई भाषा-परिभाषा गढ़ी गई और 'स्त्री सशक्तिकरण' के तमाम प्रयासों के बावजूद, आज तक न बाल-विवाह की वैधता पर कोई आँच आई और न विवाह संस्था में पति द्वारा पत्नी से बलात्कार करने का 'क़ानूनी लाइसेंस' रद्द हुआ। कह सकते हैं कि मर्ज़ बढ़ता ही गया, ज्यूँ-ज्यूँ दवा की। अर्थ, धर्म, सत्ता, न्यायपालिका और व्यवस्था पर, पूर्ण पुरुष वर्चस्व बना-बचा रहा। उत्पीड़न के विरुद्ध महिलाओं का जितना विरोध-प्रतिरोध बढ़ा, उतना ही दमन भी बढ़ता गया। परिणाम स्वरूप स्त्रियाँ इन्साफ़ और समान अधिकारों के लिए, अभी भी संघर्ष कर रही हैं। निस्सन्देह समानता कि यह लड़ाई लम्बी ही नहीं, बेहद पेचीदा और जटिल भी है।

सन्दर्भ

1. 1889 में
2. भारतीय दंड संहिता, 1860 की धारा 375
3. क्वीन एम्प्रेस बनाम हरि मोहन मिठी, (1891) आईएलआर कलकत्ता, फ़ैसला 18, दिनांक 26 जुलाई, 1890
4. भारत का गजट 1891, भाग 5 पृष्ठ 5
5. भारतीय दंड संहिता, 1860 की धारा 375 का अपवाद
6. भारत का गजट 1925
7. केन्द्रीय विधान सभा बहस, 18 सितम्बर, 1929, ऑफिसियल रिपोर्ट खंड V, पृष्ठ 1043-1098
8. बाल विवाह निरोधक अधिनियम, 1929
9. भारतीय दंड संहिता, 1860 की धारा 375
10. भारतीय दंड संहिता, 1860 की धारा 375 का अपवाद
11. भारतीय दंड संहिता, 1860 की धारा 376
12. आपराधिक दंड प्रक्रिया संहिता, 1973 की धारा 198 (6)
13. हिन्दू विवाह अधिनियम, 1955 की धारा 5 (iii)
14. बाल विवाह निरोधक अधिनियम, 1929
15. हिन्दू विवाह अधिनियम, 1955 की धारा 11
16. हिन्दू विवाह अधिनियम, 1955 की धारा 12
17. लीला गुप्ता बनाम लक्ष्मी नारायण, एआइआर 1978 सुप्रीम कोर्ट 1351
18. धारा 6 (सी)

19. संशोधन 1 अक्टूबर, 1978 से लागू
20. संशोधन के बाद 1 अक्टूबर, 1978 से लागू, हिन्दू विवाह अधिनियम, 1955 की धारा 5 (iii)
21. भारतीय दंड संहिता, 1860 की धारा 375
22. भारतीय दंड संहिता, 1860 की धारा 375 का अपवाद
23. हिन्दू विवाह अधिनियम, 1955 की धारा 11 के अनुसार बाल विवाह अवैध नहीं
24. आपराधिक दंड प्रक्रिया संहिता, 1973 की धारा 198 (6)
25. The Prohibition of Child Marriage Act, 2006
26. The Prohibition of Child Marriage Act, 2006, Section 12
27. न्यायमूर्ति अर्जन सीकरी, वी. के. शाली और संजीव खन्ना
28. लज्जा देवी बनाम दिल्ली राज्य, 2013 क्रिमिनल लॉ जरनल 3458
29. The Prohibition of Child Marriage Act, 2006, Section 3
30. The Prohibition of Child Marriage Act, 2006, Section 6
31. The Prohibition of Child Marriage Act, 2006, Section 9
32. हरदेव सिंह बनाम हरप्रीत कौर व अन्य, क्रिमिनल अपील नम्बर 1331/2013 में न्यायमूर्ति मोहन एम. शान्तानागुदर और अनुरुद्ध बोस का निर्णय दिनांक 7 नवम्बर, 2019
33. The Protection of Children from Sexual Offences Act, 2012
34. The Protection of Children from Sexual Offences Rules, 2012 Dated 14th November, 2012
35. The Commission for Protection of Child Rights Act, 2005
36. नेशनल लॉ यूनिवर्सिटी, दिल्ली द्वारा प्राइवेट सर्कुलेशन के लिए प्रकाशित रिपोर्ट
37. इंडिपेंडेंट थॉट बनाम भारत सरकार याचिका नम्बर 382/2013

न्याय मन्दिर : महिलाओं का प्रवेश वर्जित

आज से लगभग एक सौ तीन साल पहले (1916) की बात है। एक थी रगीना...रगीना गुहा। बचपन से ही उसका सपना था 'बड़े होकर क़ानून पढ़ना है और वकील बनना है'। पिता प्रियमोहन गुहा फौजदारी क़ानून के जाने-माने वकील थे। वकील साहब की चार बेटियों में से ही एक थी रगीना गुहा। संयोग से कलकत्ता विश्वविद्यालय में विधि विभाग की स्थापना (1909) में हो गई। एम.ए. करने के बाद सपना देखते-देखते, रगीना जा पहुँची विधि विद्यालय और क़ानून पढ़ते-पढ़ते एक दिन, विधि स्नातक की डिग्री उसके हाथ में थी। अगले ही दिन रगीना ने वकील बनने के लिए, निर्धारित फॉर्म भरा और फीस सरकारी ख़ज़ाने में जमा करवा दी।

जून की किसी एक दोपहर को डाकिया आया और उसने रगीना को अदालत की चिट्ठी थमा दी। चिट्ठी पढ़कर रगीना हैरान-परेशान हो गई। चिट्ठी में लिखा था कि उसे वकालत करने की अनुमति नहीं मिल सकती। पूछताछ करने पर एक वरिष्ठ वकील ने बताया, "महिलाएँ क़ानून पढ़ सकती हैं, वकालत नहीं कर सकतीं। अदालत घूम कर आओ, एक भी महिला वकील मिल या दिख जाए तो बताना!"

रगीना ने सोचना शुरू किया...ऐसा नहीं हो सकता। अगर ऐसा कोई क़ानून है, तो सरासर ग़लत है। वह ऐसे भेदभाव वाले कायदे-क़ानून को चुनौती देगी। अपने अधिकार के लिए लड़ेगी। हाई कोर्ट का दरवाज़ा खटखटाएगी। मैं तो सिर्फ़ वकील बनना चाहती थी, अब सम्भव है कि इस जीत के बाद मैं देश की पहली महिला वकील बन जाऊं!

खैर...सारी-सारी रात जाग कर उसने याचिका तैयार की और पहुँच गई हाई कोर्ट के पाँच न्यायमूर्तियों (एल. सैंडरसन (मुख्य न्यायाधीश), आशुतोष मुखर्जी, डब्ल्यू चित्ती, ट्यूनों और चौधरी) के सामने। रगीना को याद आया कि

आशुतोष मुखर्जी सर तो दो साल पहले, विश्वविद्यालय के दीक्षांत समारोह में मुख्य अतिथि बनकर आए थे—डिग्रियाँ बाँटने। शिक्षा, समाज और आमूलचूल बदलाव पर शानदार भाषण दिया था। पापा बता रहे थे कि आशुतोष मुखर्जी सर ने ही विश्वविद्यालय की सिंडिकेट में कहा था कि क्रान्तिकारी सामाजिक बदलाव के लिए मेडिकल और इंजीनियरिंग कॉलेज की तरह क़ानून के कॉलेज खोलना समय की माँग है। सुना है कि सर का घर हज़ारों किताबों से भरा है। बहुत पढ़े-लिखे विद्वान हैं। आठ साल (1906-14) वे विश्वविद्यालय के वाइस चांसलर भी रहे हैं।

सपनों की कश्ती पर सवार रगीना को, कभी किनारा दिखाई देने लगता और कभी आशंका होती कि कहीं उसके सपने, राष्ट्रवादी विचारों और स्त्री विरोधी संस्कारों की भेंट न चढ़ जाएँ। रगीना का पक्ष रखने के लिए अपने समय के प्रसिद्ध बैरिस्टर यार्डले नॉर्टन (पी.के. मजूमदार, एम.एन. कांजीलाल और बाबू मन्मथनाथ मुखर्जी सहित) मौजूद थे। सवाल-जवाब, बहस, तर्क-वितर्क के बाद न्यायमूर्तियों ने उसी साल अगस्त बीतने से दो दिन पहले लम्बा-चौड़ा फ़ैसला[1] सुना दिया। रगीना को बस इतना ही समझ आया कि मर्दों के एकछत्र व्यवसाय में, महिलाओं को वकील बनने (घुसपैठ करने) का हक़ नहीं।

निर्णय में तमाम क़ानूनी धाराएँ, धाराओं का इतिहास, देसी-विदेशी नज़ीर, हिन्दू-मुस्लिम-बौद्ध धर्मशास्त्र का उल्लेख किया गया। सबने मिल कर सिद्ध कर दिया कि किसी भी देशकाल में स्त्रियों को वकालत करने का कभी कोई अधिकार नहीं रहा। शासकों की मंशा भी नहीं रही। मंशा रहती तो दूसरे क़ानूनों की तरह इस क़ानून में भी साफ़-साफ़ लिखकर महिलाओं को भी शामिल कर सकते थे। लेकिन उन्होंने ऐसा नहीं किया और हम कुछ कर नहीं सकते। हम (न्यायमूर्ति) यहाँ केवल क़ानून की व्याख्या कर सकते हैं। क़ानून बनाने का काम विधायिका का है।

न्यायमूर्ति सैंडरसन ने अपने फ़ैसले में लिखा है कि मेरे विचार से यह स्पष्ट है कि विधानमंडल का इरादा किसी मान्यता प्राप्त मौजूदा पेशे से निपटने का ही था, अर्थात उस समय तक वकालत का गठन केवल पुरुषों के लिए किया गया था, और जिनसे केवल पुरुष ही सम्बन्धित हो सकते थे। विचाराधीन क़ानून की विषय-वस्तु लम्बे समय (80 साल) से स्थापित और अच्छी तरह से मान्यता प्राप्त पेशा केवल पुरुषों के लिए रहा है और अभी तक किसी भी महिला ने प्रवेश के लिए आवेदन नहीं किया है। इसलिए आवेदन के सम्बन्ध में यही उत्तर होना चाहिए कि क़ानून के अनुसार सुश्री रगीना गुहा अधीनस्थ न्यायालयों के वकील

के रूप में नामांकित होने की हकदार नहीं है। हमें केवल यह निर्धारित करना है कि क़ानून क्या है और यदि कोई परिवर्तन होना है, तो वह सिर्फ़ विधानमंडल द्वारा ही किया जा सकता है।

न्यायमूर्ति आशुतोष मुखर्जी ने हिन्दू और बौद्ध धर्मशास्त्रों की छानबीन के बाद निर्णय में कहा कि यह उल्लेखनीय है कि जहाँ भी वकील या अधिवक्ताओं का उल्लेख किया गया है, वह सन्दर्भ सिर्फ़ पुरुषों के लिए है, महिलाओं के लिए नहीं है। मुझे ऐसा कोई उदाहरण नहीं मिला, जहाँ हिन्दू या बौद्धकाल में न्यायविदों ने क़ानूनी पेशे के सदस्यों के रूप में महिलाओं की सम्भावना पर विचार किया हो। मुस्लिमकाल के दौरान इस देश के न्यायालयों में महिला वकील होने का कोई साक्ष्य नहीं है। हमारे लिए यह घोषित करना असम्भव है कि मौजूदा क़ानून के अनुसार, महिलाओं को क़ानूनी पेशे में भर्ती होने का हक है। जब मैं यह कहता हूँ, तो मैं यह नहीं भूलता कि इस न्यायालय के न्यायाधीशों के रूप में हमारा कर्तव्य कड़ाई से क़ानून की व्याख्या तक ही सीमित है; यह प्रश्न कि क्या इस क़ानून में कोई बदलाव करना उचित या बुद्धिमानी होगी या नहीं, यह काम न्यायालय का नहीं, बल्कि विधानमंडल का है। मेरी राय में, इस निष्कर्ष से कोई सम्भावित बचाव का रास्ता नहीं है कि आवेदन को अनिवार्य रूप से अस्वीकार कर दिया जाना चाहिए।

पाँच साल बाद एक और लड़की सुधांशुबाला हज़ारा[2] ने कलकत्ता विश्वविद्यालय के विधि विभाग में दाखिला लिया। वो भी ख़्वाब देखती रहती थी क़ानून पढ़ने और वकील बनने का। डिग्री मिलने के बाद लड़की ने वकील बनने के लिए फॉर्म भरा और फीस जमा करवा दी सरकारी खज़ाने में। इस बीच न क़ानून बदला और न न्याय का नज़रिया। प्रार्थनापत्र सत्र न्यायालय से पटना उच्च न्यायालय पहुँचा, तो बेंच पर विराजमान थे न्यायमूर्ति डॉसन मिलर (मुख्य न्यायाधीश), बी. मल्लिक और ज्वाला प्रसाद। चाहते तो प्रशासनिक आदेश से मना कर देते, लेकिन उन्हें लगा कि सार्वजनिक महत्त्व का क़ानूनी सवाल है कि क्या मौजूदा 'लीगल प्रैक्टिशनर एक्ट' और उच्च न्यायालय द्वारा बनाए नियमों के अन्तर्गत महिलाओं को भी वकालत करने का अधिकार है? इस मामले में यह ज़रूर हुआ कि सुधांशुबाला को यह अवसर दिया गया कि वो अपना पक्ष अदालत के सामने रख (रखवा) सके।

इसके विरोध में पटना हाई कोर्ट के वकीलों ने उग्र प्रदर्शन किया। प्रदर्शन से उपजे तनाव को, सुधांशुबाला के पिता और वरिष्ठ वकील मधुसूदन दास के हस्तक्षेप ने काफी कुछ कम किया। कहने की ज़रूरत नहीं कि मधुसूदन

दास उड़िया के प्रसिद्ध लेखक, समाजसेवी और सम्मानित राजनेता थे। बहस के दौरान फिर वही क़ानून, क़ानूनी धाराएँ, धाराओं का इतिहास, नियम, उप-नियम, देसी-विदेशी नज़ीर, धर्मशास्त्र। स्त्रियों को वकालत करने का कभी कोई अधिकार नहीं रहा। न्यायमूर्ति क़ानून की व्याख्या करते हैं, क़ानून नहीं बना सकते! हमारे हाथ रगीना गुहा फ़ैसले से बंधे हैं। न्यायमूर्तियों ने स्वीकार किया कि कुछ समय पहले (9 अगस्त, 1921) इलाहाबाद उच्च न्यायालय ने सुश्री कॉर्नेलिया सोराबजी को वकालत करने की अनुमति प्रदान की है, पर सुश्री सोराबजी बैरिस्टर हैं, इंग्लैंड से पढ़कर आई हैं और इंग्लैंड में अब महिलाओं को वकालत करने की अनुमति भी मिल गई है। दूसरी परम्परा यह है कि हम कलकत्ता उच्च न्यायालय के फैसलों का अनुसरण करते हैं। विसंगतिपूर्ण स्थिति है मगर हम विवश हैं...नियम, क़ानून से बाहर नहीं झाँक सकते। तीनों न्यायमूर्तियों ने एक-दूसरे से सहमत होते हुए और कलकत्ता उच्च न्यायालय का अनुसरण करते हुए याचिका निरस्त कर दी।

सुधांशुबाला ने यौन आधार पर महिलाओं से इस भेदभाव के ख़िलाफ़ प्रिवी कौंसिल तक भी गुहार लगाई। लेकिन बात नहीं बनी। सुधांशुबाला ने विस्तार से अपने संघर्ष संस्मरण 'वुमन एट लॉ' में लिखे हैं।

पटना उच्च न्यायालय द्वारा सुधांशुबाला की याचिका रद्द करने के निर्णय के एक साल बाद ही, सेंट्रल लेजिस्लेटिव कौंसिल के सदस्य डॉ. हरिसिंह गौड़ (प्रसिद्ध वकील, समाज सेवी) ने 1 फरवरी, 1922 को स्त्रियों को वोट के अधिकार पर एन. एम. जोशी द्वारा पेश किये गए संशोधन प्रस्ताव के दौरान, न्यायिक क्षेत्र में यौनिक आधार पर महिलाओं के साथ हो रहे भेदभाव के विरुद्ध संशोधन प्रस्ताव रखा। रगीना गुहा और सुधांशुबाला हज़ारा केस में कलकत्ता और पटना हाई कोर्ट के फैसलों का हवाला देते हुए, प्रभावशाली ढंग से महिलाओं के पक्ष में भाषण दिया। बहस के दौरान उन्होंने क़ानून के क्षेत्र में महिलाओं पर लगे प्रतिबन्ध को हटाने के पक्ष में जोरदार पैरवी करते हुए कहा कि भारतीय महिलाओं के लिए अदालत के द्वार बंद पड़े हैं। न्यायहित में ये फ़ौरन खुलने चाहिए। तकनीकी कारणों से संशोधन प्रस्ताव तो पारित नहीं हो पाया, लेकिन सरकार (सर विलियम विन्सेंट) ने वायदा किया कि अगर अलग से ऐसा कोई विधेयक आए तो उस पर विचार किया जा सकता है।[3]

8 अगस्त, 1922 को डॉ. हरि सिंह गौड़ ने द लीगल प्रैक्टिशनर्स अधिनियम, 1879 और द जनरल क्लाजेज एक्ट, 1897 में संशोधन प्रस्ताव[4] रखा तो सदन में 20 सितम्बर, 1922 को सर विलियम विन्सेंट के अलावा अधिकांश सदस्यों

ने संशोधन स्वीकार करने की सहमति देते हुए, विधेयक का स्वागत किया। मगर सरकार ने हवा का रुख भाँपते हुए कहा कि अगर डॉ. गौड़ सेलेक्ट समिति का गठन न करें, तो सरकार इस मुद्दे पर विधेयक ला सकती है। डॉ. गौड़ के 'हाँ' कहने के बाद 7 मार्च, 1923 को डब्ल्यू. एम. हैली द्वारा पेश विधेयक पारित हुआ। अन्ततः नया क़ानून[5] 1923 में पारित हुआ, जिससे अदालतों में महिलाओं को बिना किसी भेदभाव के वकालत करने का अधिकार मिला। इससे पहले तो स्त्रियों के लिए न्यायमन्दिर भी, 'सबरीमाला' जैसे ही बने हुए थे। महिलाओं के लिए न्याय मन्दिर के दरवाज़े खुले। भारतीय महिला वकील और क़ानून के विद्यार्थी डॉ. हरि सिंह गौड़ के अथक प्रयासों के लिए चिरऋणी रहेंगे।

अफ़सोस कि इस बीच 1919 में रगीना गुहा की मृत्यु हो गई और वो वकील बनने के सपने देखते-देखते ही, क़ानून और अदालत की दुनिया से दूर चली गई। रगीना गुहा और सुधांशुबाला ने अँधेरे कमरे में रोशनी के लिए, एक रोशनदान खोलने का प्रयास किया था। बाद में उनके सपनों और शुभाशीर्वाद से हज़ारों-हज़ार स्त्रियों ने क़ानून और न्याय के क्षेत्र में अपनी उपस्थिति दर्ज कराई और प्रभावी भूमिका निभाई। रगीना ने कभी सपने में भी नहीं सोचा होगा कि एक दिन ऐसा आएगा, जब कलकत्ता विश्वविद्यालय में क़ानून की पढ़ाई में प्रथम आनेवाले छात्र-छात्रा को 'रगीना गुहा स्वर्ण पदक' से सम्मानित किया जाएगा और न्यायमूर्ति आशुतोष मुखर्जी के संस्कारों की छाया में पला-बढ़ा बेटा श्यामाप्रसाद मुखर्जी, हिन्दू राष्ट्रवाद का प्रमुख प्रवक्ता बनेगा।

यह और बात है कि भारतीय गणतंत्र के 70 सालों (1950-2020) में एक भी महिला सर्वोच्च न्यायालय की मुख्य न्यायाधीश नहीं बनी या नहीं बनाई गई और 2027 तक बनने की कोई सम्भावना भी नहीं है। वहीं दूसरी ओर सुश्री फातिमा बीवी 1989 में सर्वोच्च न्यायालय की पहली महिला न्यायाधीश बनीं। लीला सेठ भारत में किसी भी उच्च-न्यायालय की 'प्रथम महिला मुख्य न्यायाधीश' (हिमाचल प्रदेश, 1991) बनीं। अधिकांश उच्च न्यायालयों में 2020 तक, किसी महिला को मुख्य न्यायाधीश बनने का अवसर नहीं मिल पाया है।

भारत के क़ानून मंत्री व राष्ट्रीय विधि आयोग और राष्ट्रीय मानवाधिकार आयोग के अध्यक्ष पदों पर भी मर्दों का ही क़ब्ज़ा बना हुआ है। अटॉर्नी जनरल और सॉलिसिटर जनरल का पद भी मानो पुरुषों के लिए आरक्षित रहा है। वकीलों की अपनी संस्थाओं में भी महिला अधिवक्ताओं को हाशिये पर ही खड़ा रखा गया। बार कौंसिल ऑफ़ इंडिया के अभी तक सभी अध्यक्ष मर्द ही रहे हैं। सुप्रीम कोर्ट और

दिल्ली हाई कोर्ट बार एसोसिएशन व अधिकांश अन्य एसोसिएशंस की महिलाएँ अध्यक्ष नहीं बन पाई हैं। मतलब यह कि सभी महत्त्वपूर्ण निर्णय-स्थलों पर पुरुषों का वर्चस्व बना रहा है।

कहना कठिन है कि नारीवादी इतिहासकार इसे सिर्फ़ 'संयोग' और 'नियति' कहेंगे या 'पितृसत्ता का षड्यंत्र'? अभी तो स्त्री को वकील बने, एक सदी भी पूरी नहीं हुई। 2 अप्रैल, 2023 आने में अभी भी तीन साल बाकी हैं! सुन रही हो ना-रगीना गुहा!

(राष्ट्रीय सहारा, आधी दुनिया, 15 मई, 2019)

सन्दर्भ

1. रगीना गुहा बनाम अज्ञात, 35 इंडियन केसेज 925, निर्णय दिनांक 29 अगस्त, 1916
2. सुधांशुबाला हज़ारा बनाम अज्ञात, 64 इंडियन केसेज 636, निर्णय दिनांक 28 नवम्बर, 1921
3. राष्ट्रीय अभिलेखागार, शिमला रिकाड्र्स, जुडिशियल ए फाइल नम्बर 22/1921
4. राष्ट्रीय अभिलेखागार, शिमला रिकाड्र्स, जुडिशियल ए फाइल नम्बर 30/1922
5. द लीगल प्रैक्टिशनर्स (वीमेन) एक्ट, 1923, दिनांक 2 अप्रैल, 1923

अविवाहित स्त्री से क़ानूनी भेदभाव

आश्चर्यजनक मगर सच है कि आज़ादी के 32 साल और संविधान लागू होने के 29 साल बाद भी भारतीय विदेश सेवा तक में, विवाहित महिला अयोग्य मानी जाती थी और महिला सदस्य को विवाह करने से पूर्व, सरकार से लिखित अनुमति लेना अनिवार्य था। अपने संवैधानिक अधिकारों की सुरक्षा के लिए, क़ानूनी हथियार उठाने की पहल करते हुए सी.बी. मुथम्मा (वरिष्ठ सदस्य, भारतीय विदेश सेवा) ने 1979 में संविधान के अनुच्छेद 32 के तहत सीधे सर्वोच्च न्यायालय में याचिका दायर की। मुथम्मा (1924-2009) पहली महिला थीं, जो भारतीय विदेश सेवा के लिए चुनी गई थीं। पहली महिला राजनयिक (राजदूत) थी। लैंगिक अधिकारों की रक्षा के लिए जीवन भर लड़ती रहीं। नौ साल की थीं, जब उनके पिता का देहान्त हुआ। उनकी बहुचर्चित पुस्तक है 'स्ले बाई सिस्टम'। उल्लेखनीय है कि अदालत में बहस के दौरान महाधिवक्ता सोली सोराबजी ने सरकार की तरफ़ से दलील दी थी कि महिलाओं द्वारा विवाह करने की स्थिति में, गोपनीय और महत्त्वपूर्ण सरकारी सूचनाओं और दस्तावेजों के लीक होने का ख़तरा या सम्भावना बढ़ सकती है। इस पर न्यायमूर्ति अय्यर ने पूछा था 'क्या पुरुषों द्वारा शादी करने से यह ख़तरा या सम्भावना शून्य है?'

मुथम्मा ने जब इसके बारे में सोचना शुरू किया, तो पता चला एक मामले[1] में सत्र न्यायधीशों की नियुक्ति के लिए निकले विज्ञापन में, विवाहित स्त्रियों की नियुक्ति पर प्रतिबन्ध था। नियुक्ति के बाद विवाह पर अगर सरकार को लगे कि इससे कार्य क्षमता प्रभावित हो रही है, तो महिला को इस्तीफा देने के लिए वह कह सकती है। मतलब नौकरी से हटा सकती है। इस प्रावधान को महिला वकीलों द्वारा अदालत में चुनौती दी गई थी। ओडिशा उच्च न्यायालय के न्यायमूर्ति एस. बर्मन और बी.के. पात्रा ने उपरोक्त नियमों को भेदभाव पूर्ण मानते हुए, असंवैधानिक करार दिया था। यह निर्णय पढ़ने के बाद मुथम्मा को अँधेरी कोठरी में उम्मीद की किरण दिखाई देने लगी।

गहन चिन्तन के बाद एक दिन उन्होंने फ़ैसला किया कि जो हुआ सो हुआ, वह अब चुप नहीं रहेंगी। उन्होंने ठान लिया कि क़ानून के समक्ष समानता के मौलिक अधिकार और धर्म, जाति, लिंग या जन्मस्थान के आधार पर भेदभाव पर रोक के बावजूद स्त्री विरोधी शर्मनाक यौन पूर्वाग्रह-दुराग्रह और वैधानिक भेदभाव को जड़ से नष्ट करवाने के लिए, अदालत का दरवाज़ा खटखटाना ही पड़ेगा। पहल करते हुए मुथम्मा ने संविधान के अनुच्छेद 32 के तहत सीधे सर्वोच्च न्यायालय में याचिका दायर की।

मामले में सर्वोच्च न्यायालय के न्यायमूर्ति वी.आर. कृष्णा अय्यर ने खण्डपीठ की तरफ़ से निर्णय[2] में लिखा है कि 'सुश्री मुथम्मा जो भारतीय विदेश सेवा की वरिष्ठ सदस्य हैं की यह याचिका एक ऐसी कथा कह रही है, जिसे सुनकर कोई भी आश्चर्य से कहेगा कि (भारतीय संविधान के) अनुच्छेद 14 और 16 मिथ हैं या यथार्थ! सरकार के किसी भी कार्य या निष्क्रियता से संवैधानिक अधिकारों की विश्वसनीयता पर कोई आँच नहीं आ सकती। लेकिन आज़ादी की एक तिहाई सदी (32 साल) बाद भी सुश्री मुथम्मा की शिकायत का प्रभाव यह है कि भारतीय स्त्रीत्व के विरुद्ध यौन पूर्वाग्रह सरकारी सेवा के नियमों में व्याप्त हैं। नियमों में दुराग्रह के आरोप निराधार नहीं हैं और यह सेवा नियमों की विरासत में भेदभाव को समाप्त करने के बारे में कार्यपालिका की अनिष्टकारी उदासीनता को दर्शाता है। यदि उच्च अधिकारी भी नियमों के तहत समान न्याय की उम्मीद खो दें, तो आम आदमी के बारे में जो पहले से ही महंगी न्यायिक मंडी से बाहर है, सिर्फ़ अनुमान ही लगाया जा सकता है। यह विचलित करनेवाला विचार हमें उन दो नियमों के बारे में कुछ अवलोकन करने के लिए प्रेरित करता है, जो प्रथम दृष्टया सार्वजनिक सेवा में महिला प्रजाति के साथ भेदभाव करते हैं और आश्चर्यजनक रूप से इतने लम्बे समय तक लागू रहे हैं। सम्भवत सरकारी सेवक प्रशासन द्वारा बनाए असंवैधानिक नियमों को चुनौती देने से डरते हैं।'

याचिकाकर्ता सुश्री मुथम्मा की शिकायत है कि उन्हें ग़ैरक़ानूनी और असंवैधानिक रूप से भारतीय विदेश सेवा के ग्रेड में पदोन्नति से वंचित किया गया है। उनके अपने ही शब्दों में—

'...पदोन्नति में याचिकाकर्ता की उपेक्षा के कारणों में से एक महिलाओं के ख़िलाफ़ शत्रुतापूर्ण भेदभाव की लम्बे समय से चली आ रही प्रथा है। यहाँ तक की आरम्भ में ही जब याचिकाकर्ता ने संघ लोकसेवा के लिए चुनी गई तो साक्षात्कार के समय संघ लोकसेवा आयोग के अध्यक्ष ने याचिकाकर्ता को विदेश सेवा में शामिल न होने के लिए प्रेरित (रोकने/मनाने) करने की कोशिश की। बाद में एक

अवसर पर उन्होंने व्यक्तिगत रूप से याचिकाकर्ता को बताया कि उन्होंने अध्यक्ष के रूप में अपने प्रभाव का उपयोग, साक्षात्कार में उसे न्यूनतम अंक देने के लिए किया था। विदेश सेवा में प्रवेश के समय, याचिकाकर्ता को यह वचन भी देना था कि यदि वह विवाह करती है, तो विदेश सेवा से इस्तीफा दे देगी। कई अवसरों पर याचिकाकर्ता को एक स्त्री होने के परिणामों का सामना करना पड़ा और इस तरह क़ानूनी भेदभाव का शिकार होना पड़ा। हालाँकि संविधान विशेष रूप से अनुच्छेद 15 के तहत धर्म, जाति, लिंग या जन्म स्थान के आधार पर भेदभाव को प्रतिबन्धित करता है और संविधान का अनुच्छेद 14, क़ानून के समक्ष समता का अधिकार प्रदान करता है। केन्द्रीय मंत्रिमंडल की नियुक्ति समिति के सदस्य और प्रतिवादी नम्बर मूल रूप से महिलाओं के विरुद्ध एक समूह के रूप में पूर्वाग्रह से ग्रसित हैं। प्रेस के अनुसार भारत के प्रधान मंत्री ने कहा है—"यह कहना अप्रासंगिक नहीं होगा कि अधिकांश महिलाएँ जो वरिष्ठ स्तर पर सेवा में हैं, उन्हें बहुत ही व्यवस्थित रूप से उन पदों के लिए चुना जा रहा है, जिन्हें परम्परागत रूप से मंत्रालय द्वारा कम प्राथमिकता दी गई थी।"'

यदि इन दावों का एक अंश भी सच था, तो प्रशासनिक मानस और मर्दाना अहंकार में व्यापक असंवैधानिकता रची-बसी है। यह (संविधान के भाग III के लिए) अभिशाप है जो सम्बन्धित मंत्रालय में निर्दोषों का शिकार करता है। अगर कहीं इस तरह का लैंगिक अन्याय सक्रिय है, तो सत्ता शिखर द्वारा गम्भीरता से ध्यान देने योग्य है, ताकि इस तरह की (कु)प्रवृत्ति को समाप्त किया जा सके। विदेशी सेवा में स्त्री द्वेषी के रूप में और अधिक स्पष्ट दो हठी नियम हैं, जो याचिका में बताए गए हैं। भारतीय विदेश सेवा के शर्मनाक नियम[3] 8 (2), पढ़े जा सकते हैं :

नियम 8 (2): उन मामलों में जहाँ उप-नियम (1) लागू नहीं होता है, विदेश सेवा की महिला सदस्य शादी से पूर्व सरकार से लिखित में अनुमति लेगी। विवाह के बाद किसी भी समय, महिला सदस्य को सेवा से इस्तीफा देने की आवश्यकता पड़ सकती है, अगर सरकार को लगे कि परिवार और घरेलू प्रतिबद्धताओं के उसके कर्तव्यों के उचित और कुशल निर्वहन के रास्ते में आने की सम्भावना है।"

महिलाओं के विरुद्ध भेदभावपूर्ण इस नियम में पारदर्शी पीड़ा मौजूद है। यदि कोई महिला सदस्य विवाह करने से पहले सरकार की अनुमति प्राप्त करेगी, तो सरकार को वही जोखिम तब भी होगा, जब कोई पुरुष सदस्य विवाह करता है। यदि सेवा की महिला सदस्य के परिवार और घरेलू प्रतिबद्धताओं के उसके कर्तव्यों के कुशल निर्वहन के रास्ते में आने की सम्भावना है, तो पुरुष सदस्य के मामले

में भी तो ऐसी ही स्थिति उत्पन्न हो सकती है। एकल परिवारों, अन्तर-महाद्वीपीय विवाह और अपरम्परागत व्यवहार के समय में, कोई भी व्यक्ति सभ्य स्त्री प्रजाति के ख़िलाफ़ इस नग्न पूर्वाग्रह को समझने में विफल है या होगा। नियम[4] 18 (4) में भी वैसा ही पूर्वाग्रह और तनाव कुंडली मारे बैठा है :

'(4) किसी भी विवाहित महिला को सेवा में नियुक्त होने का अधिकार नहीं होगा।'

प्रथम दृष्टि में ही यह नियम लज्जाजनक और अनुच्छेद 16 की अवहेलना है। यदि विवाहित पुरुष को अधिकार है, तो विवाहित महिला (अन्य चीजें समान होने पर) को क्यों नहीं? वह किसी बदतर धरातल पर नहीं खड़ी। यह स्त्री विद्वेषी मुद्रा मर्दाना संस्कृति की खुमारी है, जो अबला स्त्री को बेड़ियों में जकड़ना है। हम यह भूल जाते हैं कि राष्ट्रीय स्वतंत्रता के लिए हमारा संघर्ष, महिला दासता के ख़िलाफ़ भी था। स्वतंत्रता अविभाज्य है, इसलिए न्याय भी। अनुच्छेद 14 और 16 में हमारे मूल विश्वास को 'आधी दुनिया' और मानवता के सन्दर्भ में पूरी तरह नजरअन्दाज़ किया जाना, संविधान और व्यवहारिक क़ानून के बीच की दूरी का उदास प्रतिबिंब है। और अगर संसद के 'सरोगेट' के रूप में कार्यपालिका, (संविधान द्वारा प्रदत्त मौलिक अधिकार से सम्बन्धित) भाग III के दांतों में ऐसे नियम बनाता है, खासकर जब उच्च राजनीतिक कार्यालय, यहाँ तक कि राजनयिक पद जो महिलाओं द्वारा भरा गया है, तो लिंग समानता के प्रति सख्त 'एलर्जी' का विरोध अपरिहार्य है।

हमारा अभिप्राय यह सामान्यीकरण करना नहीं है कि सभी व्यवसायों और सभी स्थितियों में पुरुष और महिलाएँ समान हैं और यह दावा भी नहीं कि विशेष रोजगार की आवश्यकताएँ, यौन संवेदनशीलता या सामाजिक क्षेत्रों की विशिष्टताओं या दोनों में से किसी भी बाधा को दूर करने के लिए, यौन आधार पर चयन की विवशता या आवश्यकता ही नहीं है। लेकिन जहाँ भेदभाव प्रदर्शनीय है, वहाँ समानता का नियम ही चलना चाहिए। हमारे संविधान के इस पंथ ने आख़िर हमारे सरकारी उल्लेख पर बताया, शायद आंशिक रूप से इस लम्बित याचिका के दबाव में ही सही प्रतिवादी हलफनामे में यह कहा गया है कि नियम 18 (4) (पूर्व में सन्दर्भित) 12 नवम्बर, 1973 को हटा दिया गया है। और इसी तरह, केन्द्र सरकार का हलफनामा कहता है कि नियम 8 (2) भी विलुप्त होने के रास्ते में है, जिसे नियमावली से हटाने के बाद राजपत्रित किया जा रहा है। देर आए दुरुस्त आए। खैर! हमें इन नियमों की छानबीन करने या असंवैधानिक घोषित करने की आवश्यकता से राहत मिली।

इस क़ानूनी कार्यवाही के बाद याचिकाकर्ता को पदोन्नत कर दिया गया है। कह सकते हैं कि इसके बाद, यह तो होना ही था। जहाँ न्याय हो चुका हो, तो

आगे की जाँच व्यर्थ है। केन्द्र सरकार बताती है कि हालाँकि याचिकाकर्ता को कुछ महीने पहले पदोन्नति के लिए पर्याप्त योग्य नहीं पाया गया था, लेकिन वह अब उपयुक्त पाई गई है। उसे पदोन्नत किया गया है और हेग में भारत के राजदूत के रूप में नियुक्त किया गया है। अब उसकी एक शिकायत शेष बची है। उसके पहले मूल्यांकन और दूसरे मूल्यांकन के बीच कुछ महीनों के अन्तराल के दौरान, कुछ कनिष्ठ अधिकारी उससे वरिष्ठ हो गए हैं। भारतीय आधिकारिक जीवन की चूहा दौड़ में वरिष्ठता एक धार्मिक सम्मान प्राप्त करती दिखाई देती है। चूँकि याचिकाकर्ता के आगे का कैरियर बुरी तरह से प्रभावित हो सकता है, क्योंकि यह तथ्य है कि उसका सेवा ग्रेड I में पहले जन्म हुआ था, इसलिए उसकी वरिष्ठता को बदलनेवाली शिकायत को नज़रअन्दाज़ नहीं किया जा सकता है। उनका मामला, वरिष्ठता पर विशेष ध्यान केन्द्रित करते हुए, उन कनिष्ठों के सन्दर्भ में समीक्षा के योग्य है, जिन्हें कुछ महीनों के अन्तराल में पदोन्नत किया गया है। अन्याय की भावना नासूर है, जिसे पूर्णतया नष्ट किया जाना चाहिए, ताकि रणनीतिक स्थिति में हर नौकरशाह देश के लिए अपना सर्वश्रेष्ठ दे। हमें भारत के संघ की तरफ़ से महाधिवक्ता (सॉलिसिटर जनरल सोली सोराबजी) की उपस्थिति का विशेष लाभ मिला है। चारित्रिक निष्पक्षता के साथ उन्होंने अपने मुवक्किल को इस बात के लिए राजी कर लिया है कि हम जिसे सिर्फ़ इशारे के रूप में मानते हैं, वह यह है कि प्रतिवादी सरकार (यूनियन ऑफ इंडिया) जल्द ही याचिकाकर्ता की वरिष्ठता की समीक्षा करेगा, उसकी योग्यता का पता लगाया जा चुका है और ग्रेड II में उसकी वरिष्ठता की पहचान की जा चुकी है। हम उसी के अनुसार निर्देशित करते हैं।

उपरोक्त कथन के अधीन रहते हुए, हमें याचिका में लगाए गए बदनीयती के आरोपों की जाँच करना ज़रूरी नहीं लगता। याचिका या लैंगिक धर्मार्थ से किसी प्रेरणा का इन्तज़ार किए बिना, हम सिर्फ़ इतना ही कहना चाहते हैं कि सरकार को यौन भेदभाव को समाप्त करने के लिए, सभी सेवा नियमों को ख़त्म करने की आवश्यकता है। हम याचिका निरस्त कर रहे हैं लेकिन समस्या नहीं।

न्यायमूर्ति कृष्णा अय्यर की संवेदनात्मक न्यायिक भाषा और प्रगतिशील दृष्टिकोण को ऐतिहासिक परिप्रेक्ष्य में जानना-समझना ज़रूरी है। हालाँकि याचिका अन्ततः निरस्त कर दी गई। खैर...इस कड़ी में आगे महिलाओं के उन तमाम न्यायिक संघर्षों पर संवाद होना चाहिए, जिन्होंने आधी दुनिया को रोशन करने की पहल और अभूतपूर्व भूमिका का सफलतापूर्वक निर्वाह किया है।

कहने की आवश्यकता नहीं कि सुश्री मुथम्मा ने यह कदम अपने व्यक्तिगत हितों का बचाव करने के लिए ही किया था। लेकिन निश्चित रूप से संघर्ष की

इस राह ने बहुत सी स्त्रियों को प्रेरित किया। जब और कोई रास्ता नहीं बचा तो स्त्री विरोधी नियमों, क़ानूनों, कुप्रथाओं, विसंगतियों की संवैधानिक वैधता को ही चुनौती देनी पड़ी। एक बार नहीं, अनेक बार। ऐसे अनेक ऐतिहासिक मुकदमों की लम्बी सूची है।

एयर इंडिया में भी एयर होस्टेस के सन्दर्भ में ऐसे ही भेदभावपूर्ण नियम थे, जिन्हें बाद में एयर इंडिया बनाम नरगेश मिर्ज़ा[5] मामले में चुनौती दी गई थी।

विचित्र विडम्बना है कि आज भी घोषित-अघोषित रूप से भारतीय समाज और ग़ैर-सरकारी क्षेत्र में अविवाहित लड़कियों को ही प्राथमिकता दी जाती है और विवाहित स्त्रियों को नौकरी के लिए 'अयोग्य' समझा जाता है। 'प्रसवाकाश' माँगते ही नौकरी से हटा दिया जाता है। साधन-सम्पन्न वर्ग में शादी के बाद नौकरी छोड़ने का पारिवारिक दबाव-तनाव बढ़ने लगता है। यौन हिंसा और कार्यस्थल पर यौनिक उत्पीड़न के आतंक से भयभीत स्त्रियों के एक बड़े समूह को, घर-परिवार और बच्चे पालना ही अधिक सुरक्षित जान पड़ता है। क्या यह स्त्रियों की 'व्यवस्था द्वारा हत्या' नहीं!

(राष्ट्रीय सहारा, आधी दुनिया, 17 अप्रैल, 2019)

सन्दर्भ

1. राधा चरण पटनायक बनाम ओडिशा राज्य, एआईआर 1969 ओडिशा 237
2. सी.बी. मुथम्मा बनाम भारत सरकार, एआईआर 1979 सुप्रीम कोर्ट 1868
3. भारतीय विदेश सेवा (आचरण और अनुशासन) नियम, 1961
4. भारतीय विदेश सेवा (भर्ती संवर्ग, वरिष्ठता और पदोन्नति) नियम, 1961
5. एआईआर 1981 सुप्रीम कोर्ट 1829

सम्पत्ति में समान उत्तराधिकार

'गॉड ऑफ़ स्माल थिंग्स' के लिए 'बुकर प्राइज' (1997) पानेवाली अंग्रेज़ी की लेखिका अरुंधती रॉय की माँ का नाम है मेरी रॉय।

मेरी रॉय को जब पिता की मृत्यु (1960) के बाद सम्पत्ति में समान अधिकार नहीं मिला, तो वह स्त्री विरोधी और भेदभावपूर्ण क़ानूनों के विरुद्ध लड़ने की ठान लेती हैं। अपने हक के लिए वह ज़िला अदालत से सर्वोच्च न्यायालय तक की 26 साल लम्बी संघर्ष यात्रा करके अपने हक को हासिल करती हैं। यहाँ यह बताना ज़रूरी है कि सदियों पुराने क़ानून की संवैधानिक वैधता को चुनौती देकर, अपने अधिकार पाने का दु:साध्य काम करनेवाली मेरी रॉय, स्त्री अधिकारों की प्रमुख कार्यकर्ता भी हैं और सम्मानीय शिक्षक भी।

शायद अधिकांश पाठकों को यह जानकार आश्चर्य हो कि अरुंधती रॉय की माँ का नाम है मेरी रॉय। अरुंधति जब दो साल की थी, तो माँ मेरी रॉय और पिता राजीव रॉय के बीच विवाह विच्छेद हो गया था। माँ मेरी रॉय केरल की सीरियन ईसाई और पिता बंगाली हिन्दू हैं। सब जानते हैं कि माँ और बेटी दोनों ही 'विद्रोही' हैं।

खैर! मेरी रॉय ने 1983 में त्रावनकोर ईसाई उत्तराधिकार अधिनियम, 1916 की संवैधानिक वैधता को चुनौती देते हुए, अनुच्छेद 32 के तहत याचिका[1] दायर की थी। सर्वोच्च न्यायालय के मुख्य न्यायाधीश पी.एन. भगवती और आर.एस. पाठक ने वकीलों की बहस और क़ानूनी प्रावधानों की गहन समीक्षा करने के बाद 24 फरवरी, 1986 को अपना ऐतिहासिक फ़ैसला सुनाया[2], जिससे केरल की हजारों नहीं, लाखों औरतों को सम्पत्ति में समान अधिकार मिलने का रास्ता खुला।

मुकदमे की पृष्ठभूमि यह है कि केरल में ईसाई समुदाय में सम्पत्ति पर अलग-अलग उत्तराधिकार क़ानून थे, जो प्राचीनकाल से धर्मशास्त्रों के आधार पर बने और बनाए गए थे। लम्बे समय तक यह सिलसिला चलता रहा। विभिन्न क्षेत्रों में विभिन्न प्रथा और क़ानून होने के कारण, अनिश्चितता और सम्पत्ति विवाद बढ़ते

जा रहे थे। 1916 में त्रावनकोर में राजशाही थी और महाराजा ने सभी नियमों को मिलाकर भारतीय ईसाईयों के लिए उत्तराधिकार सम्बन्धी पहला क़ानून त्रावनकोर ईसाई उत्तराधिकार अधिनियम, 1916 ('अधिनियम 1916') बनाया था। 1949 में त्रावनकोर को कोचीन में मिला दिया गया, जहाँ पहले से कोचीन ईसाई उत्तराधिकार अधिनियम, 1921 ('अधिनियम 1921') लागू था। 1949 में मलबार का भी कुछ हिस्सा केरल से मिलाया गया, जहाँ भारतीय उत्तराधिकार अधिनियम, 1925 ('अधिनियम 1925') लागू था।

उल्लेखनीय है कि 'अधिनियम 1925' में स्त्री-पुरुष को मिलनेवाले हिस्से में किसी भी प्रकार का कोई भेदभाव नहीं किया गया था। परिणामस्वरूप एक ही राज्य के तीन भागों (त्रावनकोर, कोचीन और मलबार व अन्य) में, तीन अलग-अलग अधिनियम (1916, 1921 और 1925) अपना-अपना काम कर रहे थे। 'अधिनियम, 1916' में विधवाओं को सम्पत्ति पर जीवन काल तक सीमित अधिकार था (अगर पुनर्विवाह न करें) और स्त्रियों को सम्पत्ति में पाँच हज़ार से अधिक नहीं मिल सकता था और वो भी तब जब उसे विवाह के समय स्त्रीधन के रूप में कुछ न मिला हो।

संसद ने 1951 में एक क़ानून[3] पारित किया, जिसके अनुसार 1 अप्रैल, 1951 से उत्तराधिकार सम्बन्धी सभी पुराने प्रादेशीय क़ानूनों को रद्द करते हुए, केन्द्रीय क़ानून 'अधिनियम 1925' लागू करने कि घोषणा की थी। लेकिन केरल के ईसाइयों ही नहीं, वकीलों और न्यायाधीशों को भी उत्तराधिकार क़ानून के बारे में बहुत से संशय बने रहे।

संविधान में क़ानून के समक्ष समानता के मौलिक अधिकार के बावजूद, धर्म के आधार पर बने-बनाए भेदभावपूर्ण उत्तराधिकार क़ानूनों के कारण स्त्रियों के साथ अकल्पनीय अन्याय होता रहा है। साधन-सम्पन्न वर्ग में क़ानूनी विवाद अदालत और अपील की प्रक्रिया में ही सालों लटके रहते हैं। मेरी रॉय केस इसका सिर्फ़ एक नमूना भर है। स्वयं अर्जित सम्पत्ति के वसीयत करने के असीमित अधिकार के होते हुए, उत्तराधिकार क़ानून (जहाँ मृतक की कोई वसीयत नहीं) एक स्तर पर अर्थहीन ही सिद्ध होते रहे हैं। समृद्ध व्यक्ति बिना वसीयत किये, कहाँ मरते हैं!

न्यायमूर्तियों के समक्ष सार्वजनिक महत्त्व का रोचक क़ानूनी प्रश्न यह था कि 1 अप्रैल, 1951 के बाद 'अधिनियम 1925' का त्रावणकोर और कोचीन में लागू 'अधिनियम 1916' और 'अधिनियम 1921' पर क्या प्रभाव पड़ेगा? इस वैधानिक सवाल पर मद्रास उच्च न्यायालय के एकल और खंडपीठ का अलग-अलग मत था,

सो न्यायमूर्तियों को देखना था कि कौन सा निर्णय सही है। मद्रास उच्च न्यायालय के न्यायमूर्ति इस्माइल[4] का मत था कि 1951 के बाद 'अधिनियम 1916' रद्द हो चुका है। मद्रास उच्च न्यायालय की खंडपीठ[5] ने भी परोक्ष रूप से यह माना है कि 'अधिनियम 1916' दरअसल 'अधिनियम 1925' से भी पहले का है।

'अधिनियम 1925' के प्रावधानों से स्पष्ट था कि यह पूरे देश में (पारसी धर्म के अनुयाइयों के अलावा) सब पर लागू होगा। विद्वान न्यायमूर्तियों ने केरल राज्य के वकीलों का यह तर्क मानने से इनकार कर दिया कि 1951 के बाद भी, त्रावनकोर के ईसाईयों पर 'अधिनियम 1916' ही लागू रहेगा। 'अधिनियम 1925' बाद में बना है और अधिक स्पष्ट भी है, सो किसी भी तर्क से 'अधिनियम 1916' का क़ानून नहीं बच सकता। वह तो बहुत पहले रद्द किया जा चुका है, सो उसका कोई अस्तित्व ही नहीं है। राज्य सरकार के वकीलों का यह तर्क भी बहुत ही धुंधला है कि 'अधिनियम 1925' की धारा 29 में कहा गया है कि त्रावनकोर में 1916 का क़ानून ही लागू रहेगा, क्योंकि 1951 के अधिनियम में साफ़ तौर पर 1916 (और 1921 भी) का क़ानून रद्द किया जाता है। इस सन्दर्भ में[6] त्रावनकोर और कोचीन उच्च न्यायालय के निर्णय को भी सही नहीं ठहराया जा सकता। अपवाद और विलय के प्रावधान विधायिका द्वारा अपनायी प्रक्रिया हैं। दोनों की भाषा का उद्देश्य ही भिन्न है। हमें यह कहने में कोई हिचक नहीं है कि 1 अप्रैल, 1951 के बाद पूरे राज्य में 'अधिनियम 1925' के ही प्रावधान लागू हैं और होंगे, न कि पुराने क़ानून 'अधिनियम 1916' (या 'अधिनियम 1921')।

न्यायमूर्तियों ने विचार-विमर्श के बाद अन्तिम निर्णय सुनाते हुए कहा, "इस विचार के उपरांत अब इस बात पर बहस करना ज़रूरी नहीं है कि 'अधिनियम 1916' के धारा 24, 28 और 29 असंवैधानिक हैं या नहीं। हम याचिका स्वीकार करते हुए, यह घोषित करते हैं कि पूर्व राज्य त्रावनकोर के भारतीय ईसाईयों की सम्पत्ति में उत्तराधिकार के मामलों में (जहाँ कोई वसीयत नहीं है) 'अधिनियम 1925' ही लागू होगा।"

सुप्रीम कोर्ट के मेरी रॉय फ़ैसले के आधार पर, केरल उच्च न्यायालय ने 'अधिनियम 1921' को भी रद्द करार दे दिया।[7] सुप्रीम कोर्ट का यह निर्णय (1986) एक प्रकार से पिछली तारीख़ (1 अप्रैल, 1951) से लागू नया क़ानून बन गया। परिणामस्वरूप 1 अप्रैल, 1951 से लेकर 24 फरवरी, 1986 तक के बीच की अधिकांश ईसाई सम्पत्ति की खरीद-बेच और अदालती फ़ैसले/डिक्री नये विवाद का कारण बन गए। उत्तराधिकार क़ानूनों की स्थिति पहले ही बेहद पेचीदा थी, सुप्रीम कोर्ट निर्णय (1986) के बाद और 'विचित्र' हो गई।

सुप्रीम कोर्ट के निर्णय के बाद भी, मेरी रॉय की कोर्ट-कचहरी का अन्त नहीं हुआ। सम्पत्ति में एक तिहाई हिस्सा मेरी रॉय की माँ का था, जो उनके जीवनकाल तक ही रह सकता था। मेरी रॉय 1988 में ज़िला अदालत से लेकर केरल उच्च न्यायालय (1994) तक के चक्कर लगाती रहीं। जिस भाई के खिलाफ़ मुक़दमेबाज़ी करनी पड़ी, उसने (उसकी कम्पनी) 1984 में ही सम्पत्ति बैंक को गिरवी रख कर क़र्ज़ उठा लिया था। ज़मीन का बँटवारा होने लगा, तो स्टेट बैंक ऑफ त्रावनकोर ज़मीन का कब्ज़ा लेने के नोटिस और धमकियाँ देने लगा। 2000 में अपनी माँ की मृत्यु के बाद, उन्होंने अन्तिम निर्णय के लिए कोट्टायम उप-अदालत का दरवाज़ा खटखटाया। यह मामला आठ साल तक जारी रहा, जिसके बाद 2009 में डिक्री अनुपालन की याचिका दायर करने के बाद ही सम्पत्ति मेरी रॉय को मिल पाई। दरअसल संविधान में क़ानून के समक्ष समानता के मौलिक अधिकार के बावजूद, धर्म के आधार पर बने-बनाए भेदभावपूर्ण उत्तराधिकार क़ानूनों के कारण, स्त्रियों के साथ अकल्पनीय अन्याय होता रहा है। साधन-सम्पन्न वर्ग में क़ानूनी विवाद अदालत और अपील की प्रक्रिया में ही सालों साल लटके रहते हैं। मेरी रॉय केस इसका सिर्फ़ एक नमूना भर है।

(राष्ट्रीय सहारा, आधी दुनिया, 3 जुलाई, 2019)

सन्दर्भ

1. नम्बर 8260/1983
2. मेरी रॉय बनाम केरल राज्य, एआईआर 1986 सुप्रीम कोर्ट 1011
3. पार्ट बी स्टेट (लॉज़) एक्ट, 1951
4. सोलोमा बनाम मुथिया, 1974 (1) मद्रास लॉ जर्नल 5
5. डी. चेल्लिया बनाम जी.ललिताबाई, एआईआर 1978 मद्रास 66
6. एआईआर 1957 त्रावनकोर और कोचीन उच्च न्यायालय1
7. वी.एम. मैथ्यू बनाम एलिसवा (1988 (1) केएलटी 310(खंडपीठ) और जोसफ बनाम मेरी (1988 (2) केएलटी 27 (खंडपीठ)

पैतृक सम्पत्ति में औरत का हिस्सा

हिन्दू विधवाओं को पति की चिता पर ज़िन्दा जलाने की बर्बर प्रथा के ख़िलाफ़ लार्ड विलियम बेंटिक ने सती रेगुलेशन (1829) पारित किया। कुछ वर्ष बाद विधवा पुनर्विवाह अधिनियम, 1856 का प्रारूप लार्ड डलहौजी ने तैयार किया था, मगर पारित किया लार्ड कैनिंग ने। विधवाओं को सती करने पर रोक लगाने और पुनर्विवाह का अधिकार देने पर चीख-पुकार मची—'धर्म खतरे में'। राजनेताओं ने घृणा सन्देश फैलाने शुरू कर दिये—"अंग्रेज हमारे धर्म और परम्पराओं में हस्तक्षेप करके हमें ईसाई बनाना चाहते हैं। यह हिन्दू संस्कृति पर हमला है।"

बाद में 'फूलमनी' केस के सहमति की उम्र पर आयोग बनाने (1891) और बाल विवाह पर प्रतिबन्ध (1929) लगाने के समय भी राष्ट्रवादी नेतृत्व इसी भाषा में उन्माद फैलाता रहा। इन सभी अवसरों पर भारतीय सभ्यता-संस्कृति के रक्षकों के सीधे निशाने पर थे—समाज सुधारक राजा राम मोहन रॉय, ईश्वरचन्द्र विद्यासागर, हरविलास शारदा व अन्य और अंग्रेज़ी सरकार। राष्ट्रीय गौरव के रक्षकों और समाज सुधारकों के बीच संघर्ष अब तक जारी है। दरअसल सत्ता परिवर्तन के साथ-साथ सांस्कृतिक सुधार के समीकरण भी बदलना लगभग तय होता है। यही नहीं धार्मिक नफरत और विरोध की हत्या के संस्कार अन्ततः राजनीति की भाषा-परिभाषा और लिंग भेदी मानसिकता में भी प्रतिबिंबित होते रहे हैं।

ऐतिहासिक परिप्रेक्ष्य में देखें तो इसे क़ानून और न्याय व्यवस्था की विडम्बना ही कहा जाएगा कि विधवा पुनर्विवाह अधिनियम, 1856 पारित होने के करीब सौ साल बाद भी भारतीय समाज में एक विधवा स्त्री को उत्तराधिकार[1] में सम्पत्ति पाने के लिए चवालीस साल (1954-1998) लम्बी क़ानूनी लड़ाई लड़नी पड़ी। और आज भी यह तय नहीं है कि हिन्दू उत्तराधिकार अधिनियम, 1956 में संशोधन (2005) के बाद बेटियों को पैतृक सम्पत्ति में अधिकार कब मिलेगा? जन्म से मिलेगा या सिर्फ़ उन बेटियों को जिनके पिता का देहान्त संशोधन (9.9.2005) के बाद हुआ?

फिलहाल यह विवाद सुप्रीम कोर्ट की पूर्णपीठ (तीन जज) के समक्ष विचाराधीन है। देखते हैं कब-क्या फ़ैसला होता है।

गुरुअम्मा[2] के पति की मृत्यु 1954 में हो गई थी। अदालती फ़ैसले के अनुसार हुए बंटवारे में उसके हिस्से आई सम्पत्ति में कुछ 'कृषि भूमि' भी शामिल थी, जो उसके देवर और उसके बेटे-बेटी देना नहीं चाहते थे। हिस्सा न देने का तर्क-कुतर्क यह कि सम्पत्ति में 'कृषि भूमि' शामिल नहीं होती। अन्तिम चरण में विवाद जब सर्वोच्च न्यायालय पहुँचा, तो न्यायमूर्ति सुश्री सुजाता मनोहर और जी.बी.पटनायक ने अपने फ़ैसले[3] में कहा कि हिन्दू महिला सम्पत्ति अधिकार अधिनियम, 1937 के अन्तर्गत विधवा को उत्तराधिकार में मिलनेवाली सम्पत्ति में 'कृषि भूमि' भी शामिल है। 'सम्पत्ति' को अगर स्पष्ट रूप से अधिनियम में परिभाषित नहीं किया गया है, तो सम्पत्ति की परिभाषा में 'कृषि भूमि' भी शामिल मानी जाएगी। अगर विधायिका चाहती तो 'कृषि भूमि' को इस क़ानून से बाहर रख सकती थी। उच्च न्यायालय के निर्णय को सही मानते हुए, सर्वोच्च न्यायालय ने निर्णय में कहा कि सम्पति की परिभाषा में 'कृषि भूमि' भी शामिल मानी जाएगी।

सर्वोच्च न्यायालय के उपरोक्त निर्णय के बाद भी विभिन्न अदालतों में हिन्दू उत्तराधिकार अधिनियम, 1956 के अन्तर्गत 'सम्पत्ति' में 'कृषि भूमि' के शामिल होने और न होने के बारे में विवाद बना रहा। पहला तर्क यह कि उपरोक्त निर्णय हिन्दू महिला सम्पत्ति अधिकार अधिनियम, 1937 से सम्बन्धित है और दूसरा यह कि हिन्दू उत्तराधिकार अधिनियम, 1956 इसके बाद बना और बनाया गया क़ानून है।

सर्वोच्च न्यायालय के न्यायमूर्ति यू.यू. ललित और एम.आर. शाह के समक्ष[4] विचारणीय 'यक्ष प्रश्न' यह था कि क्या 'कृषि भूमि' भी उत्तराधिकार क़ानून[5] की धारा 22 के प्रावधानों के दायरे में आती है? इस सवाल पर अभी तक विभिन्न उच्च न्यायालयों के विरोधाभासी फ़ैसले आते रहे। उत्तराधिकार के अधिकांश अदालती मुकदमों में 'कृषि भूमि' भी शामिल रहती ही है। इसलिए सर्वोच्च न्यायालय के सामने यह एक सार्वजनिक महत्त्व का गम्भीर मुद्दा था।

'कृषि भूमि' विवाद की पृष्ठभूमि यह है कि एक था लाजपत जिसकी मृत्यु के बाद, उसकी कृषि भूमि उसके दो पुत्रों नाथू और सन्तोख को मिली। नाथू ने अपना हिस्सा एक बाहरी व्यक्ति को बेच दिया। सन्तोख ने मामला हमीरपुर अदालत में दायर कर कहा कि (उत्तराधिकार क़ानून[6] की धारा 22 के अनुसार) उसे इस मामले में प्राथमिकता पर सम्पत्ति लेने का अधिकार है। ज़िला अदालत ने मद्रास[7] और ओड़िशा[8] उच्च न्यायालय के फैसलों के आधार पर डिक्री सन्तोख के पक्ष में दी, जिसे बाद में उच्च न्यायालय और सर्वोच्च न्यायालय ने भी बरकरार रखा। यहाँ यह बताना ज़रूरी

है कि इस बीच नाथूराम की मृत्यु होने के बाद उसकी जगह उसके उत्तराधिकारी बाबूराम ने ले ली थी।

हिमाचल प्रदेश उच्च न्यायालय के न्यायमूर्ति के सामने जब बाबूराम की अपील आई, तो उसके सामने पहले से हुए दो विरोधाभासी फ़ैसले थे। वो भी उसी उच्च न्यायालय के। पहला एकलपीठ का फ़ैसला (2008) यह था कि हिन्दू उत्तराधिकार अधिनियम, 1956 के प्रावधान कृषि भूमि की बिक्री पर लागू नहीं होते, जबकि इसके विपरीत दूसरी एकलपीठ का निर्णय (2012) था कि उत्तराधिकार क़ानून के प्रावधान कृषि भूमि की बिक्री पर लागू होते हैं। ऐसे में एकलपीठ के न्यायमूर्ति क्या करते! उन्होंने समुचित फ़ैसले के लिए अपील खंडपीठ (दो जज) को भेज दिया। ऐसी स्थिति में नियमानुसार यही प्रक्रिया निर्धारित भी है।

खंडपीठ (कार्यवाहक मुख्य न्यायाधीश संजय करोल व न्यायामूर्ति धर्मचन्द चौधरी) ने दो विरोधाभासी एकल पीठों के निर्णयों पर बहस सुनने और विवेचना के बाद फ़ैसला सुनाते हुए कहा कि एकल पीठ[9] के फ़ैसले को ही सही माना जाना चाहिए। इसका परिणाम यह था कि उत्तराधिकार क़ानून के प्रावधान, कृषि भूमि से जुड़े विवादों पर भी लागू होंगे। खंडपीठ के स्पष्टीकरण के बाद, न्यायामूर्ति सी.बी. बारोवलिया ने (7 मई, 2018) अपील ख़ारिज कर दी, जिसके विरुद्ध बाबूराम द्वारा सुप्रीम कोर्ट में विशेष अनुमति याचिका दायर की गई।

उत्तराधिकार क़ानून 'कृषि भूमि' पर लागू हैं या नहीं के सवाल पर, विस्तृत विवेचन के बाद सर्वोच्च न्यायालय के न्यायमूर्तियों (ललित और शाह) ने निर्णय[10] में उच्च न्यायालय के फ़ैसले को ही सही ठहराया। भविष्य के लिए यह भी स्पष्ट किया कि धारा 22 में प्रावधान है कि जब बिना वसीयत के किसी व्यक्ति की मृत्यु हो जाती है, तो उसकी सम्पत्ति उत्तराधिकारियों पर आ जाती है। उत्तराधिकार क़ानून की धारा 22 'कृषि भूमि' पर भी लागू होगी। इसलिए संयुक्त हिन्दू परिवार की सम्पत्ति का बंटवारा होने पर या उससे पहले यदि उत्तराधिकार में मिली सम्पत्ति को कोई एक सदस्य बेचना चाहे तो अन्य वारिस प्राथमिकता के आधार पर उस सम्पत्ति को खरीदने का दावा कर सकते हैं। यानी सम्पत्ति किसी तीसरे व्यक्ति को बेचने से पहले अन्य वारिसों की सहमति अनिवार्य होगी। उत्तराधिकार क़ानून की धारा 4 (2) के समाप्त होने का इस पर कोई फर्क नहीं पड़ेगा, क्योंकि वह प्रावधान 'कृषि भूमि पर काश्तकारी के अधिकारों' से ही सम्बन्धित था। उत्तराधिकार क़ानून (1956) बनने से पहले शास्त्रिक हिन्दू क़ानूनों में भी ऐसे ही नियम और परम्परा मौजूद थी। भारतीय विधायिका द्वारा ऐसा प्रावधान बनाए और बचाये रखने का मुख्य उद्देश्य भी यही रहा है कि परिवार या सम्पत्ति में बाहरी व्यक्ति न घुस सके।

सर्वोच्च न्यायालय के उपरोक्त दोनों फैसलों से यह स्पष्ट हो गया कि पैतृक सम्पत्ति में 'कृषि भूमि' भी शामिल है और इस पर बेटियों और विधवा स्त्री का अधिकार है। उन्हें 'कृषि भूमि' में हिस्सा पाने और लेने से वंचित नहीं किया जा सकता।

उपरोक्त दोनों निर्णयों के बीच उत्तराधिकार क़ानून की भाषा-परिभाषा में एक और नया पेच आ फँसा। हिन्दू उत्तराधिकार अधिनियम, 1956 में हुए संशोधन[11] के अनुसार यह प्रावधान पारित किया गया है कि किसी व्यक्ति की मृत्यु बिना कोई वसीयत किये हो गई है और सम्पत्ति में पैतृक सम्पत्ति भी शामिल है, तो मृतक की सम्पत्ति में बेटे और बेटियों को बराबर हिस्सा मिलेगा। बेटी को भी पुत्र की तरह 'कोपार्शनर' माना और समझा जाएगा। यानी अब पैतृक सम्पत्ति में बेटियों को भी बेटों के समान अधिकार दे दिया गया है। हालाँकि क़ानून में ही यह व्यवस्था कर दी गई कि अगर पैतृक सम्पत्ति का बँटवारा 20 दिसम्बर, 2004 से पहले हो चुका है, तो उस पर यह संशोधन लागू नहीं होगा। पर समस्या यह है कि सुप्रीम कोर्ट के एक निर्णय के अनुसार अगर पिता की मृत्यु 9.9.2005 से पहले हो चुकी है, तो बेटी को पैतृक सम्पत्ति में अधिकार नहीं मिलेगा। जबकि दूसरे फ़ैसले के अनुसार अधिकार मिलेगा। सो संशोधन के बावजूद पैतृक सम्पत्ति में बेटियों के अधिकार का मामला अन्तर्विरोधी और पेचीदा क़ानूनी व्याख्याओं में अभी भी उलझा हुआ है। फिलहाल मामला[12] तीन जजों की पूर्णपीठ (न्यायमूर्ति अर्जन सीकरी, अशोक भूषण और एम.आर. शाह) को भेजा गया। इस बीच मार्च 2019 में न्यायमूर्ति अर्जन सीकरी रिटायर हो गए। खैर, जिन बेटियों के पिता जीवित हैं या देहान्त 9.9.2005 के बाद हुआ है, उनके केस में कोई क़ानूनी अड़चन दिखाई नहीं देती। मगर जिनके पिता का स्वर्गवास 9.9.2005 से पहले हो गया था, उन्हें सर्वोच्च न्यायालय की पूर्ण पीठ के फ़ैसले की प्रतीक्षा करनी होगी।

सुप्रीम कोर्ट के न्यायमूर्ति आदर्श कुमार गोयल और अनिल आर. दवे के निर्णय[13] के अनुसार जिन बेटियों के पिता का 9.9.2005 से पहले ही स्वर्गवास हो चुका है, उन्हें संशोधित उत्तराधिकार क़ानून से पैतृक सम्पत्ति में कोई अधिकार नहीं मिलेगा! लेकिन सुप्रीम कोर्ट की ही दूसरी खंडपीठ (न्यायमूर्ति अशोक भूषण और अर्जन सीकरी) ने अपने निर्णय[14] में कहा कि बेटियों को सम्पत्ति में अधिकार उनके जन्म से मिलेगा, भले ही पिता की मृत्यु 9.9.2005 से पहले हो गई हो। पर, इस मामले में बंटवारे का केस पहले से (2003) चल रहा था। सुप्रीम कोर्ट के न्यायमूर्ति आर.के. अग्रवाल और अभय मनोहर सप्रे ने अपने निर्णय[15] में फूलवती निर्णय को ही सही माना और स्पष्ट किया कि बँटवारा माँगने के समय पिता और पुत्री का जीवित होना ज़रूरी है।

लगभग एक माह बाद ही दिल्ली उच्च न्यायालय की न्यायमूर्ति सुश्री प्रतिभा एम. सिंह ने सुप्रीम कोर्ट के उपरोक्त निर्णयों का उल्लेख करते हुए अन्तर्विरोधी और विसंगतिपूर्ण स्थिति का नया आख्यान सामने रखा।[16] फूलवती केस को सही मानते हुए अपील रद्द कर दी, मगर सुप्रीम कोर्ट में अपील दायर करने की विशेष अनुमति/प्रमाणपत्र भी दिया, ताकि क़ानूनी स्थिति तय हो सके। इन निर्णयों से अनावश्यक रूप से क़ानूनी स्थिति पूर्णरूप से अन्तर्विरोधी और असंगतिपूर्ण हो गई। सुप्रीम कोर्ट की ही तीन खंडपीठों के अलग-अलग फ़ैसले होने की वजह से मामला तीन जजों की पूर्णपीठ को भेजा गया।

सुप्रीम कोर्ट में यह मामला तीन जजों की खंडपीठ में 2018 से इस बात पर विचाराधीन था कि जिन बेटियों के पिता की मृत्यु 9.9.2005 से पहले हो गई, क्या उन्हें सम्पत्ति में अधिकार है? 11 अगस्त, 2020 को एक महत्त्वपूर्ण निर्णय में तीन जजों (न्यायमूर्ति अरुण मिश्र व अन्य) की खंडपीठ ने स्पष्ट कर दिया कि बेटियों को पैतृक सम्पत्ति में बराबर अधिकार मिलेगा, भले ही उनके पिता की मृत्यु 9.9.2005 से पहले हो चुकी हो। इस निर्णय से बेटियों को मिलनेवाली पैतृक सम्पत्ति में बढ़ोतरी हो सकती है, बशर्ते...!

ऊपरी तौर पर देखने से महिलाओं को बराबरी का क़ानूनी हक़ मिल गया है लेकिन अभी बहुत से नए अगर-मगर और आ खड़े हुए हैं। गम्भीरता से देखना समझना पड़ेगा। अधिकार मिलने और सम्पत्ति मिलने में बहुत अन्तर है। सुप्रीम कोर्ट के इस फ़ैसले को सही मानें तो 1956 से 2020 तक केन्द्रीय और राज्य सरकारों द्वारा जो ज़मीन अधिग्रहण किया गया उसमें बेटियों का भी अधिकार था/है। सरकार भाइयों को मुआवजा दे चुकी है। अब बेटियों को उनके मुआवजा में अधिकार कैसे मिलेगा? कहना न होगा कि 1912 में अधिग्रहीत लुटियन जोन की ज़मीन के मुआवज़े के मामले तो अभी तक सुप्रीम कोर्ट/दिल्ली हाई कोर्ट में लम्बित हैं। इसी तरह जो पैतृक सम्पत्ति कई-कई बार बिक चुकी है और बिल्डर्स फ्लैट बना बेच चुके हैं, उसमें बेटियों को हिस्सा कब और कैसे मिलेगा? उन सम्पत्तियों का क्या जिनमें बेटियाँ ख़ुद अपना हिस्सा छोड़ने के शपथ पत्र दे चुकी हैं? ऐसी ही सैकड़ों और स्थितियाँ हैं, जिनमें मामला पहले से अधिक उलझ गया है और सुलझने में कई दशक बीत जाएँगे।

उल्लेखनीय है कि संशोधन से पहले पैतृक सम्पत्ति का सांकेतिक बंटवारा पहले पिता और पुत्रों के बीच होता था। पिता के हिस्से आई सम्पत्ति का फिर से बराबर बँटवारा पुत्र-पुत्रियों (भाई-बहनों) के बीच होता था। इसे सरल ढंग से कहूँ तो मान लो पिता के तीन पुत्र और दो पुत्रियाँ हैं और पिता के हिस्से आई पैतृक

सम्पत्ति 100 रुपये की है, तो यह माना जाता था कि अगर बँटवारा होता, तो पिता और तीन पुत्रों को 25-25 रुपये मिलते। फिर पिता के हिस्से में आए 25 रुपयों का बंटवारा तीनों पुत्रों और दोनों पुत्रियों के बीच पाँच-पाँच रुपये बराबर बाँट दिया जाता था। मतलब तीन बेटों को 25 + 5 = 30 × 3 = 90 रुपये और बेटियों को 5 × 2 = 10 रुपये मिलते। संशोधन के बाद पाँचों भाई-बहनों को 100 ÷ 5 = 20 रुपये मिलेंगे या मिलने चाहिए। हालाँकि भारतीय समाज में अधिकांश 'उदार बहनें' स्वेच्छा से, अपना हिस्सा अभी भी भाइयों के पक्ष में ही छोड़ देती हैं।

कहना न होगा कि कोई भी व्यक्ति (स्त्री-पुरुष) स्वयं अर्जित सम्पत्ति, वसीयत द्वारा किसी को भी दे सकता है। ज़रूरी नहीं कि परिवार में ही दे। वह किसी को भी दे या दान कर सकता है। कोई भी अपने पिता या पति के जीवन काल में, उनकी स्वयं अर्जित सम्पत्ति बँटवाने का अधिकारी नहीं है। मुस्लिम क़ानूनानुसार अपनी एक तिहाई से अधिक सम्पत्ति की वसीयत नहीं की जा सकती। हिन्दू क़ानून में पैतृक सम्पत्ति का बँटवारा, संशोधन से पहले सिर्फ़ मर्द उत्तराधिकारियों के बीच ही होता था। वैसे वसीयत का असीमित अधिकार रहते उत्तराधिकार क़ानून 'अर्थहीन' हैं।[17]

पाठक कृपया ध्यान दें कि वसीयत न होने की स्थिति में बेटियों को पिता की स्वयं अर्जित सम्पत्ति में ही नहीं, बल्कि पिता की पैतृक सम्पत्ति (उनका हिस्सा) में से भाइयों के बराबर अधिकार मिलेगा। नि:सन्देह सन्तान को अपने पिता-माता की सम्पत्ति में अधिकार है, बशर्ते माँ-बाप बिना वसीयत किये मरे हों। बेटे-बेटी को सौतेले माता-पिता की सम्पत्ति में कोई अधिकार नहीं है। मतलब जो लेना हो, अपने माँ-बाप से लो! सौतेले माँ-बाप से कुछ नहीं मिलेगा। यह दूसरी बात है कि जिनके पास सम्पत्ति है, वो बिना वसीयत के कहाँ मरते हैं! वसीयत में बेटी को कुछ दिया, तो उसे वसीयत के हिसाब से मिलेगा। अगर वसीयत पर विवाद हुआ, तो सम्भव है बेटियाँ सालों कोर्ट-कचहरी करती रहें। संक्षेप में निष्कर्ष यह है कि दुनिया भर की 'पूँजी' (स्त्री देह और धरती) पर पुरुषों का वर्चस्व है। विवाह क़ानूनों के माध्यम से (स्त्री) देह और उत्तराधिकार क़ानूनों के माध्यम से धरती पर सदियों से पुरुषों का क़ब्ज़ा बना हुआ है। क्योंकि 'पूँजी' पर उत्तराधिकार के लिए 'वैध' सन्तान और 'वैध' सन्तान के लिए, 'वैध' विवाह अनिवार्य है। 'वैध' सन्तान अपने पिता के (माता के भी) उत्तराधिकारी माने-समझे जाते हैं और अवैध सिर्फ़ अपनी माँ की। सौतेले माता-पिता से सन्तान को गुज़ारा भत्ता तक पाने का अधिकार नहीं, उत्तराधिकार में क्या मिलेगा? जो लेना हो अपने माँ-बाप से लो, सौतेले माँ-बाप से कुछ भी लेने का कोई क़ानूनी अधिकार नहीं है। विधवा पुनर्विवाह या तलाक़ के बाद दूसरा विवाह करने के क़ानूनी अधिकार के बावजूद, सौतेली सन्तान के बारे

में तो आज तक हमने सोचना भी शुरू नहीं किया। कहना कठिन है कि इस दिशा में 'सोचना' कब शुरू करेंगे!

सन्दर्भ

1. हिन्दू महिला सम्पत्ति अधिकार अधिनियम, 1937
2. विजयनाथ बनाम गुरुअम्मा और अन्य (1999) 1 एससीसी 292
3. 1999 (1) एससीसी 292, दिनांक 18 नवम्बर, 1998
4. बाबूराम बनाम सन्तोख सिंह (सिविल अपील नम्बर 2553/2019)
5. हिन्दू उत्तराधिकार अधिनियम, 1956
6. हिन्दू उत्तराधिकार अधिनियम, 1956
7. एआइआर 2000 मद्रास 516
8. एआइआर 1988 ओड़िशा 285
9. रोशन लाल बनाम प्रीतम सिंह (अपील नम्बर 258/2012)
10. दिनांक 17 जनवरी, 2019
11. 9.9.2005 से प्रभावी
12. 5 दिसम्बर, 2018 को
13. प्रकाश बनाम फूलवती (2016 (2) एससीसी 36, दिनांक 19 अक्टूबर 2015
14. दनम्मा उर्फ सुमन सुरपुर बनाम अमर केस (2018 (1) स्केल 657, दिनांक 1फरवरी, 2018
15. मंगामल बनाम टी बी राजू, दिनांक 19 अप्रैल, 2018
16. विनीता शर्मा बनाम राकेश शर्मा दिनांक 15 मई, 2018
17. देखें 'उत्तराधिकार बनाम पुत्राधिकार', अरविन्द जैन, राजकमल प्रकाशन

शाहबानो जीत कर भी हार गई

सियासत के हाथों एक औरत कैसे छली जाती है इसकी मिसाल शाहबानो है। उसकी चर्चा आज भी अदालत से लेकर सियासत के गलियारों तक में होती है। मध्यप्रदेश के इन्दौर की रहनेवाली शाहबानो ने अपने वकील शौहर मोहम्मद खान से गुज़ाराभत्ता पाने के लिए मजिस्ट्रेट से लेकर सुप्रीम कोर्ट तक मुकदमा लड़ा था। इस दौरान पूरी शिद्दत से वह लड़ती रही। क़ानूनी लड़ाई जीतने के बावजूद वह हार गई थी। सियासत से वह ऐसे छली गई, जिसकी मिसाल खोजना नामुमकिन है। सुप्रीम कोर्ट से जीतने के बाद 'मुस्लिम पर्सनल लॉ बोर्ड' और अन्य धार्मिक नेताओं के दबाव में तत्कालीन प्रधानमंत्री राजीव गांधी की सरकार ने सुप्रीम कोर्ट के पाँच न्यायमूर्तियों[1] के फ़ैसले[2] को रातोरात नया क़ानून[3] बनाकर अर्थहीन कर दिया था। उन दिनों इस मुकदमे के बहाने बहस धर्म, क़ुरान और क़ानून से लेकर हिन्दू-मुस्लिम, बहुविवाह, समान नागरिक संहिता और 'इस्लाम खतरे में' तक होने लगी थी। इस नये क़ानून की संवैधानिक वैधता को सुप्रीम कोर्ट में चुनौती[4] दी गई। मगर संविधान पीठ के पाँच न्यायमूर्तियों[5] ने लगभग पन्द्रह साल बाद फ़ैसला[6] सुनाया और याचिका निरस्त कर दी।

शाहबानो का निकाह 1932 में मोहम्मद अहमद खान से हुआ था, जो बाद में इन्दौर के प्रसिद्ध वकील बने। निकाह के 14 साल बाद मोहम्मद अहमद खान ने अपने से काफी कम उम्र की स्त्री से दूसरा निकाह किया। लगभग 46 साल के वैवाहिक जीवन में शाहबानो पाँच बच्चों (तीन बेटे और दो बेटियाँ) की माँ बनी। 1975 में पति ने शाहबानो (तब उम्र 62 साल) को बच्चों समेत घर से निकाल दिया, तो शाहबानो ने 1978 में गुज़ाराभत्ता के लिए, मजिस्ट्रेट (इन्दौर) के यहाँ अर्ज़ी लगाई। मामला अभी लम्बित ही था कि शौहर ने गुजराभात्ता देने से बचने के लिए, नवम्बर 1978 में 'तीन तलाक़' का सहारा लिया। उस समय (1978-79) आपराधिक दंड प्रक्रिया संहिता, 1973 की धारा 125 के

तहत, अधिकतम गुज़ाराभत्ता पाँच सौ रुपए ही दिया जा सकता था। बाद में जब संशोधन[7] (2001) हुआ, तो गुज़ारेभत्ते की अधिकतम सीमा को समाप्त कर दिया गया। खैर! मजिस्ट्रेट (इन्दौर) ने शाहबानो को सिर्फ़ 25 रुपए महीना, जी हाँ सिर्फ़ पच्चीस रुपये महीना गुज़ाराभत्ता देने का आदेश दिया था। पच्चीस रुपये महीना का मतलब 2500 ÷ 30 = 83 पैसे रोज। 83 पैसे रोज में शाहबानो को शायद दिनभर में एक सूखी रोटी भी नसीब नहीं हो सकती थी। यह सोचकर ही दिमाग चक्कर खाने लगता है कि क़ानून ने एक भारतीय स्त्री के साथ यह कैसा 'न्याय' किया था! इन्साफ़ किया था या मानवीय मर्यादा और गरिमा के कफ़न का प्रबंध? बाद में अपील/रिवीजन[8] दायर करने पर मध्य प्रदेश उच्च न्यायालय ने गुजराभत्ता की रकम 25 रुपए से बढ़ाकर 179 रुपये कर दी थी। मध्य प्रदेश उच्च न्यायालय के फ़ैसले के विरुद्ध सुप्रीम कोर्ट अपील दायर की गई। और इस तरह मजिस्ट्रेट की अदालत से ऐतिहासिक विवाद सुप्रीम कोर्ट तक (वाया हाइकोर्ट) पहुँच गया।

मोहम्मद अहमद ख़ान बनाम शाहबानो मामले में अपील सुप्रीम कोर्ट की संविधान पीठ के पाँच न्यायमूर्तियों के सामने क्यों रखी गई, जबकि इस अदालत के तीन न्यायमूर्तियों की पूर्ण पीठ समान मुद्दे पर बाई ताहिरा ए बनाम अली हुसैन फिस्साल्ली चोथिया[9] और फजलुनबी बनाम के खादर वली[10] मामले में निर्णय पहले ही सुना चुकी थी कि धारा 125 के तहत तलाक़शुदा मुस्लिम महिला भी गुज़ाराभत्ता पाने की अधिकारी है और 'मेहर' गुज़ारे के लिए नाकाफी है। फजलुनबी मामले में संविधान पीठ के न्यायमूर्ति चिन्नप्पा रेड्डी भी शामिल थे। दोनों ही फ़ैसले न्यायमूर्ति वी.आर. कृष्णा अय्यर द्वारा लिखे गए थे। संविधान पीठ ने निर्णय में ही इस सवाल का जवाब यह दिया कि 3 फरवरी, 1981 को जब यह अपील न्यायमूर्ति फज़ल अली और वरदराजन के सामने आई तो उन्होंने तीन न्यायमूर्तियों की पूर्ण पीठ के फैसलों पर असहमति जताते हुए मुख्य न्यायाधीश से आग्रह किया कि इसे तीन न्यायमूर्तियों से बड़ी पीठ को भेजा जाए, क्योंकि तलाक़शुदा मुस्लिम महिला को गुजराभत्ता देने के वैधानिक सवाल सार्वजनिक महत्त्व के हैं। वैधानिक सवाल महत्त्वपूर्ण और राष्ट्रीय महत्त्व का हो सकता है। लेकिन लम्बे समय से स्थापित न्यायिक प्रक्रिया में क्या दो न्यायमूर्तियों की खंड पीठ को तीन न्यायमूर्तियों की पूर्ण पीठ के फैसलों से असहमति जताने का कोई वैधानिक या नैतिक अधिकार है? कहीं धार्मिक अस्मिता से उपजी वैचारिक असहमति इतनी बलवती तो नहीं हो गई कि तमाम न्यायिक परम्परा और मर्यादा ही भूल गई हो?

संविधान पीठ ने अपने निर्णय में लिखा है—"इस अपील में संवैधानिक महत्त्व का कोई प्रश्न शामिल नहीं है, लेकिन यह कहना सही नहीं कि इसमें महत्त्व का कोई प्रश्न शामिल नहीं है। कुछ सवाल जो सामान्य नागरिक और आपराधिक क़ानून के अन्तर्गत उठते हैं, वे समाज के बड़े वर्गों के लिए दूरगामी महत्त्व के होते हैं। कुछ प्रश्नों का हल पारम्परिक रूप से अन्यायपूर्ण प्रक्रिया द्वारा किया गया है। महिलाएँ ऐसा ही एक वर्ग हैं।"

संविधान पीठ के न्यायमूर्तियों ने सभी पक्षों के विद्वान वकीलों की बहस सुनने के बाद स्वीकार किया कि इस अदालत के पहले सुनाए गए निर्णय (बाई ताहिरा और फजलुनबी) सही हैं। निर्णय में उल्लेख किया गया है—इससे पहले कि हम निष्कर्ष पर पहुँचें, हम विवाह और परिवार क़ानून पर उस आयोग की रिपोर्ट पर ध्यान आकर्षित करना चाहते हैं, जिसे पाकिस्तान सरकार द्वारा 4 अगस्त, 1955 को प्रस्तुत किया गया था। आयोग ने प्रश्न संख्या 5 का जवाब (रिपोर्ट का पृष्ठ 1215) यह दिया है कि "बड़ी संख्या में मध्यम आयु वर्ग की महिलाएँ, जिन्हें बिना किसी आधार या कारण के तलाक़ दिया जा रहा है, उन्हें अपने सिर पर बिना छत के और अपने और अपने बच्चों को बनाए-बचाए रखने के लिए साधनहीन हालत में सड़कों पर नहीं फेंका जा सकता।" न्यायमूर्तियों ने अपील निरस्त करते हुए आदेश दिया कि अपीलार्थी दस हज़ार रुपये बतौर खर्चा-ए-अपील देगा और प्रतिवादी (शाहबानो) चाहे तो गुज़ाराभत्ता बढ़वाने के लिए सक्षम अदालत में अर्जी लगा सकती है।

उपरोक्त ऐतिहासिक फ़ैसले के बाद संसद द्वारा बनाए गए, 'नये क़ानून' की संवैधानिक वैधता को भी सुप्रीम कोर्ट में चुनौती दी गई थी। हालाँकि सुप्रीम कोर्ट ने याचिका खारिज़ कर दी थी। मगर, बहस के दौरान न्यायमूर्तियों ने माना कि 'नया क़ानून' सिर्फ़ मुस्लिम पर्सनल लॉ के तहत हुए निकाह और तलाक़ पर लागू होगा, न कि विशेष विवाह अधिनियम के अन्तर्गत हुई शादियों और इंडियन डाइवोर्स एक्ट के तहत हुए विवाह विच्छेद पर। बिना तलाक़ लिए अलग रह रही मुस्लिम महिलाएँ भी धारा 125 के अन्तर्गत गुजाराभत्ता की माँग कर सकती हैं। अगर नये क़ानून में निर्धारित प्रक्रिया में कहीं से भी गुज़ारे लायक कुछ नहीं मिल पाये, तो भी तलाक़शुदा मुस्लिम महिला धारा 125 के अन्तर्गत गुजराभत्ते की अर्ज़ी दायर कर सकती है। नये क़ानून में जाने-अनजाने छूट गए रास्तों की व्याख्या भविष्य में आनेवाले वाद-विवाद ही तय करेंगे।

सन्दर्भ

1. न्यायमूर्ति वाई. वी. चन्द्रचूड (मुख्य न्यायाधीश), न्यायमूर्ति डी. ए. देसाई, ओ चिनप्पा रेड्डी, इ. एस. वेंकटरमिया और रंगनाथ मिश्र
2. मोहम्मद अहमद खान बनाम शाहबानो, एआईआर 1985 सुप्रीम कोर्ट 945
3. मुस्लिम महिला (तलाक़ संरक्षण) अधिनियम, 1986 (6 मई, 1986 को पारित)
4. डनिअल लतीफी बनाम भारत संघ, सिविल रिट पेटीशन नम्बर 868/1986
5. न्यायमूर्ति जी. बी. पटनायक, एस. राजेंद्रा बाबू, डी. पी. महापात्रा, डोरास्वामी राजू और शिवराज वी. पाटिल
6. डनिअल लतीफी बनाम भारत संघ, (2001) 7 एससीसी 740, निर्णय दिनांक 28 सितम्बर, 2001
7. 24 सितम्बर, 2001 से लागू
8. मध्य प्रदेश हाई कोर्ट, क्रिमिनल रिवीजन पेटीशन नम्बर 320/1979, निर्णय दिनांक 1 जुलाई, 1980
9. एआईआर 1979 सुप्रीम कोर्ट 362, निर्णय दिनांक 6 अक्टूबर, 1978
10. एआईआर 1980 सुप्रीम कोर्ट 1730, निर्णय दिनांक 8 मई, 1980

हिन्दू औरत-मुस्लिम औरत

अध्यादेश पर अध्यादेश। साढ़े चार साल में चालीस अध्यादेश। संसद में पहला विधेयक पारित न हो, तो अध्यादेश। अध्यादेश के बाद भी विधेयक पारित न हो तो फिर अध्यादेश। सुप्रीम कोर्ट के फ़ैसले[1] के बाद, तीन तलाक़ विधेयक[2] लोकसभा में पारित हुआ, मगर राज्यसभा में अटक-लटक गया। संसद में विधेयक पास नहीं हो पाया तो, अध्यादेश[3] जारी हुआ। अध्यादेश के बाद शीतकालीन अधिवेशन (2018) में फिर विधेयक, लोकसभा में पारित होने के बावजूद राज्यसभा में लटक गया। कोई बात नहीं, दोबारा अध्यादेश[4] जारी कर दो। रबड़ की मोहर लगाओ और 'देश चलाओ'।

'शाहबानो'[5] से लेकर 'सायराबानो'[6] तक राजनीतिक विश्वासघात और न्याय की ऐसे ही 'नाटक-नौटंकी' होती रही है। लिंग समानता की आड़ में, घृणित धार्मिक राजनीति। सत्ता और विपक्ष दोनों के हाथ दस्तानों में। यह भी कह सकते हैं कि 'दोस्तानों' में! दोहरे चरित्रहीन चेहरे, देश के सामने हैं। तीन तलाक़ विधेयक के बहाने संसद में 89 प्रतिशत मर्द सांसद, 'स्त्री सशक्तिकरण' पर बहस और लफ़्फ़ाज़ी करते रहे हैं। संसद ने जिस विधेयक को पारित करने से दो बार मना कर दिया, उसे बार-बार 'अध्यादेश' के रूप में थोपना—सत्ता बल का छल ही कहा जाएगा। यह संसद और संविधान दोनों की अवमानना है।

'राजनीतिक फ़ुटबाल' खेलते-खेलते, 'मुस्लिम महिलाओं की मुक्ति' के रास्ते नहीं तलाशे जा सकते। संसद में बिना विचार-विमर्श के क़ानून! देश में क़ानून का राज है या 'अध्यादेश राज'? क्या यही है सामाजिक-आर्थिक सुधारों के प्रति 'प्रतिबद्धता' और 'मजबूत इरादे'? क्या यही है संसदीय जनतांत्रिक व्यवस्था की नैतिकता? क्या यही है लोकतंत्र की परम्परा, नीति और मर्यादा? यह तो 'अध्यादेश राज' और शाही निरंकुशता ही नहीं, अंग्रेजी हकूमत की विरासत का विस्तार है। ऐसे नहीं किया जा सकता 'न्यू इंडिया' का नव-निर्माण।

अध्यादेशों के भयावह परिणामों से देश की जनता ही नहीं, ख़ुद राष्ट्रपति हैरान और परेशान होते रहे हैं।

उल्लेखनीय है कि सुप्रीम कोर्ट के पाँच न्यायमूर्तियों की संविधान-पीठ द्वारा मुस्लिम समाज में प्रचलित 'तीन तलाक़' को निरस्त करने के बाद, तीन तलाक़ सम्बन्धी विधेयक 2017 शीतकालीन अधिवेशन में पेश करने के लिए सूचीबद्ध हो गया। हालाँकि फ़ैसले के तत्काल बाद केन्द्रीय क़ानून मंत्री रविशंकर प्रसाद ने फ़ैसले का स्वागत करते हुए कहा था कि फ़ैसले के क्रियान्वयन के लिए अलग से क़ानून बनाए जाने की कोई आवश्यकता नहीं है। उस समय केन्द्र सरकार क़ानून बनाए जाने के पक्ष में नहीं थी। बाद में तर्क यह दिया गया कि सुप्रीम कोर्ट के फ़ैसले के बावजूद, ज़मीनी स्तर पर 'तीन तलाक़' की प्रथा जारी रही और कोई आमूल-चूल बदलाव दिखाई नहीं दे रहा था। लोकसभा में सत्ताधारी दल का बहुमत होने के कारण विधेयक पारित हो गया, लेकिन राज्यसभा में आकर अटक-लटक गया। राज्यसभा में बहस के दौरान, सत्ताधारी दल के सहयोगी भी विपक्ष के साथ खड़े नज़र आए। लगता है कि सरकार इस विधेयक/अध्यादेश पर बहस के माध्यम से 2019 के चुनावी बेड़े को पार ले जाना चाहती थी। ऐसे में पक्ष-विपक्ष की नीति और नीयत, सन्देह के घेरे में होना स्वाभाविक है। प्रतिपक्ष की नज़रों में "धार्मिक प्रतिशोध-प्रतिहिंसा से उपजा, विधेयक स्वागत योग्य नहीं"।

संविधान के अनुसार तो अध्यादेश 'असाधारण परिस्थितियों' में ही जारी किये जा सकते हैं। सुप्रीम कोर्ट कितनी बार कह चुकी है कि 'अध्यादेशों के माध्यम से सत्ता बनाए और बचाए रखना, संवैधानिक धोखाधड़ी है।' राज्यसभा में बहुमत नहीं है, तो संसद का संयुक्त सत्र बुलाया जा सकता था/है। हालाँकि 1952 से आज तक केवल चार बार, संयुक्त सत्र के माध्यम से विधेयक पारित किए गए है। संयुक्त सत्र बुला कर विधेयक पारित कराना भले ही संवैधानिक है, लेकिन व्यावहारिक बिलकुल नहीं। जानते हो ना! संविधान के अनुच्छेद 123 (दो) के तहत छह महीने के भीतर 'अध्यादेश' के स्थान पर, विधेयक पारित करवाना पड़ेगा और अनुच्छेद 85 के तहत छह महीने की अवधि संसद सत्र के अन्तिम दिन से लेकर, अगले सत्र के पहले दिन से अधिक नहीं होनी चाहिए। पहले की तरह अगर लोकसभा और राज्यसभा से मंजूरी नहीं मिली तो? दूसरा 'अध्यादेश' जारी कर-करवा दो।

निश्चय ही संसद का कामकाज ठप होने की बढ़ती घटनाएँ, गहरी चिन्ता का विषय हैं। विपक्ष को विरोध का अधिकार है, पर संसद में हंगामा करके बहुमत को दबाया नहीं जा सकता। सत्तारूढ़ दल और विपक्ष की ज़िम्मेदारी है कि मिल-बैठ कर आम सहमति बनाएं। विपक्षी हंगामे या हस्तक्षेप से बचने के लिए, अध्यादेश

का रास्ता बेहद जोखिमभरा है। अपनी भूमिका और विवेक के माध्यम से, विपक्ष का सहयोग जुटाओ। क्या आए दिन अध्यादेश जारी करने का, कोई व्यावहारिक समाधान या विकल्प नहीं है? तीन तलाक़ विधेयक पारित न होने के बाद, ऐसा क्या हो गया था कि अध्यादेश को लाने की तत्काल ज़रूरत पड़ गई। ऐसे समय में अध्यादेश लाने से मुस्लिम महिलाओं को क्या लाभ?

हम जानते हैं कि जिस दिन (26 जनवरी, 1950) संविधान लागू हुआ, उसी दिन 3 और उसी साल 18 अध्यादेश जारी करने पड़े। नेहरू जी 'जब तक रहे, प्रधानमंत्री रहे' और उन्होंने अपने कार्यकाल में 102 अध्यादेश जारी किये। इन्दिरा गांधी ने अपने कार्यकाल में 99, मोरार जी देसाई ने 21, चरण सिंह ने 7, राजीव गांधी ने 37, वी.पी.सिंह ने 10, आई.के. गुजराल ने 23, अटल बिहारी वाजपेयी ने 58, नरसिम्हा राव ने 108 और मनमोहन सिंह ने (2009 तक) 40 अध्यादेश जारी किये। सत्ताधारी दलों के सभी नेता संविधान को ताक पर रख, अनुच्छेद 123 का 'राजनीतिक उपयोग/दुरुपयोग' करते रहे हैं। गम्भीर सवाल यह है कि क्या 'अध्यादेश राज' कभी ख़त्म नहीं होगा?

राष्ट्रपति भवन कई बार 'संकेत' दे चुका है कि अगली बार किसी भी अध्यादेश पर महामहिम अपने संवैधानिक अधिकारों, राष्ट्रीय हितों, राजनीतिक दायित्वों और संसदीय परम्पराओं का हवाला देकर गम्भीर सवाल खड़े कर सकते हैं। एक बार किसी भी विधेयक, अध्यादेश या मंत्रीमंडल की सलाह को मानने से इनकार भी कर सकते हैं या पुनर्विचार के लिए भेज सकते हैं। अगर ऐसा होता, तो यह मौजूदा सरकार के लिए सचमुच मुश्किल की घड़ी होती। आख़िर राष्ट्रपति कब तक 'रबर की मोहर' बने रहेंगे!

बताने की ज़रूरत नहीं कि 1970 में संविधान के अनुच्छेद 123 की वैधता को चुनौती दी गई, तो सर्वोच्च न्यायालय ने हस्तक्षेप करने से ही मना कर दिया और 'तत्काल आवश्यकता' के सवाल पर निर्णय लेने के काम राजनेताओं पर छोड़ दिया।[7] अध्यादेशों को लेकर राज्यपालों की भूमिका पर अनेक बार गम्भीर प्रश्न खड़े हुए हैं। इस सन्दर्भ में सर्वोच्च न्यायालय का फ़ैसला[8] ऐतिहासिक दस्तावेज है, जिसमें कहा गया है कि बार-बार 'अध्यादेश' जारी करके क़ानून बनाना, अनुचित और ग़ैर संवैधानिक है। अध्यादेश का अधिकार असामान्य स्थिति में ही अपनाना चाहिए और राजनीतिक उदेश्य से इसके इस्तेमाल की अनुमति नहीं दी जा सकती। कार्यपालिका ऐसे अध्यादेश जारी करके, विधायिका का 'अपहरण' नहीं कर सकती।

उल्लेखनीय है कि कोयले से सम्बन्धित अध्यादेश 2014 को चुनौती देते हुए, ज़िन्दल पावर एंड स्टील, बीएलए पावर और सोवा इस्पात लिमिटेड द्वारा दिल्ली, मध्य प्रदेश और कोलकाता उच्च न्यायालय में पाँच अलग-अलग याचिकाएँ दायर की गईं। इन सभी याचिकाओं में कोयला अध्यादेश की संवैधानिक वैधता पर गम्भीर प्रश्न उठाए गए। केन्द्र सरकार ने उच्च न्यायालयों के अन्तरिम आदेश पर रोक लगाने और सभी याचिकाओं को सर्वोच्च न्यायालय में ट्रांसफर करने की गुहार लगाई। कोयला मंत्रालय की तरफ़ से अटॉर्नी जनरल मुकुल रोहतगी ने कहा कि सभी लम्बित याचिकाओं में क़ानूनी मुद्दे एक जैसे ही हैं। इसका विरोध करते हुए वरिष्ठ वकील और कांग्रेस नेता कपिल सिब्बल ने दलील दी कि कंपनी के शेयर होल्डिंग पैटर्न में तथ्यों को तोड़-मरोड़कर पेश किया गया है। मगर न्यायमूर्तियों[9] ने हस्तक्षेप करने से साफ़ इनकार कर दिया। अध्यादेशों के सन्दर्भ में क़ानूनी लड़ाई का आरम्भ हो चुका है और अन्त न जाने कब और किस रूप में होगा।

उल्लेखनीय है कि सायराबानो मामले में सुप्रीम कोर्ट के पाँच न्यायमूर्तियों[10] की संविधान-पीठ ने 'तीन तलाक़' को निरस्त करने का आदेश दिया था। इस फ़ैसले के बाद पूरे देश में ऐसा लगा कि मुस्लिम महिलाओं की आज़ादी का नया युग शुरू हो गया। अब मुस्लिम स्त्रियों पर दमन, अत्याचार या अनाचार का सिलसिला एकदम ख़त्म जाएगा। केन्द्र सरकार ने इसका भरपूर श्रेय लिया और विपक्षी दल फ़ैसले का विरोध भी नहीं कर पाए, शायद इस डर से कि विरोध कहीं उनके 'वोट बैंक' में सेंध न लगा दे।

395 पृष्ठ के फ़ैसले में तीन तलाक़ को निरस्त करने का फ़ैसला 3-2 के बहुमत से लिखा गया। 1937 के शरियत लॉ में तीन तलाक़ का प्रावधान धारा 2 में था, जिसे पाँच जजों की बेंच ने निरस्त कर दिया। न्यायमूर्ति खेहर और न्यायमूर्ति अब्दुल नजीर, तीन तलाक़ को निरस्त करने के पक्ष में नहीं थे। दोनों ने इस प्रावधान को असंवैधानिक नहीं माना। लेकिन साथ ही यह भी कहा कि चूँकि यह महिलाओं के हितों के ख़िलाफ़ है, इसलिए इस पर सरकार और संसद को क़ानून बनाना चाहिए। यानी केवल दो जजों ने क़ानून बनाए जाने की बात कही थी। इसका सीधा सा अर्थ है कि सरकार के लिए, क़ानून (वो भी आपराधिक क़ानून) बनाए जाने की कोई बाध्यता नहीं थी। तीन तलाक़ का प्रावधान ख़त्म हो गया और नया क़ानून बनने तक यदि कोई अपनी पत्नी को तीन तलाक़ दे देता, तो उसे सज़ा या ज़ुर्माना नहीं हो सकता। पति, पत्नी से कहेगा कि वह नहीं मानता सुप्रीम कोर्ट का फ़ैसले, जाओ अदालत। ऐसे में मुस्लिम महिलाएँ (जिनमें से अधिसंख्यक अशिक्षित-गरीब और गाँव कस्बों में रहनेवाली हैं) अदालतों के चक्कर काटती रहतीं। बिना तीन

तलाक़ कहे भी पत्नी को छोड़ सकता है या 90 दिनों में तीन बार तलाक़ तो कह ही सकता है। अनेक चोर रास्ते अभी भी मौजूद थे/हैं।

आश्चर्यजनक है कि पति-पत्नी के रहते दूसरा विवाह[11] करने की सज़ा सात साल, मगर अपराध असंगेय और ज़मानत योग्य है। लेकिन तीन तलाक़ की सज़ा, तीन साल मगर अपराध संगेय और ग़ैर-ज़मानत योग्य। क्यों? दूसरा विवाह करना, तीन तलाक़ से कम गम्भीर अपराध है, तो सज़ा सात साल क्यों? और संगेय ही नहीं, ज़मानत योग्य क्यों? दोनों प्रावधान एक साथ पढ़ते हुए, क़ानून अपनी समझ से बाहर जा रहा है। बाल विवाह क़ानून के तहत विवाह हो जाए तो अवैध होने योग्य माना जाता है, लेकिन तीन तलाक़ अवैध। मतलब बाल विवाह होने दो, पर तीन तलाक़ नहीं...नहीं...नहीं!

भारतीय दंड संहिता, 1860 की धारा 375 में अपवाद यह भी है कि अपनी बालिग पत्नी से बलात्कार तक को अपराध नहीं समझा जाता, क्योंकि पति को क़ानूनी अधिकार है। 'वैवाहिक बलात्कार' संवैधानिक है, मगर तीन तलाक़ असंवैधानिक और अपराध! यही नहीं, तीन तलाक़ पर फ़ैसले के समय (2017) किसी भी व्यक्ति द्वारा किसी दूसरे व्यक्ति की पत्नी के साथ 'व्यभिचार'[12] दंडनीय अपराध (असंगेय, ज़मानत योग्य) था, मगर किसी भी अनब्याही, तलाक़शुदा या विधवा से सेक्स अपराध नहीं। और हाँ! पत्नी को 'व्यभिचारी' पति के ख़िलाफ़ शिकायत तक का अधिकार नहीं था। पर तीन तलाक़ संगेय और ग़ैर-ज़मानती अपराध। तीन साल की सज़ा। क्यों? वेश्यावृति क़ानून में ग्राहक अपराधी नहीं। फलने-फूलने दो 'व्यभिचार' और 'देह व्यापार'। तीन तलाक़ विधेयक का अन्य क़ानूनों से तुलनात्मक अध्ययन करते-करते, दिमाग चकराने लगता है। पत्नी से बलात्कार, सुन्दरी से व्यभिचार औरतों के देह व्यापार की क़ानूनी छूट है या 'जेंडर-जस्टिस की लूट'।

स्त्री सशक्तिकरण के नाम पर यह कैसा उदारवादी-सुधारवादी 'छाया-युद्ध' है। बेहद नाटकीय पक्ष-विपक्ष। देश की 'आधी-आबादी' भूली नहीं है कि 'महिला आरक्षण विधेयक' भी तो (9 मार्च, 2010) राज्यसभा में पास हुआ था, जो आज तक लोकसभा में अटका-लटका है। क्या मासूम सा बहाना है कि क्या करें, 'सर्व सहमति' बन ही नहीं पा रही।

तीन तलाक़ पर उच्चतम न्यायालय के पाँच न्यायधीशों की संविधान पीठ के 'ऐतिहासिक फ़ैसले' को, आनेवाली पीढ़ियाँ किस रूप में देखेंगी—क्रान्तिकारी फ़ैसला या 'मील का पत्थर'! अभी कहना कठिन है। 1400 साल पुरानी 'प्रथा' की वैधानिकता-संवैधानिकता पर, न्यायविद सालों बहस करते रहे हैं, करते रहेंगे। क्या ऐसे ही निर्णयों से स्त्री गरिमा बढ़ेगी, महिलाओं का 'सशक्तिकरण' होगा और

'लैंगिक समानता' की दिशा में सार्थक शुरुआत हो पाएगी? सवाल यह भी है कि महिला याचिकाकर्ताओं को क्या 'हासिल' हुआ? उसी पति के साथ रहने का आदेश, जो उसे रोज़ तरह-तरह से प्रताड़ित करता रहा है। क्या ज़मीनी स्तर पर आमूल-चूल बदलाव से स्त्रियों की ज़िन्दगी ख़ुशहाल होगी? बहुत से सवाल सामने हैं। सन्देह और आशंकाएँ तब तक रहेंगी, जब तक 'आधी-आबादी' को समान न्याय और सम्मान से जीने-मरने के अधिकार नहीं मिलते। 'आधी-दुनिया' तो बहुत आशा और विश्वास के साथ, न्यायपालिका कि तरफ़ देखती रही है।

तीन तलाक़ को निरस्त करने के फ़ैसले को महिलाओं की 'ऐतिहासिक जीत' के रूप में प्रचारित किया गया। कहा जाता रहा कि दुनिया के लगभग 22 देशों ने पहले ही, तीन तलाक़ को निरस्त कर दिया है। भारत ने महिलाओं को 'यह आजादी' देने में 70 बरस लगा दिये। पाकिस्तान जैसे देश में 1961 में, तीन तलाक़ को रद्द किया जा चुका है। जिन देशों में तीन तलाक़ की यह असंवैधानिक परम्परा नहीं है, वहाँ तो महिलाएँ सशक्त होनी ही चाहिए। लेकिन क्या ऐसा है? अन्य देशों को छोड़ दीजिए, सिर्फ़ पाकिस्तान और बांग्लादेश में ही महिलाओं की सामाजिक-आर्थिक स्थिति से अन्दाज़ा लगाया जा सकता है।

तीन तलाक़ असंवैधानिक है, तो बहुविवाह, करेवा, बाल विवाह, वैवाहिक बलात्कार, बहुविवाह, व्यभिचार, देह-व्यापार, लैंगिक असमानता, भ्रूण हत्या को आप क्या कहेंगे-मानेंगे? विवाह संस्था में हिन्दू महिलाओं के साथ भी, हिंसा-हत्या, दमन-अत्याचार, अनाचार-दुराचार कम नहीं। तलाक़शुदाओं में 68 प्रतिशत हिन्दू, 22 प्रतिशत मुसलमान और दस फीसदी अन्य मजहबों के हैं। मुसलमानों में तीन तलाक़ के महज 0.01 प्रतिशत मामले ही तो पाये जाते हैं, तो क्या हमारे सरोकार सिर्फ़ इन 0.01 फीसदी महिलाओं से जुड़े हैं? बहुमत की महिलाओं के अधिकारों की संवैधानिकता और असंवैधानिकता पर हमें कुछ नहीं कहना है? एक दबा-ढका-छिपा सच यह है कि मर्दवादी समाज, स्त्रियों को कोई अधिकार देना ही नहीं चाहता। पंचायत (संसद-अदालत) में मर्द ही स्त्रियों के भाग्य का फ़ैसला करते रहे हैं। महिलाओं के विषय में इतना बड़ा फ़ैसला करते समय, कोई महिला न्यायाधीश नहीं दिखती-मिलती? ऐसा पहली बार तो नहीं हुआ।

हिन्दू विवाह अधिनियम, 1955 से पहले हिन्दुओं में भी, 'बहुविवाह' मान्य था और स्त्रियों को तलाक़ का अधिकार था नहीं। विवाह सात जन्मों का 'अटूट बंधन' माना जाता था। देश के पहले प्रधानमंत्री पंडित जवाहर लाल नेहरू ने जब हिन्दू क़ानून के तहत महिलाओं के अधिकारों को लेकर प्रयास किया, तब उन्हें भी भारी विरोध का सामना करना पड़ा था। आज नारी स्वतंत्रता की वकालत करनेवाले ही,

उस समय नेहरू विरोध में खड़े थे। लेकिन राजनीतिक दृढ़ता के कारण ही कुछ क़ानून पास हो सके। उस समय तमाम हिन्दूवादी नेताओं ने घोर विरोध किया था। तब वे भी नहीं चाहते थे कि हिन्दू क़ानून के अन्तर्गत, महिलाओं को मर्दों के सामान अधिकार मिलें। हिन्दू क़ानून के तहत महिलाओं को जो भी अधिकार मिले हैं, वे तब की 'राजनीतिक इच्छा' और मजबूती के कारण ही मिल पाए हैं। तत्कालीन राष्ट्रपति राजेन्द्र प्रसाद तक, प्रधानमंत्री जवाहरलाल नेहरू से नाराज़ थे। ऐतिहासिक दस्तावेज़ साक्षी हैं। यह वही आहत हिन्दूवादी मानस है, जो आज 'लिंग समानता' की आड़ में घृणित धार्मिक राजनीति के विषबीज बो रहा है। साम्प्रदायिक विद्वेष की खाई निरन्तर चौड़ी और गहरी होती जा रही है। स्पष्ट है कि इन अहंकारवादी नीतियों से, 'आधी आबादी' का कोई भला नहीं होनेवाला। क़ानून और सामाजिक-धार्मिक ताना-बाना पहले ही, इतनी बुरी तरह बिखरा और बिखराया जा चुका है कि यहाँ कहने-लिखने की आवश्यकता नहीं। समय रहते राजनीति के दलदल से बाहर नहीं निकले, तो भारतीय समाज विशेषकर स्त्रियों के लिए—आगे सिर्फ़ अन्तहीन अँधेरा है। सावधान..आगे ख़तरा है।

सुप्रीम कोर्ट ने ही सरला मुद्गल मामले[13] में समान नागरिक संहिता बनाने के लिए कहा था। उसे बनाने की पहल कोई नहीं कर रहा। भाजपा ने तो अपने चुनावी घोषणा-पत्र में भी, समान नागरिक संहिता बनाने का वादा किया था। 'एक देश, एक क़ानून' की वकालत करनेवाली सरकार, महिला समान अधिकारों के लिए एक क़ानून क्यों नहीं बनाती? समान नागरिक संहिता में तलाक़, विवाह, गुजाराभत्ता, सम्पत्ति आदि के अधिकार सभी महिलाओं—हिन्दू मुस्लिम, सिख, ईसाई, जैन के लिए समान होने चाहिए। तब समान न्याय-क़ानून होंगे भी, और दिखाई भी पड़ेंगे। समान नागरिक संहिता के साथ-साथ, यदि 'महिला आरक्षण विधेयक' भी पास कर-करवा दें, तो सचमुच महिलाओं के 'सशक्तिकरण' की प्रक्रिया शुरू होगी। लेकिन ऐसा कब हो पाएगा? महिलाओं को भी सामजिक-आर्थिक-राजनीतिक इन्साफ़, सामान न्याय, संवैधानिक बराबरी देने के लिए, एक ही क़ानून होना चाहिए। अगर सरकार सचमुच 'स्त्री सशक्तिकरण' की पक्षधर है, तो 'महिला आरक्षण विधेयक' पास करवाए और सामान नागरिक संहिता लाए।

आप-हम सिर्फ़ मुस्लिम महिलाओं के लिए, तीन तलाक़ को निरस्त किये जाने पर खुश होते रहेंगे। लेकिन अगर उनके पति ने सोच लिया कि पत्नी को छोड़ना है या तंग करना है, तो इस क़ानूनी विकल्प से क्या होगा? आज भी अदालतों में रोजाना ऐसे मामले आते हैं (अधिकांश हिन्दू लड़कियों के) जिनमें पति पत्नियों को उत्पीड़ित-प्रताड़ित करते रहते हैं और आज़ादी से घूमते रहते हैं। हम कहते

हैं 'दहेज मामलों में गिरफ़्तारी मत करो'। किसी से छिपा नहीं है कि किसी भी अदालती मामले को निपटाने में, सालों का समय-पैसा लगता है। अलग रहने के लिए ही नहीं, साथ रहने के लिए भी। उदाहरण के लिए, 1955 में सरोज रानी ने हिन्दू विवाह अधिनियम, 1955 की धारा 9 के तहत पति के साथ दोबारा रहने के लिए याचिका दाखिल की। इसका फ़ैसला सुप्रीम कोर्ट ने 1983-84 में सुनाया।[14] यानी साथ रहने के लिए भी फ़ैसला देने में अदालत को 28-29 साल का समय लग गया। ऐसे में तलाक़ से पीड़ित महिलाओं की अदालतों में क्या स्थिति होगी या हो सकती है, इसका सहज अन्दाज़ा लगाया जा सकता है। तीन तलाक़ को निरस्त करके हम मुस्लिम महिलाओं को कोर्ट-कचहरी के उन्हीं गलियारों में धकेल रहे हैं, जहाँ जाने के रास्ते तो कठिन हैं ही, वहाँ से बाहर निकलने के रास्ते कमोबेश बंद या अन्तहीन ही हैं।

तीन तलाक़ को निरस्त करने का फ़ैसला और विधेयक कुछ और सवाल भी मन में पैदा करता है। आख़िर हम किस तरह का समाज बनाना चाहते हैं? एक तरफ़ हम महिलाओं को सहजीवन, 'सिंगल वुमन' को बिना विवाह किये बच्चा पैदा करने का अधिकार, यौन स्वतंत्रता और व्यभिचार का अधिकार दे रहे हैं और दूसरी तरफ़ समाज के एक बहुत ही छोटे तबके को तलाक़ से रोकने के आदेश पर 'उत्सव' मना रहे हैं। यह विवाह संस्थाओं में लगातार सड़ते जा रहे सम्बन्धों का परिणाम ही है कि जब देश आजाद हुआ तो 'सिंगल वुमन' की संख्या महज चार फीसदी थी, जो आज बढ़ कर 21 फीसदी हो गई है।

विश्व इतिहास और सामाजिक अनुभव साक्षी है कि एक समय पूरे यूरोप में तलाक़ के पक्ष में स्त्री आन्दोलन हुए और वहाँ की संसद-सरकार-अदालतों ने तलाक़ को क़ानून बनाकर आसान बनाया। यूरोप में महिलाएँ इसलिए सशक्त हुईं कि वे पढ़ी-लिखीं थीं। आर्थिक रूप से आत्मनिर्भर थीं। विवाह को सात जन्मों का बंधन नहीं मानती-समझती थीं। अपने फ़ैसले ख़ुद लेती थीं। इसलिए धार्मिक आस्थाओं का यह अभियान भी खत्म होना चाहिए। महिलाओं को भी खुले मन से यह सोचना होगा कि क्या सचमुच तीन तलाक़ रुकने से उनका जीवन जन्नत बन जाएगा? क्या उनके जीवन की एकमात्र त्रासदी यही है कि उनके पति उन्हें एक साथ तीन तलाक़ दे रहे हैं? तीन तलाक़ को निरस्त किये जाने के परिणाम, दिखाई देने लगे हैं और यह भी साफ़ है कि ऐसे फ़ैसले या क़ानून से कितनी महिलाओं का उद्धार, कल्याण या सशक्तिकरण हो सकेगा। स्त्री-पुरुष को विवाह बंधन में बाँध कर रखना, पितृसत्ता के हितों को पोषित करती विवाह संस्था को ही बनाए-बचाए रखना है। यह रास्ता 'स्त्री मुक्ति' या 'सशक्तिकरण' का रास्ता तो नहीं! वास्तव में

दमित-उत्पीड़ित-शोषित स्त्री के लिए, मुक्ति का मार्ग तो तलाक़ के बाद आत्मनिर्भर होना है। लाखों मुकदमे अदालतों में तलाक़ के लिए लम्बित पड़े हैं। अगर इन लोगों को तलाक़ मिल जाए, न्याय मिल जाए, थोड़ा जल्द और आसानी से मिल जाए, तो ये सब अपना जीवन अपनी शर्तों और निर्णयों के साथ या अपने तरीके से जी सकेंगी। निश्चित रूप से असली मुक्ति यहाँ से आरम्भ होगी।

कहने की ज़रूरत नहीं कि मौजूदा समय में विपक्ष हाशिए से बाहर हो गया है और देश के बुद्धिजीवी चुप हैं या नज़रबंद। सामाजिक-आर्थिक-राजनीतिक मुद्दों (विशेषकर महिलाओं और दलित) पर, कहीं कोई हस्तक्षेप नज़र नहीं आ रहा। मीडिया-टेलीविज़न सनसनीखेज ख़बरों, बेतुकी बहसों और 'व्यक्ति विशेष' की छवि संवारने-सुधारने में व्यस्त है। मज़दूरों में असन्तोष और महिलाओं, दलितों, आदिवासियों और किसानों में जनाक्रोश बढ़ रहा है। खेत-खलिहान सुलग रहे हैं। राष्ट्रीय और अन्तर्राष्ट्रीय पूँजी, देश के तमाम संसाधनों पर क़ब्ज़ा करने में लगी है। आर्थिक सुधार और विकास के सारे दावे, अर्थहीन सिद्ध हो रहे हैं। काला धन अभी भी देशी-विदेशी बैंकों या जमीनों में गड़ा है। सपनों के घर हवा में झूल रहे हैं। न जाने कितने 'बेघर' ठिठुरती सर्दियों में या भूख से मारे गए। चुनावी राजनीति लगातार महँगी होती जा रही है। न्यायपालिका मुकदमों के बोझ तले दबी है और राष्ट्रीय न्यायाधीश नियुक्ति विधेयक असंवैधानिक ठहराया जा चुका है। जातीय, धार्मिक और सांस्कृतिक पहचान का संकट, निरन्तर गहरा रहा है। ऐसे में सरकार के सामने, अनंत गम्भीर चुनौतियाँ और चेतावनियाँ हैं। निस्सन्देह 'अध्यादेशों' और विवेकहीन नीतियों के सहारे, दुनिया के सबसे बड़े लोकतंत्र को चलाना और बचाना मुश्किल है। राजनीतिक इच्छाशक्ति के बिना, समय और समाज की अपेक्षाएँ पूरी कर पाना असम्भव है। फिर मौजूदा अध्यादेश/अधिनियम से 'मुस्लिम महिलाओं की मुक्ति' कैसे हो पाएगी या हो जाएगी, फिलहाल यह समझ से परे है।

सन्दर्भ

1. (22 अगस्त, 2017)
2. मुस्लिम महिला विवाह का अधिकार संरक्षण विधेयक, 2017
3. (सितम्बर 2018)
4. (जनवरी 2019)
5. (1985 एआइआर 945)
6. सायरा बानो बनाम भारत गणराज्य, सिविल रिट पेटीशन नम्बर 118/2016
7. आर.सी. कूपर बनाम भारतीय संघ

8. डॉ. डी. सी. वाधवा बनाम बिहार राज्य, एआईआर 1987 सुप्रीम कोर्ट 579
9. मुख्य न्यायाधीश एच. एल. दत्तू की अध्यक्षता वाली खंडपीठ (3 फरवरी, 2015)
10. न्यायमूर्ति जे.एस. खेहर, कूरियन जोसेफ, यू. यू. ललित, आर.एफ. नरीमन और अब्दुल नजीर
11. भारतीय दंड संहिता, 1860 की धारा 494
12. भारतीय दंड संहिता, 1860 की धारा 497
13. एआईआर 1995 सुप्रीम कोर्ट 1531
14. सरोज रानी बनाम सुदर्शन कुमार, एआईआर 1984 सुप्रीम कोर्ट 1562

अन्याय के ख़िलाफ़ आवाज़

नीरा माथुर ने भारतीय जीवन बीमा निगम ('निगम') में सहायक के पद के लिए आवेदन किया। लिखित परीक्षा और साक्षात्कार में वे सफल रहीं। इसके बाद उनसे एक घोषणा-पत्र भरने के लिए कहा गया। उन्होंने उसे 25 मई, 1989 को निगम को भर कर दे दिया। उसी दिन निगम के अनुमोदित पैनल की महिला चिकित्सक द्वारा उनकी जाँच की गई। इसके बाद उन्हें नौकरी के लिए चिकित्सकीय रूप से फिट पाया गया। इसके बाद एक अल्पकालिक प्रशिक्षण कार्यक्रम में उन्हें भाग लेने के लिये कहा गया। सफलतापूर्वक प्रशिक्षण पूरा होने के बाद, उन्हें नियुक्ति पत्र दिनांक 25, सितम्बर, 1989 दे दिया गया। इसके बाद उन्होंने छह माह के 'प्रोबेशन' पर काम शुरू कर दिया। 'प्रोबेशन' का अर्थ था कि अगर उनका काम सन्तोषजनक होगा, तो नौकरी पक्की हो जाएगी।

श्रीमती माथुर अपने 'प्रोबेशन' के दौरान ही 9 दिसम्बर, 1989 से 8 मार्च, 1990 तक लम्बी छुट्टी पर चली गईं। असल में उन्होंने 27 दिसम्बर, 1989 को मातृत्व अवकाश के लिए आवेदन किया और उसके बाद 6 जनवरी, 1990 को चिकित्सा प्रमाण-पत्र दिया। डॉ. हीरा लाल के नर्सिंग होम में उन्हें 10 जनवरी, 1990 को भर्ती कराया गया और अगले ही दिन उन्होंने एक स्वस्थ बच्चे को जन्म दिया। 19 जनवरी, 1990 को उन्हें नर्सिंग होम से छुट्टी दे दी गई।

बच्चे को जन्म देने के बाद 13 फरवरी, 1990 को जब वे दफ्तर पहुँचीं, तो उनके होश उड़ गए। उनकी सेवा समाप्त कर नौकरी से (भी) उन्हें मुक्त कर दिया गया था। सेवा समाप्त करने की आड़ उनके 'प्रोबेशन' को बनाया गया था। ऐसा करते वक्त नौकरी से छुट्टी का कोई कारण/आधार उन्हें नहीं बताया—लिखा गया।

श्रीमती माथुर ने सेवा समाप्ति आदेश को दिल्ली उच्च न्यायालय में इस आधार पर चुनौती दी कि नौकरी से हटाने का आदेश साधारण नहीं, बल्कि सेवा में शामिल

होने से पहले उसके द्वारा की गई घोषणा में कुछ 'विसंगति' पर आधारित है।[1] जवाबी शपथ-पत्र में निगम ने यह कहते हुए मामले का विरोध किया कि याचिकाकर्ता का काम 'सन्तोषजनक' नहीं था और इस तरह नियुक्ति की शर्तों के तहत उसे बिना सूचना और 'बिना कोई कारण' बताए छुट्टी की गई है। दिल्ली उच्च न्यायालय के न्यायमूर्तियों ने सेवा समाप्ति के मुद्दे पर, किसी भी तरह से हस्तक्षेप करने से मना कर दिया।[2]

श्रीमती माथुर ने सुप्रीम कोर्ट में अपील दायर[3] की और उच्चतम न्यायालय ने अन्तिम निपटान के लिए नोटिस जारी करते हुए अन्तरिम आदेश दिया कि "इस आदेश की प्राप्ति की तारीख़ से 15 दिनों के भीतर याचिकाकर्ता (श्रीमती नीरा माथुर) को बहाल किया जाए।"

भारतीय जीवन बीमा निगम ने याचिकाकर्ता की सेवाओं को समाप्त करने का औचित्य साबित करने का हर सम्भव प्रयास किया। निगम के वकीलों ने जोर देकर कहा कि वह अभी प्रोबेशन पर थीं, इसीलिए सेवाओं को समाप्त करने के समय कोई कारण नहीं दिए गए थे। यह एक सरल आदेश है। याचिकाकर्ता पर कोई 'कलंक' नहीं लगाया गया। वह 9 दिसम्बर, 1989 से 8 मार्च 1990 तक छुट्टी पर थीं। उन्होंने जानबूझकर फिटनेस के लिए चिकित्सीय परीक्षण से पहले घोषणा पत्र भरने के समय गर्भवती होने के तथ्य का उल्लेख नहीं किया। तथ्यों को छुपाया और निगम को तो बाद में तब पता चला, जब उसने निगम को सूचित किया कि उसने एक बेटी को जन्म दिया है।

याचिकाकर्ता द्वारा 25 मई, 1989 को भरी गई घोषणा की शर्तों के सन्दर्भ में निगम ने भी कहा : 6. केवल मेडिकल परीक्षार्थी की उपस्थिति में महिला उम्मीदवारों द्वारा भरा जाना है :

(ए) क्या आप शादीशुदा हैं : हाँ।

(बी) यदि ऐसा है, तो कृपया बताएँ :

- (i) आपके पति का पूर्ण नाम और व्यवसाय : श्री प्रदीप माथुर, विधि अधिकारी, केन्द्रीय प्रदूषण नियंत्रण बोर्ड, नेहरू प्लेस, नई दिल्ली।
- (ii) बच्चों की संख्या, यदि कोई हो, और उनकी वर्तमान आयु : एक बेटी : 1 वर्ष और 6 महीने।
- (iii) क्या मासिक धर्म हमेशा नियमित और दर्द रहित रहा है, और क्या अब ऐसा है? : हाँ।
- (iv) कितनी अवधारणा हुई हैं? कितने पूर्ण-अवधि में चले गए हैं? : एक।

(v) अन्तिम माहवारी की तारीख़ बताएँ : 29 अप्रैल, 1989।

(vi) क्या अब आप गर्भवती हैं? : नहीं।

(vii) अन्तिम बच्चा जनने की तिथि : 14 नवम्बर, 1987।

(viii) क्या आपका कोई गर्भपात हुआ है? : नहीं।

निगम के वरिष्ठ वकीलों (एफ. एस. नरीमन और कैलाश वासुदेव) ने आरोप लगाया कि याचिकाकर्ता द्वारा दी गई घोषणा 'असत्य' 'ग़लत' है। डॉ. एस.के. गुप्ता, एमडी, डॉ. हीरा लाल बाल एवं प्रसूति गृह, के अनुसार जानबूझकर निगम को मासिक धर्म की ग़लत तारीख़ (29 अप्रैल, 1989) देने की घोषणा की गई थी, जबकि डॉ. एस.के. गुप्ता को 3 अप्रैल, 1989 को एलएमपी की सही तारीख़ दी थी। तर्क दिया गया कि यदि उसने अपनी घोषणा में मासिक धर्म की सही तारीख़ का उल्लेख किया होता, तो उसकी नियुक्ति को टाल दिया जाता। यह भी तर्क दिया गया कि याचिकाकर्ता को निगम की सेवा से मुक्त करने का निर्णय 2 आधारों पर था : (1) क्योंकि उसकी सेवा के प्रारंभिक चरण में उसके द्वारा दी गई झूठी घोषणा के कारण; और (2) प्रोबेशन की अवधि के दौरान उसका काम सन्तोषजनक नहीं था। निगम द्वारा जारी किए गए निर्देश 16 को भी सन्दर्भित किया गया जिसके अनुसार "...यदि चिकित्सा परीक्षण के समय, कोई भी महिला आवेदक गर्भवती पाई जाती है, तो निगम में उसकी नियुक्ति को प्रसव के तीन महीने बाद माना जाएगा।..."

माननीय न्यायमूर्तियों[4] ने अपने निर्णय में लिखा, "हमने मामले की सावधानी से जाँच की है। हमारे पास यह बताने के लिए रिकॉर्ड पर कुछ भी नहीं है कि 'प्रोबेशन' की अवधि के दौरान याचिकाकर्ता का काम सन्तोषजनक नहीं था। दरअसल, सेवा समाप्ति का कारण अलग-अलग प्रतीत होता है। यह सेवा में प्रवेश करने के चरण में उसके द्वारा दी गई घोषणा थी। यह कहा जाता है कि उसने अपनी गर्भावस्था को दबाने के लिए, पिछले मासिक धर्म की अवधि के बारे में झूठी घोषणा की थी। ऐसा लगता है कि याचिकाकर्ता को इस मामले में दोषी नहीं ठहराया जा सकता है। निगम द्वारा अनुमोदित पैनल में शामिल डॉक्टर द्वारा उसकी चिकित्सकीय जाँच की गई थी। वह पद से जुड़ने के लिए चिकित्सकीय रूप से योग्य पाई गईं। हालाँकि, वास्तविक 'शरारत' एक महिला उम्मीदवार से घोषित घोषणा की प्रकृति के बारे में है। घोषणा में कॉलम (iii) से (viii) के तहत प्रस्तुत किए जानेवाले विवरण, वास्तव में अगर 'शर्मनाक' नहीं तो 'लज्जाजनक' अवश्य हैं। विनम्रता और आत्मसम्मान शायद ऐसी व्यक्तिगत समस्याओं के प्रकटीकरण को रोक सकता है जैसे कि उसका मासिक धर्म नियमित या दर्द रहित है, अवधारणाओं की संख्या, कितने पूर्ण अवधि

के लिए गए हैं आदि। निगम घोषणा में इस तरह के स्तंभों को हटाना बेहतर होगा। यदि घोषणा का उद्देश्य 'मातृत्व अवकाश' से मना करना है और सेवा में प्रवेश करने के समय गर्भवती महिला को कोई और लाभ न देना है (जिस नियम की संवैधानिक वैधता को चुनौती नहीं दिए जाने के कारण, हम कोई राय नहीं व्यक्त करते रहे हैं), तो निगम उसे चिकित्सा परीक्षण के अधीन गर्भावस्था परीक्षण सहित कर सकता है। जिन परिस्थितियों में पहले से ही अन्तरिम आदेश जारी किया गया है, हम निरपेक्ष हैं। हालाँकि, हम यह मानते (कहते) हैं कि **अपीलार्थी नौकरी से सेवा समाप्त करने (हटाने) की तारीख़ से वेतन की हकदार नहीं होगी**। इस दिशा-निर्देश के साथ अपील का निर्णय हुआ, लेकिन मुकदमे की लागत (खर्च) के बारे में कोई आदेश नहीं दिया जा रहा।"

कहते हैं कि अन्त भला सो सब भला। जैसे दिन नीरा माथुर के बहुरे, वैसे सबके बहुरें! समता, समानता और सम्मान से जीने के तमाम मौलिक अधिकार प्रदान करनेवाले संविधान (1950) बनने-बनाने के बाद, केन्द्र सरकार को सरकारी, ग़ैर सरकारी संस्थानों में कार्यरत गर्भवती महिलाओं के लिए क़ानून[5] पारित करने में ग्यारह साल का समय लग गया। संविधान बनने के चालीस साल बाद तक, भारतीय जीवन बीमा निगम (लगभग सरकारी संस्थान) महिलाओं की नियुक्ति के समय मासिक-धर्म की तारीख़ तक पूछ रहा है, ताकि महिलाओं को मातृत्व अवकाश (लाभ) न देना पड़े। गर्भवती है तो नौकरी अभी नहीं (कभी नहीं) मिलेगी। माना कि ऐसे नियम की संवैधानिक वैधता को भी चुनौती दी जानी चाहिए थी, मगर क्या माननीय न्यायमूर्ति स्वयं इस पर संज्ञान नहीं ले सकते थे! जब नौकरी में बहाल किया था तो वेतन भी दिलवा देते तो मेहरबानी होती हुज़ूर!

(दुनिया इन दिनों, सितम्बर 2019)

सन्दर्भ

1. नीरा माथुर बनाम भारतीय बीमा निगम, सिविल रिट पेटीशन नम्बर 749/1990
2. आदेश दिनांक 8 अप्रैल, 1991
3. सिविल अपील नम्बर 4488/1991
4. न्यायमूर्ति के. जे. शेट्टी और योगेश्वर दयाल
5. मातृत्व लाभ अधिनियम, 1961, दिनांक 12 दिसम्बर, 1961

बदनामी का भय और ख़ामोशी के ख़तरे

मिस सुचित्रा विश्नोई एप्रेल एक्सपोर्ट प्रोमेशन काउंसिल में क्लर्क कम टाइपिस्ट थीं। अगस्त 1988 में मिस बिश्नोई के साथ कार्यस्थल पर, एक अधिकारी ए. के. चोपड़ा द्वारा यौन छेड़छाड़ की गई। छेड़छाड़ के विरुद्ध शिकायत करने पर विभागीय जाँच और कार्रवाई हुई। होनी ही थी। दोषी पाए जाने पर काउंसिल ने मिस्टर चोपड़ा को नौकरी से हटाने का आदेश जारी कर दिया।

नौकरी से हटाने के आदेश को मिस्टर चोपड़ा ने दिल्ली उच्च न्यायालय में चुनौती दी। दोनों तरफ़ की बहस सुनने के बाद 20 जनवरी, 1997 को दिल्ली उच्च न्यायालय के न्यायमूर्ति दलवीर भंडारे (जो बाद में सुप्रीम कोर्ट के न्यायाधीश बने) ने अपने निर्णय में कहा, "अपीलार्थी के विरुद्ध आरोप यह है कि उसने मिस सुचित्रा विश्नोई (क्लर्क कम टाइपिस्ट) के साथ छेड़छाड़ की कोशिश की, न कि यह कि उसने वास्तव में कोई छेड़छाड़ की। मैंने मुकदमे के इस महत्त्वपूर्ण पक्ष पर भी विचार किया है कि शिकायतकर्ता ने पाँच दिनों तक इस घटना के बारे में किसी को भी कुछ नहीं कहा, जबकि कथित घटना के समय बहुत से वरिष्ठ अधिकारी मौजूद थे।" सभी तथ्यों और स्थितियों को सम्पूर्णता में देखते हुए न्यायमूर्ति भंडारे ने कहा कि "न्याय का लक्ष्य पूरा हो जाएगा, अगर अपीलार्थी को नौकरी में बहाल कर दिया जाए। लेकिन वह इस अवधि का वेतन पाने का अधिकारी नहीं होगा। बाकी सब लाभ उसे मिलेंगे। अपीलार्थी को कम-से-कम दो साल दिल्ली कार्यालय से बाहर नियुक्त किया जाएगा।"[1]

इस निर्णय के विरुद्ध काउंसिल और मिस्टर चोपड़ा दोनों ने ही दिल्ली उच्च न्यायालय में अपील दायर की। कार्यकारी मुख्य न्यायाधीश महेन्द्र नारायण और न्यायमूर्ति एस.के. महाजन ने काउंसिल की अपील पूर्णतया नामंजूर कर दी और मिस्टर चोपड़ा की अपील को आंशिक रूप से स्वीकार करते हुए कहा कि "हमारे विचार से छेड़छाड़ का तथ्यों से कोई साक्ष्य नहीं है। इस अवधि के वेतन के बिना

नौकरी में बहाली का आदेश उचित नहीं है। चूँकि नौकरी में बहाली के आदेश किए गए हैं, इसलिए हमारा मत है कि ए.के.चोपड़ा को पूर्ण वेतन सहित नौकरी में बहाल किया जाए।"[2]

मिस सुचित्रा विश्नोई ने हार नहीं मानी। दिल्ली उच्च न्यायालय के उपरोक्त निर्णय के विरुद्ध सुप्रीम कोर्ट में विशेष अनुमति याचिका (अपील) दायर की गई। अन्ततः कार्य-स्थल पर महिलाओं के साथ छेड़छाड़ या यौन उत्पीड़न को मानवीय अधिकारों के विरुद्ध मानते हुए, सुप्रीम कोर्ट के मुख्य न्यायाधीश ए.एस. आनन्द और न्यायमूर्ति बी.एन. खरे ने उल्लेखनीय फ़ैसले में कहा, "यौन शोषण के ऐसे मामलों को अति संवेदनशीलता के साथ देखना चाहिए। ऐसे मुकदमों में वरिष्ठ अधिकारियों के प्रति सहानुभूति पूर्णतया ग़लत है और रहम का कोई औचित्य नहीं। ऐसे मामले में सज़ा कम करने से कामकाजी महिलाओं में विश्वासहीनता बढ़ेगी और यह एक प्रतिगामी कदम होगा।"[3]

न्यायमूर्ति ने दिल्ली उच्च न्यायालय के फ़ैसले को रद्द करते हुए, काउंसिल द्वारा मिस्टर चोपड़ा को नौकरी से हटाने के निर्णय को ही सही ठहराया। सुप्रीम कोर्ट में बहस के दौरान चोपड़ा के वरिष्ठ वकील (के.टी.एस.तुलसी) ने कहा कि उनका मुवक्किल अपने कर्मों का प्रायश्चित करने को तैयार है और लिखित माफीनामा देने या मिस 'एक्स' से माफी माँगने को भी राजी है। मगर न्यायमूर्तियों ने कहा "हमें खेद है कि अब बहुत देर हो चुकी है...।"

सर्वोच्च न्यायालय के फ़ैसले में महिला का नाम 'एक्स' लिखा गया है। न्यायमूर्तियों ने जानबूझकर महिला का असली नाम नहीं लिया, ताकि उसके 'मान-सम्मान' की रक्षा की जा सके। बलात्कार के मामलों में कुछ उच्च न्यायालय पहले भी ऐसे प्रयास कर चुके हैं। हालाँकि नाम की गोपनीयता ऊपरी तौर पर महिलाओं के पक्ष में दिखाई देती है, परन्तु कहीं गहरे में यह उदारता इस बात पर विशेष जोर देती लगती है कि लोगों को पता लगेगा, तो महिला की ही बदनामी होगी।

मिस सुचित्रा विश्नोई (नहीं...मिस 'एक्स') के साथ यौन उत्पीड़न के उपरोक्त मामले में लगभग साढ़े दस साल (12 अगस्त, 1988 से लेकर 20 जनवरी, 1999) तक, कोर्ट-कचहरी करने के बाद अन्ततः जो ऐतिहासिक फ़ैसला हमारे सामने आया, क्या वह सम्भव हो पाता, अगर मिस 'एक्स', गूंगी गुड़िया ही बनी रहतीं? समाज में बदनामी का भय अक्सर महिलाओं को शिकायत करने से रोकता रहा है। न जाने कब से 'परिवार की प्रतिष्ठा' का सवाल, स्त्रियों को चुप रहने के लिए विवश करता रहा है। परिणामस्वरूप स्त्रियों के विरुद्ध यौन हिंसा लगातार बढ़ती जा रही है। गुमनामी के अँधेरों का अपना ख़तरा भी तो है। स्त्रियों की खामोशी पुरुषों को

और अधिक हिंसा, हत्या, अपराध, दमन, शोषण और उत्पीड़न करने और करते रहने का अवसर भी देती है और मौन आमंत्रण भी।

संयोग है कि सुचित्रा केस की अपील का फ़ैसला होने से ढाई साल पहले[4] ही, 'कार्यस्थल पर महिलाओं का यौन उत्पीड़न' रोकने के लिए, सुप्रीम कोर्ट द्वारा ऐतिहासिक 'दिशा-निर्देश' ('विशाखा गाइड लाइन्स') जारी किये जा चुके थे।[5] इससे पहले यौन उत्पीड़न के बारे में कोई निर्धारित क़ानून ही नहीं बनाया गया था।

लेकिन इससे अधिक विचित्र न्यायिक विडम्बना और क्या होगी कि देश की सर्वोच्च अदालत ने जो ऐतिहासिक 'दिशा-निर्देश' विशाखा बनाम राजस्थान राज्य केस में जारी किये थे, उन्हें ख़ुद अपनी अदालत में लागू करने में लगभग 17 साल लग गए। राष्ट्रीय महिला आयोग, सरकार और क़ानून मंत्रालय भी विधेयक बनाने में 17 साल तक सोचते-विचारते रहे। आख़िरकार, 22 अप्रैल, 2013 को क़ानून[6] बन पाया। वर्ष 2004 तक अधिकतर सरकारी विभागों में तो शिकायत कमेटी ही नहीं बनाई गई थी। वो भी तब बनी जब मेधा कोतवाल लेले ने 1999 में सुप्रीम कोर्ट में याचिका दायर की।[7] कारण एक नहीं अनेक हो सकते हैं, पर इससे लिंग समानता और स्त्री रक्षा-सुरक्षा के सवाल पर, विधायिका और न्यायपालिका की गम्भीरता और संवेदनशीलता का अनुमान तो लगाया ही जा सकता है!

सुप्रीम कोर्ट, हाई कोर्ट के (पूर्व) न्यायधीशों और वरिष्ठ अधिवक्ताओं पर यौन उत्पीड़न-शोषण के आरोप लगते रहे हैं। यौन उत्पीड़न, अत्याचार के दुखद हादसों पर समाज, मीडिया और न्यायपालिका की रहस्यमय ख़ामोशी भी आश्चर्यजनक लगती है।

कुछ साल पहले 'न्यायपालिका में पारदर्शिता' पर चल रही बहस के बीच में ही, एक और 'दुर्घटना' सामने आई थी। मध्य प्रदेश उच्च न्यायालय (ग्वालियर) के न्यायमूर्ति एस.के. गंगेले द्वारा यौन उत्पीड़न से परेशान एक महिला सत्र-न्यायाधीश का त्यागपत्र। राष्ट्रपति, क़ानून मंत्री, सुप्रीम कोर्ट के मुख्य न्यायाधीश और मध्य प्रदेश उच्च न्यायालय के मुख्य न्यायाधीश को भेजी शिकायत पर, सुप्रीम कोर्ट के मुख्य न्यायाधीश आर.एम. लोढ़ा ने कहा, "यह एकमात्र ऐसा पेशा है, जिसमें हम अपने सहयोगियों को भाई और बहन के रूप में देखते हैं। यह बहुत ही दुर्भाग्यपूर्ण घटना है। मेरे पास शिकायत आई है और मैं इस पर उचित कार्रवाई करूँगा।" कब और क्या कार्रवाई होगी, अभी कहना कठिन है।

न्यायमूर्ति एस.के. गंगेले ने सभी आरोपों का खंडन करते हुए जवाब दिया, "आरोप सिद्ध हों तो फाँसी पर लटका दें...किसी भी एजेंसी से जाँच करवा लो... मैं निर्दोष हूँ।" हम सब जानते हैं कि आरोपों की जाँच और सुनवाई के बिना तो

कुछ होना नहीं है। (भूतपूर्व) अतिरिक्त महाधिवक्ता ने न्यायमूर्ति पर 'महाभियोग' चलाने की माँग की। एक वरिष्ठ वकील और स्वयंसेवी का कहना था कि जज साहिबा चाहे तो पुलिस को शिकायत करे या मध्य प्रदेश उच्च न्यायालय के मुख्य न्यायाधीश को। मतलब मामला मध्य प्रदेश का है। एक अन्य उत्साही वकील ने तो इस सन्दर्भ में जनहित याचिका भी दायर की थी।

अप्रैल, 2019 में जब सुप्रीम कोर्ट के तत्कालीन मुख्य न्यायाधीश रंजन गोगोई पर ही यौन शोषण के गम्भीर आरोप लगे, तो इसे 'षड्यंत्र' कहकर 'न्यायपालिका पर ख़तरा' बताया गया। कोई भी कैसे भूल सकता है कि यह न्यायिक परिवार के मुखिया पर आरोप था! मीडिया में ख़बर आते ही शनिवार (22 अप्रैल, 2019) को तीन जजों की विशेष पीठ का गठन हुआ और पीठ में ख़ुद मुख्य न्यायाधीश मौजूद रहे, हालाँकि फ़ैसले पर उन्होंने हस्ताक्षर नहीं किए। सवाल उठा कि क्यों नहीं किये हस्ताक्षर? दोनों न्यायमूर्ति ने भी आदेश में लिखा कि यह कोई 'न्यायिक आदेश' नहीं है।

दूसरा सवाल उछला कि अगर 'न्यायिक आदेश' नहीं है तो क्या है? मीडिया पर कोई रोक नहीं लगाई गई, बल्कि कहा गया कि अपने विवेक से समाचार प्रकाशित करें। सर्वोच्च न्यायालय के इतिहास में इस तरह और ऐसी 'सन्देहास्पद' और 'रहस्यमयी' कार्रवाई शायद कभी नहीं हुई। हम सब जानते हैं कि आरोपों की जाँच और सुनवाई के समान अवसर दिए बिना न्याय सम्भव नहीं हो सकता।

सुप्रीम कोर्ट बार एसोसिएशन और सुप्रीम कोर्ट एडवोकेट्स ऑन रिकॉर्ड एसोसिएशन ने मुख्य न्यायाधीश यौन उत्पीड़न केस की फुल कोर्ट द्वारा जाँच और सुनवाई की माँग की। अगले ही दिन यौन उत्पीड़न की जाँच न्यायमूर्ति ए.एस. बोबडे (जो बाद में मुख्य न्यायाधीश बनें) को सौंप दी गई। न्यायमूर्ति बोबडे ने आंतरिक समिति में, न्यायमूर्ति एन.वी. रमन्ना और इन्दिरा बनर्जी को रखने का फ़ैसला लिया। समिति अपनी जाँच रिपोर्ट तीन महीने तक दे सकती है।

बाद में इस मामले की सुनवाई जस्टिस अरुण मिश्रा के नेतृत्व वाली बेंच ने की और सेवानिवृत्त जस्टिस ए.के. पटनायक के नेतृत्व में जाँच टीम गठित कर दी गई। सुनवाई के दौरान न्यायमूर्ति मिश्रा ने कुछ तीखी और सख्त टिप्पणियाँ करते हुए कहा कि जिस प्रकार से पिछले तीन-चार सालों में इस संस्था के साथ व्यवहार किया जा रहा है, उसे देखते हुए लगता है कि वह मरनेवाली है। संस्था को बदनाम करने का एक 'व्यवस्थित प्रयास' किया जाता रहा है।

उन्होंने कहा कि सर्वोच्च न्यायालय को किसी 'रिमोट कंट्रोल' से नहीं चलाया

जा सकता। बहुत सी बातें हवा में हैं। हम तथ्यों-सत्यों को स्पष्टता देंगे। देश को सच पता लगना चाहिए, अन्यथा यह संस्था बिखर कर नष्ट हो जाएगी। दरअसल जब किसी ने स्थिति को व्यवस्थित ढंग से करने का प्रयास किया, तो उसे 'ब्लैकमेल' किया जा रहा है।

न्यायमूर्ति मिश्रा ने क्षोभ में कहा कि हम जानते हैं कि कैसे समृद्ध और शक्तिशाली लोग 'बेंच फिक्सिंग' के लिए, रजिस्ट्री को प्रभावित करने की कोशिश करते रहे हैं। हम उन्हें अब बताना चाहेंगे कि ऐसा प्रयास भी न करें। अपनी ही उँगलियाँ जला बैठेंगे।

न्यायमूर्ति मिश्रा ने संकेत किया कि निस्सन्देह कुछ वकील, बड़े मामलों में रजिस्ट्री को प्रभावित करने का प्रयास करते हैं, जिससे समूचे वकील समुदाय और न्यायपालिका की बदनामी होती है। काफी कुछ कहा गया है लेकिन पूरी सचाई अभी सामने नहीं आई है। देश को इसके बारे (रिमोट कंट्रोल आदि) में पता होना चाहिए। हम पूरी जाँच करेंगे।

अन्ततः मुख्य न्यायाधीश गोगोई को यौन शोषण के आरोपों से 'क्लीन चिट' दे दी गई। यौन उत्पीड़न के मामले में न्यायिक परिवार के मुखिया रंजन गोगोई के साथ हुए 'पूर्ण इन्साफ़' से न्यायपालिका पर मँडराता 'ख़तरा' बिना किसी देरी के टल ही गया। कहा यह गया कि इन्दिरा जय सिंह बनाम सुप्रीमकोर्ट (2003) 5 एससीसी 494 निर्णय के अनुसार, ऐसे मामलों में आंतरिक प्रक्रिया के तहत गठित समिति की 'जाँच रिपोर्ट' सार्वजनिक करना अनिवार्य नहीं है।

आश्चर्यजनक है कि समाज के सर्वश्रेष्ठ और सन्देह से परे तक सम्मानित माने-समझे जानेवाले क्षेत्रों—शिक्षा, चिकित्सा, न्यायपालिका, मीडिया आदि से भी महिलाओं के देह-दमन के अशोभनीय समाचार निरन्तर बढ़ते जा रहे हैं। न्याय के प्रांगण से बचाओ...बचाओ की चीख-चिल्लाहट, अस्मत के बदले इन्साफ़ की दास्ताँ या किसी न्यायमूर्ति द्वारा नौकरी पाने-बचाने की ऐसी शर्मनाक शर्तें सचमुच गम्भीर चेतावनी हैं। न्याय और क़ानूनविदों के चाक-चौबंद किले में, 'कुलद्रोहियों' का क्या काम? पुनर्विचार करना पड़ेगा कि न्यायधीशों की चुनाव प्रक्रिया में किस-किस खामी के कारण, अनैतिकता और बीमार मानसिकता भी चोरी छुपे प्रवेश कर रही है। चारों ओर से सवालों का घेरा गहराता जा रहा है। न्याय की अंधी देवी के हाथों में अवमानना के लिए सज़ा देनेवाली तलवार को जंग लग चुका है या अपराधी दंड के भय से मुक्त हो गए हैं?

दरअसल शिक्षित और स्वावलम्बी स्त्रियों को दोहरी भूमिका निभानी पड़ रही है। आज़ादी के बाद शिक्षा-दीक्षा के कारण स्त्रियाँ बदली हैं और बदल भी रही हैं,

परन्तु भारतीय पुरुष अपनी मानसिक बनावट-बुनावट बदलने को तैयार नहीं हैं। एक तरफ़ पुरुषों के लिए यह सत्ता से भी अधिक लिंग वर्चस्व की लड़ाई है। दूसरी ओर स्त्रियाँ अपने सम्मान और गरिमा पर हुए या होनेवाले हमले का हर सम्भव विरोध करने लगी हैं। दमन और विरोध के इस दुश्चक्र में यौन शोषण, उत्पीड़न और यौन हिंसा लगातार बढ़ रही है।

समानता के संघर्ष में स्त्रियों का विरोध-प्रतिरोध या दबाव-तनाव बढ़ता है, तो कुछ उदारवादी-सुधारवादी 'मेकअप' या 'कॉस्मेटिक सर्जरी' की तरह नए विधि-विधान बना दिए जाते हैं और कुछ और सुधारों के सपने दिखा दिए जाते हैं। सच यह है कि सिर्फ़ क़ानूनी विधान-प्रावधान बना देने भर से समस्या का समाधान नहीं होगा। 'विशाखा' दिशा-निर्देशों की छाँव में ढले-पले अधिनियम में अभी भी ढेरों अन्तर्विरोध और विसंगतियाँ मौजूद हैं। अधिनियम में 'क़ानूनी गड्ढों' और चोर रास्तों के रहते स्त्री-विरोधी अपराधों पर लगाम लगा पाना बेहद मुश्किल है या होगा।

दरअसल हक़ माँगनेवाली आवाज़ों को चुप कराना या रख पाना अब नामुमकिन है। शायद मीडिया को डरा-धमका कर झुकाया जा सकता हो, मगर सोशल मीडिया का गला घोटना असम्भव है। 1860 के न्याय-शास्त्रों और सिद्धांतों से इक्कीसवीं सदी के वर्तमान भारतीय समाज, विशेषकर स्त्री-समाज को नहीं समझा जा सकता। बदलते समय-समाज में संविधान के मौलिक अधिकारों का अर्थ स्त्री-पुरुष के लिए बराबर होना ही चाहिए।

'सार्वजानिक आस्था और विश्वास' की, उच्च न्यायालय के हर न्यायमूर्ति से अपेक्षा रहती है कि वह निष्ठा और नैतिक मानदंडों पर खरा उतरेगा। आम व्यक्ति की आख़िरी उम्मीद है न्यायाधीश। अब यह बहाना नहीं चल सकता कि समाज का नैतिक पतन हो रहा है और वो भी उसी समाज से आते हैं, सो आदर्श व्यवहार की आशा नहीं करनी चाहिए। न्यायाधीश की निष्पक्षता और नैतिकता सन्देह से परे होना लाज़िमी है। भारतीय समाज 'न्यायाधीश की बौद्धिक ईमानदारी और नैतिक चरित्र' को 'स्त्री के कौमार्य और पवित्रता' की तरह ही देखता-समझता है। स्वतंत्र और निष्पक्ष न्यायाधीशों के बिना प्रजातंत्र और क़ानून के राज्य की रक्षा कैसे होगी?

अगर संविधान के रक्षकों पर ही स्त्री अस्मिता के भक्षक बनने के गम्भीर आरोप सही या ग़लत लग रहे हैं, तो यह अपने आप में बेहद संगीन है। न्याय मन्दिरों के 'स्वर्ण कलश' ही कलुषित होने लगे, तो फिर 'लज्जा' कहाँ फ़रियाद करेगी? समय रहते इस महामारी का समुचित समाधान ढूँढ़ने और उसे कारगर रूप से लागू करने की मुख्य ज़िम्मेवारी, निस्सन्देह न्यायिक परिवार के मुखिया की है।

इतने सारे अगर-मगर के बीच उम्मीद से कहीं अधिक आशंकाएँ हैं। राष्ट्रीय संस्थाओं के अपने अन्तर्विरोध और विसंगतियाँ काफी गहरे और महीन होते हैं। कहना कठिन है कि अन्तिम परिणाम क्या और कैसा होगा। असाधारण स्थितियों में सामान्य दवा से इलाज कैसे हो सकता है? अगर क़ानून को रक्त कैंसर या न्यायिक विवेक को मानसिक पक्षाघात हुआ हो, तो समाधान साधारण व्यक्ति की क्षमता से बाहर है। अक्सर प्रतिभाहीन नेतृत्व से संकट और विकट हो सकता है। ऐसे में सम्भावना तो यह है कि भविष्य में कोई भी स्त्री, न्यायमूर्तियों पर इस तरह के आरोप लगाने का 'दु:साहस' या प्रयास नहीं करेगी। लेकिन देश की 'आधी आबादी' बड़ी उत्सुकता और बेचैनी से, निर्णायक फ़ैसलों और सम्पूर्ण न्याय की इंतज़ार में बाट जोह रही है। विश्वास करना होगा कि भविष्य में इन्साफ़ होने में देर या अँधेर नहीं होगा।

(राष्ट्रीय सहारा, 13 अक्टूबर, 2018)

सन्दर्भ

1. (66) 1997) दिल्ली लॉ टाइम्स 327
2. (68, (1997) दिल्ली लॉ टाइम्स 303, निर्णय दिनांक 15.7.1997)
3. एप्रेल एक्सपोर्ट प्रोमेशन काउंसिल बनाम ए.के.चोपड़ा, 1999 (1) एस.सी.सी. 759, दिनांक 20 जनवरी, 1999
4. 13 अगस्त, 1997
5. 'विशाखा' बनाम राजस्थान राज्य, एआईआर 1997 सुप्रीम कोर्ट 3011
6. कार्यस्थल पर यौन उत्पीड़न अधिनियम, 2013
7. मेधा कोतवाल लेले बनाम भारत सरकार, याचिका नम्बर 173-177/1999 में आदेश दिनांक 26 अप्रैल, 2004

ऑनर किलिंग और क़ानून

लता सिंह से लेकर बबली जैसी न जाने कितनी लड़कियाँ जाति-धर्म की बेड़ियाँ तोड़नेवाले रोशन दिमाग युवा समाज की नायिकाएँ हैं। मगर परम्परावादी परिवारों में उन्हें 'खलनायिका' का दर्जा हासिल है। लता सिंह लड़-लड़ कर ज़िन्दा है और बबली की हत्या हो चुकी है। किसी भी हत्यारे को अभी तक फाँसी नहीं हुई, जिन्हें हुई वो उम्र क़ैद में बदल दी गई।

उन्नीस साल पहले लता सिंह युवा थी। उस वक्त उसकी उम्र 27 साल थी। लखनऊ विश्वविद्यालय से वह हिन्दी में पोस्ट ग्रेजुएशन कर रही थी। माता-पिता की अचानक मृत्यु के बाद वह अपने भाई अजय प्रताप सिंह के साथ कानपुर रोड पर स्थित एलडीए कॉलोनी लखनऊ रहती थी। यहीं रहते हुये उसने 1997 में इंटरमीडिएट और 2000 में स्नातक की पढ़ाई की। उसी साल 2 नवम्बर को उसने अपनी मर्जी से अपने भाई का घर छोड़ दिया और दिल्ली के आर्य समाज मन्दिर में ब्रह्मानन्द गुप्ता से शादी कर ली। पति का दिल्ली और अन्य जगहों पर कारोबार था। शादी के बाद उनका एक बच्चा भी हुआ। लता की कथित गुमशुदगी के दो दिन बाद उसके भाई ने सरोजिनी नगर पुलिस स्टेशन, लखनऊ में एक गुमशुदगी की रिपोर्ट दर्ज कराई। नतीजतन पुलिस ने लता सिंह के पति की दो बहनों और उसके पति के चचेरे भाई को गिरफ़्तार कर लिया। गिरफ़्तार किए गए लोगों में ममता गुप्ता, संगीता गुप्ता (ब्रह्मानन्द गुप्ता की बहनें), साथ ही राकेश गुप्ता (ममता गुप्ता के पति) और लता सिंह के पति के चचेरे भाई कल्लू गुप्ता शामिल थे।

लता सिंह के भाई अजय प्रताप सिंह, शशि प्रताप सिंह और आनन्द प्रताप सिंह सामन्ती सोच वाले थे। लता ने क्योंकि अन्तर-जातीय विवाह किया था, इससे वे नाराज़ थे। इसी नाराज़गी के चलते वे लता के पति के पैतृक निवास में गए और उसके पति की माँ और चाचा की जमकर पिटाई की। घर से सामान, फर्नीचर,

बर्तन आदि फेंक दिये और घर में अपने ताले जड़ दिए। उसके पति के एक भाई को कथित रूप से भोजन और पानी के बिना चार-पाँच दिनों के लिए एक कमरे में बंद कर दिया गया था। उसके पति के कृषि क्षेत्र की फसल काट ली और उसे बेच दिया। यही नहीं, उन्होंने खेत पर जबरन कब्जा भी कर लिया। उन्होंने पुलिस थाने सरोजनी नगर, लखनऊ में अपनी बहन के पति और उनके रिश्तेदारों के ख़िलाफ़ अपहरण का भी आरोप लगाते हुए एक झूठी पुलिस रिपोर्ट भी दर्ज कराई। पुलिस ने रिपोर्ट के बाद उसके पति और एक बहन के पति को गिरफ़्तार कर हिरासत में लिया। बाद में उन्हें लखनऊ जेल में भेज दिया गया। लता के भाइयों ने अवैध रूप से उसके पति की दुकान को भी अपने कब्जे में ले लिया।

लता के भाई उसके पति और उसके रिश्तेदारों को जान से मारने की लगातार धमकी दे रहे थे और अपहरण कर लता को भी मार सकते थे। गुप्ता परिवार के सदस्य इसी डर के चलते लखनऊ जाने से डरते थे, क्योंकि उसके भाई आपराधिक प्रवृत्ति के थे। लता के पति के तीन रिश्तेदारों को लम्बे समय तक ज़मानत नहीं दी गई और उनका जीवन बर्बाद हो गया। हालाँकि उनके ख़िलाफ़ कोई मामला नहीं था। अपने पति और रिश्तेदारों को उत्पीड़न से बचाने के लिए लाता ने राजस्थान महिला आयोग, जयपुर से सम्पर्क किया। आयोग ने 13 मार्च, 2001 को उसका बयान दर्ज किया और आवश्यक कार्रवाई के लिए पुलिस अधीक्षक (शहर), लखनऊ को भेज दिया। आयोग की अध्यक्ष ने राष्ट्रीय मानवाधिकार आयोग को एक पत्र लिखकर आयोग और उत्तर प्रदेश सरकार के मुख्य सचिव से इस मामले में हस्तक्षेप करने का अनुरोध किया। परिणामस्वरूप पुलिस अधीक्षक, लखनऊ ने राष्ट्रीय मानवाधिकार आयोग को बाद में सूचित किया कि सभी आरोपी व्यक्तियों को 17 मई, 2001 को ज़मानत पर रिहा कर दिया गया है।

इसके बाद (28 मई, 2001) जाँच अधिकारी ने लता गुप्ता उर्फ़ लता सिंह का बयान दर्ज किया और सशस्त्र सुरक्षा प्रदान की गई। अगले दिन मुख्य न्यायिक मजिस्ट्रेट, लखनऊ ने भी धारा 164[1] के तहत लता का बयान दर्ज किया। बयान में लता ने कहा कि उसने अपनी मर्जी से ब्रह्मानन्द गुप्ता से शादी की है। इस कथन के बावजूद, मुख्य न्यायिक मजिस्ट्रेट, लखनऊ ने इस तथ्य की अनदेखी करते हुए (कि पुलिस ने पहले ही मामले में अन्तिम रिपोर्ट दे चुकी है) मुकदमा आगे चलने का आदेश (5 अक्टूबर, 2001) जारी कर दिया। पुलिस की अन्तिम रिपोर्ट के ख़िलाफ़ एक विरोध याचिका दायर की गई थी, जिसमें लता के भाइयों ने आरोप लगाया गया कि लता सिंह की मानसिक स्थिति ठीक नहीं। हालाँकि, उसकी मानसिक रूप से मनोरोग केन्द्र, जयपुर के बोर्ड द्वारा जाँच की

गई थी, जिन्होंने कहा कि वह किसी भी प्रकार की मानसिक बीमारी से पीड़ित नहीं है।

फास्ट ट्रैक कोर्ट, लखनऊ (जिसके समक्ष सभी चार आरोपियों के ख़िलाफ़ मामला लम्बित था) ने ग़ैर-ज़मानती वारंट जारी किये गए। फास्ट ट्रैक कोर्ट के आदेश के ख़िलाफ़, आरोपी (लता व अन्य) ने धारा 482[2] आपराधिक दंड प्रक्रिया संहिता, 1973 के तहत इलाहाबाद हाई कोर्ट (लखनऊ बेंच) में एक याचिका[3] दायर की।। उच्च न्यायालय ने अभियुक्तों को सत्र न्यायाधीश के समक्ष उपस्थित होने का निर्देश दिया, जो स्वयं यह जाँच करेगा कि आरोपी ने कोई अपराध किया है या नहीं।

लता को समझ ही नहीं आया कि क्या पुलिस, प्रशासन और क़ानून तो ऐसे ही अपना काम करता (रहता) है। करता रहेगा। इतना सब झेलने के बाद लता सिंह ने (वरिष्ठ वकीलों की 'क़ानूनी सलाह' पर) भारतीय संविधान के अनुच्छेद 32 के तहत याचिका दायर करना और सीधे सर्वोच्च न्यायालय का दरवाज़ा खटखटाना ही बेहतर समझा। लता ने अपनी याचिका में उपरोक्त तथ्यों का हवाला देते कहा कि वह लखनऊ नहीं जा सकती, क्योंकि उसको अपने, अपने पति और छोटे बच्चे के जीवन के लिए ख़तरा है। उसने आगे आरोप लगाया कि उसके अपने भाइयों ने ही उसके पति ब्रह्मानन्द गुप्ता के पूरे परिवार के सदस्यों के साथ मारपीट की, अपमानित किया और अप्रासंगिक रूप से नुकसान पहुँचाया है। यही नहीं, दूरदराज के रिश्तेदारों को भी नहीं बख्शा। उन्हें भी जान से मारने की धमकी दी गई है। मकान और कृषि भूमि और दुकानों सहित उनकी सम्पत्तियों को उसके अपने ही भाइयों द्वारा जबरन क़ब्ज़ा कर लिया गया है। उसके और उसके पति की जान माल को लगातार ख़तरा है।

तमाम तथ्यों का गम्भीरतापूर्वक विवेचन के बाद न्यायमूर्ति मार्कंडेय काटजू और अशोक भान ने कहा, "इस केस से चौंकानेवाला मामला सामने आया है। कोई विवाद नहीं है कि याचिकाकर्ता बालिग़ है और सभी प्रासंगिक समय में बालिग़ थी। इसलिए वह किसी से भी शादी करने या साथ रहने के लिए स्वतंत्र है, जिसे वह पसन्द करती है। हिन्दू विवाह अधिनियम या किसी अन्य क़ानून के तहत अन्तरजातीय विवाह पर कोई रोक नहीं है। इसलिए, हमें नहीं लगता कि याचिकाकर्ता, उसके पति या उसके पति के रिश्तेदारों ने कोई अपराध किया है।

"हमारा विचार है कि किसी भी आरोपी द्वारा कोई अपराध नहीं किया गया। विचाराधीन पूरा आपराधिक मामला अदालत की प्रक्रिया के साथ-साथ

याचिकाकर्ता के भाइयों के प्रभाव में प्रशासनिक मशीनरी का दुरुपयोग है। भाई केवल इसलिए उग्र थे क्योंकि याचिकाकर्ता ने अपनी जाति के बाहर शादी की है। हम यह सुनकर व्यथित हैं कि याचिकाकर्ता के भाइयों के ख़िलाफ़ उनके ग़ैरक़ानूनी कार्यों (जिसका विवरण ऊपर दिया किया गया है) के लिए कार्रवाई करने के बजाय, पुलिस ने याचिकाकर्ता के पति और उसके रिश्तेदारों के ख़िलाफ़ कार्रवाई की है।

चूँकि ऐसे उत्पीड़न, खतरों और युवक और युवतियों के ख़िलाफ़ हिंसा के बारे में पता चल रहे हैं, जो अपनी जाति से बाहर शादी करते हैं, इसलिए हम इस मामले पर कुछ सामान्य टिप्पणी करना आवश्यक समझते हैं। राष्ट्र हमारे इतिहास में एक महत्त्वपूर्ण संक्रमणकालीन अवधि (जैसे कि वर्तमान) से गुजर रहा है, और यह न्यायालय गम्भीर सार्वजनिक चिन्ता के मामलों में चुप नहीं रह सकता है।"[4]

न्यायमूर्तियों ने अपने निर्णय में उल्लेख किया, "जाति व्यवस्था राष्ट्र के लिए एक अभिशाप है। जितनी जल्दी इसे नष्ट किया जाए उतना ही बेहतर है। वास्तव में, यह राष्ट्र को ऐसे समय में विभाजित कर रहा है, जब हमें एकजुट होकर राष्ट्र के समक्ष चुनौतियों का सामना करना है। अन्तरजातीय विवाह वास्तव में राष्ट्रीय हित में हैं, क्योंकि इससे जाति व्यवस्था नष्ट हो जाएगी। हालाँकि देश के कई हिस्सों से परेशान करनेवाली ख़बरें आ रही हैं कि जो युवक और युवतियाँ अन्तरजातीय विवाह से गुज़रते हैं, उन्हें हिंसा की धमकी दी जाती है या उन पर वास्तव में हिंसा की जाती है। हमारी राय में हिंसा या धमकी या उत्पीड़न के ऐसे कार्य पूरी तरह से अवैध हैं और उन्हें करनेवालों को कड़ी सज़ा दी जानी चाहिए। यह एक स्वतंत्र और लोकतांत्रिक देश है और एक बार एक व्यक्ति बालिग़ हो जाता है या वह जिसे भी पसन्द करता है उससे शादी कर सकता है। यदि लड़का या लड़की के माता-पिता इस तरह के अन्तरजातीय या अन्तरधार्मिक विवाह को मंजूरी नहीं देते हैं, तो वे अधिकतम यह कर सकते हैं कि वे बेटे या बेटी के साथ सामाजिक सम्बन्धों को काट सकते हैं, लेकिन वे कोई धमकी नहीं दे सकते हैं। हम यह निर्देश देते हैं कि देश भर में प्रशासन/पुलिस अधिकारी यह देखेंगे कि यदि कोई भी लड़का या लड़की एक बालिग़ महिला के साथ अन्तरजातीय या अन्तर-धार्मिक विवाह करता है या एक बालिग़ पुरुष या युगल हैं तो किसी को भी परेशान नहीं किया जाए और न ही हिंसा के ख़तरों या कृत्यों के अधीन किया जाए और कोई भी जो ऐसी धमकियाँ देता है या उत्पीड़न करता है या हिंसा का कार्य करता है या ख़ुद अपने दायित्व पर, ऐसे व्यक्तियों के ख़िलाफ़ पुलिस द्वारा आपराधिक कार्यवाही शुरू करने का काम लिया जाता है तो ऐसे व्यक्तियों के

ख़िलाफ़ कड़ी कार्रवाई की जाती है, जो क़ानून द्वारा प्रदान किए गए हैं। हम कभी-कभी ऐसे व्यक्तियों की 'ऑनर किलिंग' के बारे में सुनते हैं, जो अपनी मर्जी से अन्तरजातीय या अन्तरधार्मिक विवाह से गुज़रते हैं। इस तरह की हत्याओं में कुछ भी सम्मानजनक नहीं है, और वास्तव में वे क्रूर, सामन्ती दिमाग वाले व्यक्तियों द्वारा किए गए हत्या के बर्बर और शर्मनाक कृत्य के अलावा कुछ नहीं हैं, जो कठोर सज़ा के पात्र हैं। केवल इस तरह से ही हम बर्बरता के ऐसे कृत्यों को समाप्त कर सकते हैं।"

माननीय न्यायमूर्तियों ने उपरोक्त परिस्थितियों में याचिका स्वीकार करते हुए मुकदमा और आरोपियों के ख़िलाफ़ वारंट रद्द कर दिया। और निर्देश दिया कि सभी सम्बन्धित स्थानों की पुलिस को यह सुनिश्चित करना है कि याचिकाकर्ता, उसके पति और न ही किसी रिश्तेदार को परेशान किया जाए या धमकी दी जाए और न ही उनके ख़िलाफ़ हिंसा का कोई कार्य किया जाए। यदि कोई ऐसा करता हुआ पाया जाता है, तो सम्बन्धित अधिकारियों द्वारा, क़ानून के अनुसार कड़ी कार्रवाई की जानी चाहिए।

इस तरह लता सिंह ने अपने (और अपने परिवार के) वैधानिक अधिकारों की रक्षा और अन्तर्जातीय विवाह करने की स्वतंत्रता के लिए जो क़ानूनी लड़ाई लड़ी, वो आनेवाले समय में युवा पीढ़ी के लिए प्रेरणा का पाठ भी है और महत्त्वपूर्ण नजीर भी। निस्सन्देह भारत में सगोत्र विवाह क़ानून द्वारा निषिद्ध नहीं है। इस सम्बन्ध में किसी भी तरह की (हर) शंका को दूर करने के लिए, क़ानून[5] पारित किया गया था। इस अधिनियम ने स्पष्ट रूप से घोषणा की है कि एक ही गोत्र या 'प्रवर' या एक ही जाति के विभिन्न उप-डिवीजनों से सम्बन्धित हिन्दुओं के बीच विवाह वैध माने-समझे जाएँगे। हिन्दू विवाह अधिनियम[6] में भी सगोत्र या अन्तरजातीय विवाह पर कोई प्रतिबन्ध नहीं है।

सर्वोच्च न्यायालय के तीन न्यायमूर्तियों की पीठ[7] ने 27 मार्च, 2018 को एक अन्य मामले[8] में एक महत्त्वपूर्ण निर्णय दिया जिसके अनुसार जाति-धर्म आधारित हिंसा को अपराध की श्रेणी में रखा गया है। इस फ़ैसले में खाप पंचायत को ग़ैर-क़ानूनी घोषित किया गया। साथ ही सर्वोच्च न्यायालय ने स्पष्ट किया कि दो वयस्क अगर शादी करते हैं तो कोई तीसरा व्यक्ति/संस्था उसमें दखल नहीं दे सकता है। इसके अलावा न्यायालय ने हिन्दू विवाह अधिनियम की (धारा 5) में एक ही गोत्र में शादी करने को भी उचित ठहराया है।

मगर दुर्भाग्य से, भारत जैसे धर्मनिरपेक्ष देश में विशेष विवाह क़ानून[9] के तहत अन्तर्जातीय विवाह को संचालित करनेवाले बुनियादी क़ानून प्रत्यक्ष या

परोक्ष रूप में इस क़ानून के तहत शादी के अंजाम सम्बन्धी चौथे अध्याय में अन्तर्जातीय विवाह को हतोत्साहित करते हैं। धारा-19 के मुताबिक, अगर इस क़ानून के तहत शादी किसी अविभक्त हिन्दू, बौद्ध, सिख या जैन द्वारा अन्य धर्मावलम्बी परिवार में आयोजित होती है, तो ऐसे परिवार से उन्हें अलग कर दिया जाएगा। क़ानून ऐसे हिन्दू बौद्ध, सिख या जैन को ऐसी आजादी देता है, जो अविभक्त परिवार के सदस्य हैं। ऐसे लोग अन्य धर्मो में शादी करते हैं तो शादी के दिन से उनके अपने परिवार के साथ रिश्ते अपने आप टूट जाएँगे। यह परोक्ष रूप से अवरोध निर्मित करता है और ऐलान करता है कि हम ग़ैर हिन्दू पत्नी या पति को अपने परिवार में कबूल नहीं करेंगे। आप अपने अविभक्त परिवार की सम्पत्ति में अपना हिस्सा, यदि कोई हो, तो ले सकते हैं। मगर परिवार से भी हाथ धोना पड़ेगा। विशेष क़ानून भी मानता है कि हिन्दू परिवार में 'विधर्मी' बहू या दामाद का क्या काम!

सुप्रीम कोर्ट ने (लता सिंह केस) भी इस बात को रेखांकित किया है कि अगर लड़के या लड़की के माता-पिता ऐसी अन्तर्जातीय या अन्तर्धार्मिक शादी को मंजूरी नहीं देते, तो वे अपने पुत्र या पुत्री से सामाजिक रिश्ते तोड़ सकते हैं। कोर्ट ने ठीक ही आगाह किया है कि ऐसी शादियाँ कर चुके लोगों को घर वाले किसी तरह की न तो धमकी दे सकते हैं और न ही मारपीट कर सकते हैं। वे इन्हें किसी भी तरह से कोई यातना नहीं दे सकते।

जाति व्यवस्था वाले ऐसे पारम्परिक समाज में, शादी के लिए चुनाव काफी अहम हो जाता है। ऐसे में, अपनी जाति या धर्म से हट कर शादी के बारे में सोच पाना इतना आसान नहीं। हालाँकि, भारत में शादी के तरीके में आया हाल का बदलाव अन्तर्जातीय शादियों, ख़ासकर आर्थिक रूप से मजबूत वर्ग के चलते बढ़त दर्शा रहा है। पंजाब, हरियाणा, असम और महाराष्ट्र में फिर भी अन्तर्धार्मिक शादियों को अब भी प्रोत्साहन नहीं दिया जाता। उत्तर प्रदेश, मध्य प्रदेश, बिहार और राजस्थान जैसे राज्यों में पारम्परिक और सामन्ती मानसिकता में बदलाव काफी कम देखा गया है। इसलिए हमें निर्दोष युवा लड़के और लड़कियों को 'ऑनर किलिंग' से बचाने के लिए एकजुट होने की अधिक ज़रूरत है। ये वे युवा हैं, जो जाति और वर्ग रहित समाज में जीने की कामना रखते हैं। अगर न्यायिक व्याख्याएँ लैंगिक न्याय को स्वीकार नहीं करतीं, तो बदलते समय में सामाजिक न्याय के बीज कैसे अंकुरित होंगे?

दिलचस्प है कि एक तरफ़ सुप्रीम कोर्ट के न्यायमूर्ति मार्कंडेय काटजू और न्यायमूर्ति अशोक भान ने (लता सिंह केस) व्यवस्था दी कि अन्तर्जातीय विवाह से

ही जाति नष्ट होगी दूसरी ओर, सर्वोच्च अदालत की दूसरे बेंच ने कहा कि भारत में जाति व्यवस्था भारतीयों के दिमाग में रची-बसी है। किसी क़ानूनी प्रावधान के न होने की सूरत में अन्तर्जातीय विवाह होने पर कोई भी व्यक्ति अपने पिता की जाति का सहारा विरासत में लेता है, न कि माँ का।[10] सुप्रीम कोर्ट के न्यायमूर्ति एच.के. सीमा और डॉ. ए.आर. लक्ष्मणन ने अर्जन कुमार मामले में स्पष्ट कहा कि "यह मामला आदिवासी महिला का एक ग़ैर आदिवासी पुरुष से शादी करने का है। पति कायस्थ है, इसलिए वह अनुसूचित जनजाति के होने का दावा नहीं कर सकता।'[11] एक भारतीय बच्चे को जाति उसके पिता से विरासत में मिलती है, न कि माँ से। अगर वह अनब्याही है और बच्चे के पिता का नाम नहीं जानती, तो 'करुणा'[12] क्या करे? महिला अपने पिता की जाति की होगी और शादी के बाद पति की जाति की। आपकी जाति और धर्म, आपके पिता के धर्म/ जाति से जुड़ी होती है। कोई अपना धर्म बदल सकता है, लेकिन जाति नहीं।

लता सिंह केस के कुछ साल बाद अरुमुगम सर्वई बनाम तमिलनाडु राज्य[13] में, न्यायमूर्ति मार्कंडेय काटजू और ज्ञान सुधा मिश्र ने लता सिंह के मामले में की गई टिप्पणियों का उल्लेख करते हुए आगे कहा, "हमने हाल के वर्षों में 'खाप पंचायतों' (तमिलनाडु में 'कट्टा पंचायत' के रूप में जाना जाता है) के बारे में सुना है, जो अक्सर विभिन्न जातियों और धर्मों के लड़कों और लड़कियों को जो विवाह करना चाहते हैं या विवाहित हैं, पर संस्थागत तरीके से 'ऑनर किलिंग' या अन्य अत्याचार करते हैं या उसे प्रोत्साहित करते हैं, या लोगों के निजी जीवन में हस्तक्षेप करते हैं। इसके अलावा, जो क़ानून को अपने हाथों में लेते हैं, वो 'कंगारू अदालतें' हैं, जो पूरी तरह से अवैध हैं।"

विकास यादव बनाम उत्तर प्रदेश और अन्य[14] मामले में बहन द्वारा (विवाह के लिए) चुने गए युवक की हत्या उसके ही भाई द्वारा की गई थी। भाई जिसने अच्छे शिक्षण संस्थानों में शिक्षा प्राप्त की थी। न्यायमूर्ति दीपक मिश्र और सी. नागपप्पन ने सज़ा के सवाल पर विचार करते समय पाया कि आरोपी व्यक्ति सदियों से अपूर्णीय भावनाओं और दृष्टिकोण को त्यागने की वह क्षमता हासिल नहीं कर पाए। शायद, उनकी इस परिकल्पना ने उन्हें परेशान किया था कि ये वही विचार हैं जो इस समय में अनादिकाल से यहाँ पहुँचे हैं और अनंत काल तक बने रहना चाहते हैं। आगे बढ़ते हुए, न्यायालय ने कहा :

"कोई भी यह महसूस कर सकता है कि 'मेरा सम्मान ही मेरा जीवन है' लेकिन इसका मतलब यह नहीं है कि दूसरे की कीमत पर एक का सम्मान बनाए रखा जाए। स्त्री की स्वतंत्रता, आज़ादी, संवैधानिक पहचान, व्यक्तिगत

पसन्द और विचार हैं। वो एक पत्नी हो या बहन या बेटी या माँ। उसे निश्चित रूप से शारीरिक बल या धमकी या अपने स्वयं के नाम पर मानसिक क्रूरता से नहीं रोका जा सकता है। इसके अलावा, न तो परिवार के सदस्यों और न ही सामूहिक सदस्यों को लड़की द्वारा चुने गए लड़के पर हमला करने का कोई अधिकार है। उसकी व्यक्तिगत पसन्द उसका स्वाभिमान है और उसमें सेंध लगाना, उसके सम्मान को नष्ट करना है। उसकी अपनी पसन्द को ख़त्म करके तथाकथित भाईचारे या पितृ सम्मान या वर्ग सम्मान को थोपना अति क्रूरता का अपराध है। इससे भी अधिक जब यह अपराध एक (सम्मान/इज़्ज़त/नाक की) आड़ में किया जाता है। यह 'सम्मान' की एक निंदनीय धारणा है, जो मध्ययुगीन जुनूनी दावे के बराबर है।"

आशा रंजन बनाम बिहार राज्य[15] में सर्वोच्च न्यायालय ने एक अलग सन्दर्भ में लिखा, "जीवन में महिला को अपनी पसन्द का साथी चुनने का वैध संवैधानिक अधिकार है। यह व्यक्तिगत पसन्द पर आधारित है, जिसे अनुच्छेद 19 के तहत संविधान में मान्यता प्राप्त है और इस तरह के अधिकार को 'वर्ग सम्मान' या 'समूह सोच' की अवधारणा से आगे बढ़ने की उम्मीद नहीं की जा सकती। ऐसा इसलिए है क्योंकि सामूहिक सम्मान की धारणा या भावना की कोई वैधता नहीं है, भले ही उसे सामूहिक रूप से लोग सही मानते हों।"

उल्लेखनीय है कि उत्तर प्रदेश राज्य बनाम कृष्ण मास्टर और अन्य[16] में सुप्रीम कोर्ट के न्यायमूर्ति हरजीत सिंह बेदी और जे. एम. पंचाल ने 3 अगस्त, 2010 को उच्च न्यायालय द्वारा बरी होने के फ़ैसले को रद्द करते हुए आरोपी व्यक्तियों को आजीवन कारावास और 25, 000 रुपये जुर्माने के साथ दोषी ठहराया। छह लोगों की हत्या और लगभग पूरे परिवार को मिटा देना और वह भी किसी 'सम्मान' की फ़िल्मी कल्पना से इस अदालत द्वारा विकसित 'दुर्लभतम' मामले में ही आएगा, इसलिए ट्रायल कोर्ट द्वारा उम्र क़ैद की सज़ा उचित है। हालाँकि, इस तथ्य को ध्यान में रखते हुए कि घटना बीस साल से पहले हुई थी, उसने मौत की सज़ा नहीं पारित की लेकिन आजीवन कारावास की सज़ा सुनाई। उक्त निर्णय 'ऑनर किलिंग' के कारण होनेवाले अपराध की गम्भीरता को दर्शाता है।

अदालतें कहती रही (हैं) कि गाँव के बुजुर्गों या परिवार के बुजुर्गों के विचारों को मानने के लिए, दंपती को मजबूर नहीं किया जा सकता है। किसी को भी बल का उपयोग करने या सामुदायिक सम्मान या पारिवारिक सम्मान के नाम पर दूरगामी प्रतिबन्ध लगाने का अधिकार नहीं है। ऐसी ख़बरें हैं कि ग़लत कारावास, लगातार उत्पीड़न, मानसिक प्रताड़ना, गम्भीर शारीरिक हानि या धमकी सहित कठोर

कार्रवाई या तो निकट सम्बन्ध या कुछ तीसरे पक्षों द्वारा तथाकथित ग़लत जोड़े के ख़िलाफ़ या तो कुछ या सभी के उद्‌बोधन का सहारा लिया जाता है। पंचायतदारों या उनकी मिलीभगत से। एक या दूसरे जोड़े की हत्या के बहुत से उदाहरण ख़बरों में रहे हैं। सामाजिक बहिष्कार और युवा जोड़े को प्रभावित करनेवाले अन्य अवैध प्रतिबन्धों में परिवारों और यहाँ तक कि स्थानीय निवासियों का एक वर्ग अक्सर इसका सहारा लेता है। यह सब परम्परा और सम्मान के नाम पर किया जाता है। ऐसे सभी अवैध कृत्यों के प्रभाव मूलत: सार्वजनिक व्यवस्था के आयाम भी हैं। दरअसल यही सब अन्तर्विरोध हैं, जो क़ानून और सामजिक मानसिकता के बीच बार-बार अवरोधक बन आ खड़े होते हैं। युवा स्त्रियों, युवकों, युगलों की बर्बर हत्या कि अनेक ख़ौफ़नाक कहानियाँ हमारे आसपास बिखरी हैं और राष्ट्रीय अपराध के आँकड़े हमारे सामने हैं!

अन्त में सिर्फ़ एक स्थायी स्मृति कि हरियाणा राज्य के ज़िला कैथल के करोरा गाँव के दो युवा (मनोज और बबली) एक ही गोत्र के थे। उनका कसूर था प्रेम करना और अपराध एक ही गाँव-गोत्र के होते हुए विवाह करना। जून 2007 में बबली के रिश्तेदारों ने खाप पंचायत के आदेश पर उनकी हत्या कर दी थी। 30 मार्च, 2010 में करनाल के सत्र एवं ज़िला न्यायाधीश वाणी गोपाल शर्मा ने तो बबली के परिवार के पाँच सदस्यों—उसके भाई सुरेश, चाचा राजेंदर और बरू राम और चचेरे भाई सतीश और गुरदेव को मौत की सज़ा सुनाई थी, मगर 11 मार्च, 2011 में पंजाब और हरियाणा उच्च न्यायालय के न्यायाधीशों ने मनोज-बबली सम्मान हत्या मामले में चार दोषियों की मौत की सज़ा को उम्रक़ैद की सज़ा में बदल दिया। अपराध में इस्तेमाल किए गए वाहन के चालक मनदीप सिंह को अपहरण और साजिश के लिए सात साल की जेल की सज़ा सुनाई गई। इस फ़ैसले के बाद मनोज की माँ चन्द्रपती, क़ानून के राज और न्याय व्यवस्था में कैसे विश्वास करे! तबाही के बाद उसकी चिन्ता और तनाव कैसे कम होगा! क्या यही रास्ता है कि उच्च न्यायालय के फ़ैसले के ख़िलाफ़ सुप्रीम कोर्ट में अपील करे और कुछ साल और इन्साफ़ का इंतज़ार! दो मासूम युवाओं को निर्दयतापूर्वक मौत के घाट उतार दिया गया, मगर अपराध 'दुर्लभतम में दुर्लभ' नहीं (माना-समझा जाता) है।

क्या खाप पंचायतें और बहुमत (हिन्दू समाज) क़ानून से ऊपर हैं? अगर न्याय के प्रहरियों और क़ानून के बीच टकराहट होती रहेगी, तो जाति और धर्म की बेड़ियों में जकड़े स्त्री-पुरुष आजाद कैसे हो पाएँगे? अराजक निजी क़ानूनों और न्यायिक व्याख्याओं में आमूल-चूल बदलावों के बिना, अन्तर्जातीय/अन्तर्धार्मिक शादियों

से जुड़े सामाजिक-आर्थिक राजनीति का मनोविज्ञान तेजी से नहीं बदल रहा...नहीं बदल सकता। कहाँ हैं सर्वोच्च न्यायालय के संवैधानिक अधिकारों पर लिखे आदर्श वाक्य या सर्वश्रेष्ठ प्रवचन?

सन्दर्भ

1. आपराधिक दंड प्रक्रिया संहिता, 1973
2. आपराधिक दंड प्रक्रिया संहिता, 1973
3. लता सिंह बनाम उत्तर प्रदेश राज्य याचिका नम्बर 520/2003
4. लता सिंह बनाम उत्तर प्रदेश राज्य, (2006 (5) एससीसी 475)
5. हिन्दू विवाह अक्षमता निवारण अधिनियम, 1946
6. हिन्दू विवाह अधिनियम, 1955
7. न्यायमूर्ति दीपक मिश्र, ए.एम. खानविलकर और धनंजय चन्द्रचूड
8. शक्तिवाहिनी बनाम भारत संघ, 2018 (7) एससीसी 192
9. विशेष विवाह अधिनियम, 1954
10. 2003 एआईआर सुप्रीम कोर्ट 5149
11. 2006 एआईआर सुप्रीम कोर्ट 1177
12. एबीसी बनाम दिल्ली राज्य, एआईआर 2015 सुप्रीम कोर्ट 2569
13. 2011 (6) एससीसी 405
14. 2016 (9) एससीसी 541
15. 2017 (4) एससीसी 397
16. 2010 (12) एससीसी 324

विवाद में सम्बन्ध और सम्बन्धों में विवाद

दाम्पत्य में सीमित स्त्री और पुरुष के रिश्ते को अब तक, स्पष्ट रूप से परिभाषित नहीं किया जा सका है। हमेशा से बहस का मुद्दा रहे इन रिश्तों में, गुज़ारा-भत्ता को लेकर भी विवाद होते रहे हैं। आर्थिक मदद और अस्थायी दैहिक रिश्तों को लेकर, सर्वोच्च अदालत ने भी बेहद जटिल और पेचीदा सवाल खड़े किये हैं। आश्चर्य है कि इस मसले पर पन्द्रह दिनों के भीतर, सुप्रीम कोर्ट की दो पीठों ने अलग-अलग फ़ैसले सुनाए। अदालत के समक्ष सवाल यह था कि यदि महिला सह जीवन ('लिव-इन-रिलेशनशिप') में रह रही है, तो क्या उसे गुज़ारा-भत्ता[1] मिलना चाहिए? 7 अक्टूबर, 2010 को एक खंड पीठ ने इस मामले को बड़ी पीठ के पास भेजने का निर्णय लिया, जबकि दूसरी खंड पीठ ने 21 अक्टूबर, 2010 को उसे बंद करना उचित समझा। क़ानूनी विशेषज्ञों सहित मीडिया में अभी तक यह बहस और विवाद का मुद्दा बना हुआ है।

सह जीवन में रह रही महिलाओं को गुज़ारा-भत्ता दिए जाने को लेकर, सर्वोच्च न्यायालय के न्यायामूर्ति मार्कंडेय काटजू और टी. एस. ठाकुर एक मामले[2] में 21 अक्टूबर, 2010 को यह विरोधाभासी फ़ैसला सुनाया कि हमारे मुताबिक सह-जीवन में रहनेवाले सभी लोगों को शादी के समान दायरे में आने के लिए, 'घरेलू हिंसा क़ानून-2005' के तहत लाभ नहीं मिल सकता। ऐसे लाभ के लिए क़ानून द्वारा निश्चित की गई शर्त पूरी होनी चाहिए और उसे सबूत के ज़रिये सिद्ध भी करना होगा। यदि कोई पुरुष किसी को बतौर 'रखैल' रखता है, जिसे वह आर्थिक मदद भी करता है और शारीरिक रिश्तों के लिए उसका इस्तेमाल करता है, तो हमारे विचार से यह सम्बन्ध शादी के दायरे में नहीं आएगा। जबकि मद्रास उच्च न्यायालय ने थोड़ा हटकर आदेश पारित करते हुए, डी. पटचाईम्मल को पाँच सौ रुपए गुज़ारा-भत्ता देने का आदेश दिया है/था। स्त्री ने दावा किया था कि उसने याचिकाकर्ता डी. वेलुसामी से शादी की है।

न्यायामूर्ति काटजू और ठाकुर ने सहानुभूति जताते हुए कहा, "इसमें कोई सन्देह नहीं कि जिस मामले का हम ज़िक्र कर रहे हैं, उसमें 2005 के क़ानून के तहत कई महिलाएँ आती ही नहीं हैं। अदालत का काम क़ानून बनाना या उसमें संशोधन करना नहीं है। संसद ने 'रिलेशनशिप इन द नेचर ऑफ मैरिज' शब्द का प्रयोग किया है, न कि 'लिव-इन-रिलेशनशिप' का। व्याख्या करने के लिए अदालत क़ानून की भाषा को नहीं बदल सकती।" अगले ही क्षण देश की आधी आबादी को यह भी याद दिलाया, "सामन्ती समाज में शादी से इतर किसी दूसरे पुरुष और स्त्री के शारीरिक रिश्ते की मनाही है और उसे 'घृणित' माना गया है। जैसा टालस्टॉय के उपन्यास 'अन्ना करेनिना', गुस्ताव फ्लाउबर्ट के उपन्यास 'मैडम बावेरी' और महान बंगाली लेखक शरत चन्द्र चट्टोपाध्याय के उपन्यासों में वर्णित है।"

'घरेलू हिंसा क़ानून-2005' को तैयार करने-करवानेवाली संस्था की अध्यक्ष और उस समय 'एडिशनल सॉलिसिटर जनरल' इन्दिरा जयसिंह ने न्यायाधीशों की कड़ी आलोचना की और अदालत को सुझाव दिया कि निर्णय सुनाते वक्त, लिंग से जुड़े संजीदा शब्दों के इस्तेमाल से दूरी बनाए रखी जाए। न्यायामूर्ति काटजू और ठाकुर की पीठ के समक्ष इन्दिरा जयसिंह ने कहा कि वह फ़ैसले में प्रयुक्त शब्द 'रखैल' के इस्तेमाल के विरुद्ध आवेदन करेंगी। इन्दिरा जयसिंह ने सवाल किया कि 21वीं सदी में सर्वोच्च न्यायालय, 'रखैल' और 'एक रात की बात' जैसे शब्द का इस्तेमाल कैसे कर सकता है? न्यायामूर्ति ठाकुर ने घाव पर नमक छिड़कते हुए इन्दिरा जयसिंह से पलट कर सवाल किया कि "क्या 'रखैल' की जगह 'उपपत्नी' शब्द का इस्तेमाल करना ठीक रहेगा?"

निस्सन्देह इस तरह की अभिव्यक्ति आपतिजनक है और यह महिलाओं को बहुत ही बुरे ढंग से चित्रित करती है। यह तो नैतिक निर्णय की बात है और सर्वोच्च न्यायालय के माननीय न्यायामूर्तियों को ऐसे शब्दों के इस्तेमाल से बचना चाहिए। यह लिंग समानता के राष्ट्रीय संकल्प के नज़रिये से भी ठीक नहीं है और इसमें वैवाहिक स्थिति को लेकर भी भेदभाव झलकता है।

मार्च, 2011 में सुप्रीम कोर्ट ने 'महिला दक्षता समिति' की उस याचिका को ख़ारिज कर दिया, जिसमें 21 अक्टूबर, 2010 के उस निर्णय की समीक्षा की माँग की गई थी, जिसमें 'लिव-इन-रिलेशनशिप' में रहनेवाली महिला को 'रखैल' कहा जाता है। समीक्षा याचिका को ख़ारिज करते हुए न्यायामूर्ति मार्कंडेय काटजू और ठाकुर ने कहा—"समीक्षा याचिका पर सावधानीपूर्वक ध्यान दिया गया है। साथ ही हमें उससे सम्बन्धित काग़ज़ों पर दुबारा विचार करने की कोई वजह नहीं दिख रही।"

21 अक्टूबर, 2010 को जब यह फ़ैसला सुनाया गया, तब भी सबको यह अजीब सा महसूस हो रहा था, क्योंकि न्यायामूर्ति काटजू और ठाकुर ने न्यायामूर्ति जी.एस. सिंघवी और ए.के. गांगुली के फ़ैसले[3] पर ध्यान नहीं दिया, जो उन्होंने 7 अक्टूबर, 2010 को दिया था। न्यायामूर्ति गांगुली ने सैकड़ों मामलों का विवेचन करने पर पाया कि अब तक के फैसलों में बहुत अधिक विरोधाभास है। घरेलू हिंसा अधिनियम, 2005 आने के बाद, धारा 125 में गुज़ारा-भत्ता सम्बन्धी क़ानून और पेचीदा हो गया है। सो बेहतर होगा कि इस मुद्दे पर बड़ी पीठ निर्णय ले, ताकि संशय समाप्त हों और विवाद का कोई स्थायी हल हो सके।

न्यायामूर्तियों ने लिखा था—"सामाजिक सरोकारों के मद्देनजर आपराधिक प्रक्रिया संहिता की धारा-125 के तहत, हम 'पत्नी' की परिभाषा पर व्यापक नज़रिया रखते हैं। हालाँकि दो न्यायाधीशों की पीठ में हम ऐसा फ़ैसला नहीं सुना सकते। हमें आशंका है कि दोनों मामलों में व्यक्त विचारों को लेकर विरोधाभासी सोच सामने न आ जाए।" खंडपीठ ने माननीय मुख्य न्यायाधीश से आग्रह किया कि इसे बड़ी पीठ तय करे कि "यदि एक पुरुष और महिला कुछ ख़ास वक्त में बतौर पति-पत्नी रह रहे हैं, तो क्या उसे 'वैध शादी' जैसा माना जा सकता है और इस तरह धारा-125 के अन्तर्गत महिला गुज़ारे-भत्ते की हकदार है? यदि 'घरेलू हिंसा क़ानून-2005' के प्रावधानों के मुताबिक धारा-125 के अन्तर्गत गुज़ारे-भत्ते की दावेदारी की जाती है, तो क्या शादी के प्रमाणपत्र को अनिवार्य रूप से जमा करना होगा? यदि परम्परागत संस्कारों और अनुष्ठानों के तहत शादी हुई है, लेकिन हिन्दू विवाह अधिनियम, 1955 की धारा-7(1) या दूसरे 'पर्सनल लॉ' के तहत सभी अर्हताएँ पूरी नहीं होतीं, तो भी क्या औरत को धारा-125 के तहत गुज़ारा-भत्ता देना होगा?"

न्यायमूर्ति सिंघवी और गांगुली ने अपने विचार व्यक्त करते हुए कहा, "हमारी राय है कि 'पत्नी' शब्द की व्यापक व्याख्या होनी चाहिए। उन मामलों में भी, जब एक पुरुष और एक महिला एक साथ बतौर पति-पत्नी काफी लम्बे अरसे से रह रहे हैं। धारा-125 के तहत गुज़ारे-भत्ते के लिए शादी से पहले के सबूत नहीं देने होंगे, जिससे इस धारा के तहत लाभ-सम्बन्धी प्रावधानों की सम्यक भावना और सारतत्त्व को अमल में लाया जा सकता है। हमें भरोसा है कि इस तरह की व्याख्या हमारे संविधान की प्रस्तावना में व्यक्त सिद्धांतों के अनुरूप सामाजिक न्याय और किसी की व्यक्तिगत गरिमा के दायरे में होगा।"

यह न्यायिक अनुशासन और इन्साफ़ का तक़ाज़ा है कि न्यायामूर्ति काटजू और ठाकुर इसी मसले पर सर्वोच्च न्यायालय की दूसरी खंड पीठ के फैसलों पर भी ध्यान देते। वरिष्ठ वकील श्री जयंत भूषण का भी यह पेशेवर कर्तव्य और दायित्व था

कि 'न्यायमित्र' के रूप में खंडपीठ को बताते कि क़ानून से सम्बन्धित ऐसे मसले बड़ी पीठ के पास भेजें। लेकिन ऐसा अक्सर होता रहता है और प्रतीत होता है कि बार और पीठ के लिए, सर्वोच्च न्यायालय के फ़ैसले लगातार 'अपडेट' करना कोई आसान काम नहीं है। 'कम्प्यूटरीकरण' के बावजूद ऐसे मामलों पर नज़र रखने के लिए, अब तक कोई विशेष प्रणाली खोजी ही नहीं गई है। अगर व्यापक सुधारों के लिहाज से देखें, तो यह काफी गम्भीर मसला है, क्योंकि इससे तो न्यायिक प्रक्रिया की साख गम्भीर रूप से प्रभावित होती है या हो सकती है। वर्तमान ढांचे के तहत एक खंड पीठ, दूसरी पीठ के सुनाए फ़ैसले से पूरी तरह अनजान बनी हुई है। मौजूदा हालात में सामान्य याचिकाकर्ता एक ही नाव में यात्रा करते हुए भी, उम्रभर अलग-अलग दिशाओं में भटकते रह सकते हैं।

(दुनिया इन दिनों, नवम्बर 2014)

सन्दर्भ

1. आपराधिक प्रक्रिया संहिता, 1973 की धारा-125
2. डी. वेलुसामी बनाम डी.पटचाईम्मल, क्रिमिनल अपील नम्बर 2273-74/2010
3. चिन्मुनिया बनाम वीरेंद्र कुमार सिंह कुशवाहा और अन्य, (2011) 1 एससीसी 141

बहुत कठिन है डगर न्यायपालिका की

न्यायाधीशों की नियुक्ति प्रक्रिया कितनी 'पारदर्शी' होती है और कितनी 'गोपनीय' यह सवाल हमेशा उठाया जाता रहा है। 'गोपनीयता' का सवाल इसलिए कि उच्चतम न्यायालय या उच्च न्यायालयों के न्यायाधीश की नियुक्ति के लिए, न कोई विज्ञापन और न कोई सार्वजनिक सूचना जारी होती है। 'कॉलेजियम' के पाँच वरिष्ठ न्यायाधीशों का फ़ैसला ही अन्तिम और सर्वमान्य फ़ैसला माना-समझा जाता रहा है। कहने-लिखने की ज़रूरत नहीं कि अब तक उच्चतम या उच्च न्यायालयों में न्यायाधीशों की नियुक्तियाँ बिना किसी 'आरक्षण' के ही होती रही हैं। अर्थ(अनर्थ) यह कि न्यायपालिका में अधिकांश पदों पर उच्च वर्ग/वर्ण/जाति का ही 'सर्वाधिकार सुरक्षित' है। इस 'बेहद गोपनीय न्यायिक प्रक्रिया' में राजनेताओं, मंत्रियों, भूतपूर्व न्यायमूर्तियों या आपस में एक-दूसरे के बेटे-बेटियों, बहू-दामाद, भाई-भतीजों, कनिष्ठ वकीलों और घनिष्ठ रिश्तेदारों की नियुक्तियों पर प्रश्नचिह्न लगते रहे हैं। नतीजतन आम जनता के न्याय व्यवस्था में विश्वास और उसकी आस्था को गहरी ठेस पहुँचती रही है।

निस्सन्देह न्यायिक प्रक्रिया में भी 'गोपनीयता' होगी, तो शंका या सन्देह को बेबुनियाद या आधारहीन कहकर तो नहीं झुठलाया जा सकता। समय साक्षी है कि तमाम नैतिक और न्यायिक नियमों के बावजूद न्याय मन्दिरों के विशाल प्रांगण में भ्रष्टाचार के विषवृक्ष फलते-फूलते रहे और 'महाभियोग', 'जाँच-पड़ताल' या 'मौन समर्पण', नाटक-नौटंकी ही सिद्ध हुए। 'अस्मत के बदले इन्साफ़', 'कैश एट डोर स्टेप', 'शबाब के बदले न्याय' मामला हो या कुछ न्यायमूर्तियों पर भी यौन शोषण के आरोप, आख़िर हैं तो 'गोपनीयता' की ही उपज! समय-समय पर गोल-गुम्बदों में दफ़न लाशों की सड़ाँध, रिस-रिस कर जनपथ तक आती रही है। विशेषकर 'रिटायरमेंट के सुरक्षित स्वर्ग' से, जब संवैधानिक शपथ के बंधन से मुक्त 'आत्मा' का दम घुटने लगता है।

दरअसल स्वतंत्र, निष्पक्ष और सक्षम न्यायाधीशों की तलाश में तीन मामलों में हुए तीन निर्णयों[1] के आधार पर बने 'कॉलेजियम सिस्टम' और नियुक्तियों में पारदर्शिता और न्यायपालिका की विश्वसनीयता पर लगातार गम्भीर सवाल उठने लगे। परिणामस्वरूप राष्ट्रीय न्यायिक नियुक्ति अधिनियम, 2014 पारित हुआ, लेकिन सुप्रीम कोर्ट की संविधान पीठ ने इसे 16 अक्टूबर, 2015 को 'असंवैधानिक' ठहरा दिया[2] और नियुक्तियों के सन्दर्भ में प्रक्रिया सहमति-पत्र पर सरकार और न्यायपालिका ('कॉलेजियम') के बीच सहमति नहीं बन पा रही है। सुप्रीम कोर्ट एडवोकेट्स ऑन रिकॉर्ड बनाम भारत सरकार फ़ैसले को सरकार और न्यायपालिका के बीच अघोषित शीतयुद्ध, भयंकर टकराव या गम्भीर संवैधानिक संकट के रूप में देखा-समझा जाता रहा है, क्योंकि एक तरफ़ करोड़ों मुकदमे विचाराधीन लम्बित पड़े हैं, तो दूसरी तरफ़ विभिन्न उच्च न्यायालयों में लगभग 40 प्रतिशत से अधिक न्यायाधीशों की कुर्सियाँ खाली पड़ी हैं। स्थायी-अस्थायी न्यायधीशों के स्थान पर सिर्फ़ 50-60 प्रतिशत न्यायधीश काम कर रहे हैं। अनुमान है कि भविष्य में कुछ न्यायमूर्तियों का रिटायर होना तय है। समय रहते न्यायाधीशों की नियुक्तियाँ नहीं हुईं या की गईं, तो न्यायिक व्यवस्था का अपने ही अतिभार से ढहने का ख़तरा लगातार बढ़ता ही जा रहा है।

न्यायिक नियुक्तियों के विवाद के अलावा 'लोकहित' या 'राजनीतिक संकटों' (उत्तराखंड विधान सभा कांड हो या अरुणाचल में राष्ट्रपति शासन) से उपजे अनेक मामलों में, उच्चतम न्यायालय के निर्णयों (सक्रियता) पर टिप्पणी करते हुए सरकार के एक मंत्री ने न्यायपालिका को 'लक्ष्मण-रेखा' न लाँघने की सलाह दे डाली, जबकि सरकार और न्यायपालिका के बीच अदृश्य 'लक्ष्मण रेखा' का निर्धारण असम्भव नहीं तो बेहद मुश्किल अवश्य है।

ऐसी विकट स्थिति में तत्कालीन मुख्य न्यायमूर्ति तीर्थ सिंह ठाकुर सार्वजनिक रूप से बार-बार चिन्ता और चेतावनी प्रकट कर चुके हैं, मगर...! सूखे पर राहत कोष बनाने के फ़ैसले पर वित्तमंत्री अरुण जेटली ने संसद में कहा "न्यायपालिका लोकतंत्र की इमारत को धीरे-धीरे ध्वस्त कर रही है।" तीर्थ सिंह ठाकुर का जवाब में कहना था कि हम अपनी संवैधानिक ज़िम्मेदारी निभा रहे हैं। सरकार भी अपनी ज़िम्मेदारी ठीक से निभाए, तो हमें हस्तक्षेप करने की ज़रूरत ही न पड़े। शायद इस विषय पर संवाद आगे बढ़ाने के लिए ही, क़ानून मंत्रालय शिवनन्द गौड़ा से वापिस लेकर रवि शंकर प्रसाद को सँभलवाया गया। कहना कठिन है कि इस दिशा में गतिरोध, कब और कैसे टूटेगा या टूट भी पाएगा या नहीं।

सर्वोच्च न्यायालय के माननीय न्यायमूर्ति ए.के. माथुर और मार्कंडेय काटजू ने एक मामले का फ़ैसला सुनाते समय, अपनी नाराज़गी प्रगट करते हुए लिखा, "भारत में मौजूदा न्यायिक स्थितियों से, जनता बेहद क्षुब्ध है। मुकदमों में होनेवाली ज़रूरत से अधिक देरी के कारण, न्याय व्यवस्था में उसकी आस्था तेज़ी से घट रही है। हम सम्बन्धित अधिकारियों से आग्रह करते हैं कि अगर न्यायपालिका में नागरिकों का विश्वास बनाए-बचाए रखना है, तो तुरन्त आवश्यक कार्रवाई करें ताकि मामलों को गति से निपटाया जा सके।"[3]

मामले का निर्णय होने में हुई अनावश्यक देरी पर टिप्पणी करते हुए न्यायमूर्तियों ने कहा, "यह केस एक अनोखा उदहारण है। वर्ष 1957 में दायर इस मुक़दमे को लटकते हुए, आधी सदी बीत चुकी है। यह मुक़दमा हमें चार्ल्स डिकेन्स के उपन्यास 'ब्लीक हाउस' में उल्लिखित मुकदमे की याद दिलाता है, जिसमें वादी और वकील सदियों तक उलझे रहे।"

दरअसल गरीब आदमी पुलिस, कोर्ट-कचहरी और क़ानून से डरता है, क्योंकि क़ानून आज भी उसकी पहुँच से बाहर है। भारत के जिन लोगों के नाम पर संविधान के कायदे-क़ानून, नियम और अधिनियम बनाए गए हैं, उनमें से ज़्यादातर लोग अनपढ़, अँगूठा टेक हैं, लेकिन 'क़ानून की अज्ञानता' उनके लिए भी कोई बहाना नहीं। अभिलेखागार में सदियों पुराने, न जाने कितने अधिनियम, नियम, अधिसूचनाएँ और निर्णय हैं। अच्छे-खासे, पढ़े-लिखे लोग तो दूर, क़ानून-विशेषज्ञों, वकीलों और न्यायाधीशों में से शायद ही कोई ऐसा मिले, जिसे देश के सभी क़ानूनों की पूरी जानकारी हो। विद्वान वकीलों को ही क़ानून समझ में नहीं आता, तो आम लोगों को क्या समझ में आएगा! क़ानून मंत्री ऐसे कुछ अधिनियमों को ढूँढ़ने और निरस्त करने का संकल्प, कई बार दोहरा चुके हैं।

संविधान के एक-एक अनुच्छेद और क़ानून की एक-एक धारा के बारे में विभिन्न मत हैं। बारीकी से अध्ययन करें तो पता चलेगा कि अधिकांश क़ानून आधे-अधूरे और गड्ढे या छेद भरे हैं। देश की सबसे बड़ी न्यायिक संस्था 'उच्चतम न्यायालय' ने, अपने ही फैसलों को कितनी बार रद्द किया है। कल के निर्णय को आज उच्च न्यायालय ने ख़ारिज (ओवर रूल) कर दिया। उच्च न्यायालय के निर्णय, उच्चतम न्यायालय द्वारा ख़ारिज और उच्चतम न्यायालय के निर्णय, स्वयं उच्चतम न्यायालय द्वारा ख़ारिज। आप पता लगाते रहिए, कि कौन-से निर्णय वैध हैं और किन्हें ख़ारिज कर दिया गया। भयंकर जटिल स्थिति है। वर्तमान भारतीय क़ानून-व्यवस्था ऐसा घना-अँधेरा जंगल है, जिसे पार करना बेहद जोखिम भरा काम है और आम नागरिक आतंकित।

साधन-सम्पन्न व्यक्ति वर्षो मुकदमा लड़ सकता है, लेकिन गरीब आदमी न वकीलों की फीस देने की स्थिति में है और न सुबह से शाम तक 'कोर्ट-कचहरी' में बैठने की। बड़ी मुश्किल से खेत-घर-गहने बेचकर कनिष्ठ वकील कर भी ले, तो वह वरिष्ठ वकीलों के मुकाबले क्या कर पाएगा? क़ानून, पुलिस, अदालतों और वकीलों का भय छोड़, कर्ज लेकर ख़र्च करने के बाद भी बरसों तक मुकदमे (दीवानी या फौजदारी) का निर्णय ही न हो तो वह क्या करे? "न्याय मिलने में विलम्ब का अर्थ है, न्याय का न मिलना"। तो फिर क्या किसके साथ न्याय हो रहा है? ऐसे में क्या न्याय सम्भव है?

देश की अदालतों में लाखों मुकदमे, बरसों से विचाराधीन पड़े हैं और हर रोज विचाराधीन मुकदमों और क़ैदियों की संख्या बढ़ती जा रही है। सरकारी आंकड़ों के अनुसार भारत में केन्द्रीय कारागार और राज्य सरकारों की जेलों में कुल 3.81 लाख क़ैदी बंद हैं। आश्चर्यजनक है कि इनमें से 2.54 लाख यानी दो तिहाई से अधिक ऐसे विचाराधीन क़ैदी हैं, जो दोषी ठहराए जाने पर मिलनेवाली सज़ा से अधिक या लगभग आधी से अधिक अवधि का कारावास पूरा कर चुके हैं। पिछले दिनों सर्वोच्च न्यायलय ने आदेश दिया है कि ऐसे तमाम क़ैदियों को रिहा कर दिया जाये। परन्तु सवाल यह है कि क्या ऐसी अराजक स्थिति में यह समस्या का समुचित समाधान है?

न्यायाधीशों की संख्या में अगर तीन गुना वृद्धि है, तो मुकदमों की संख्या में बीस गुना। देश भर में हज़ारों पद खाली पड़े हैं। आख़िर मुकदमों का फ़ैसला कैसे हो? दीवानी मुकदमों में 'स्टे' (स्थगन आदेश) और फौजदारी मुकदमों में 'बेल' (ज़मानत) के अलावा अन्य मामलों में तो तारीख़-दर-तारीख़ ही पड़ती रहती है। कारण एक नहीं, अनेक हैं। कभी जवाब तैयार नहीं, कभी वकील साहब बीमार, कभी इसका वकील नहीं आया, तो कभी उसका वकील गायब, कभी किसी राजनेता की मृत्यु के कारण अदालत बन्द, तो कभी किसी न्यायमूर्ति का निधन, कभी गवाह हाजिर नहीं है, तो कभी सरकारी वकील। बरसों तक 'फ़ैसला सुरक्षित' आप करते रहिए इन्तज़ार। इस बीच, अगर जज साहब रिटायर हो गए या.. तो मुकदमे की सुनवाई फिर से होगी। फ़ैसला होने के बाद उच्च न्यायालय-सर्वोच्च न्यायालय में अपील-दर अपील का नया दौर। उच्च न्यायालय में किसी अपील का फ़ैसला होने-करने में ही 10-15 साल लग जाते हैं।

उदाहरण के लिए कहूँ तो फरवरी 1996 में 7-8 साल की गूंगी-बहरी लड़की के साथ बलात्कार -हुआ। नवम्बर 1999 में सत्र न्यायधीश ने दस साल क़ैद और जुर्माने की सज़ा दी। वर्ष 1999 में इस निर्णय के ख़िलाफ़ दिल्ली उच्च न्यायालय

में अपील दाखिल हुई। अपराधी को ज़मानत पर रिहा कर दिया गया। 13 साल बाद अपील रद्द करते हुए, अप्रैल 2013 में उच्च न्यायालय ने अपराधी को एक हफ्ते में सरेंडर करने का आदेश दिया। जाहिर है अपराधी ज़मानत पर छूटा हुआ है। बलात्कारी अभी सर्वोच्च न्यायालय में भी अपील दायर कर सकता है। फ़ैसला होने में 18 साल तो लग ही चुके हैं।

यहाँ पर बहुत से सवाल आ खड़े हुए हैं। अपराधी ने एक हफ्ते में सरेंडर नहीं किया तो? इन्साफ़ में इस देरी को क्या कहा जाए? अदालतों को 'हाई फ़ास्ट ट्रैक' पर कैसे डाला जाये? दिसम्बर 2012 में हुए 'निर्भया' बलात्कार कांड पर, 'राष्ट्रीय स्यापा' करनेवाली 'रुदालियाँ' (मीडिया, स्त्री संगठन, समाजसेवी, सरकारी आयोग) कहाँ हैं? 2013 के 'क्रान्तिकारी संशोधनों' से क्या देश में स्त्री के विरुद्ध यौन हिंसा से कहीं कोई फर्क पड़ा?

जनहित याचिकाओं और न्यायिक सक्रियता के 'छाया युद्ध' के बावजूद, निर्धन नागरिकों को कोई विशेष राहत नहीं मिल पा रही। अदालतों के पर्यावरण प्रदूषण पर अनेक आदेश, हजारों फैक्ट्रियों को बन्द करने के निर्णय, झुग्गी-झोंपड़ियों को हटाने के हुकुम समाजोपयोगी होने की बजाय जनविरोधी सिद्ध हुए। आम समाज और न्याय के बीच की दूरी, कम होने की बजाय लगातार बढ़ती जा रही है। न्याय सस्ता और शीघ्र सुलभ होना चाहिए मगर इसके लिए पूरी क़ानून और न्याय-व्यवस्था में आमूलचूल परिवर्तन करना पड़ेगा। उदारवादी-सुधारवादी संशोधनों (कॉस्मेटिक सर्जरी) द्वारा, जर्जर मूल ढाँचे को ढहने से नहीं बचाया जा सकता।

घटना के लगभग सोलह साल बाद, जनवरी 2015 में जहानाबाद (बिहार) के एक सत्र न्यायधीश ने, हत्या के सभी 24 आरोपियों (रणवीर सेना के सदस्य) को, 'सबूतों के अभाव' में 'बाइज़्ज़त बरी' कर दिया। गणतंत्र दिवस (1999) की पूर्व संध्या पर 'शंकर बीघा' नरसंहार में 23 दलितों (स्त्री, पुरुष और बच्चे) को बेरहमी से मौत के घाट उतार दिया गया था। सत्र न्यायधीश ने 'सबूतों का अभाव' और 'गवाहों के मुकरने' को मुख्य आधार बनाया। लगता है कि इस बार भी क़ानूनी सुरक्षा न मिलने के कारण गवाहों को डरा-धमका कर अपराधी, न्याय-व्यवस्था की आंखों में धूल झोंक साफ़ बच निकले और क़ानून के जाल-जंजाल में सालों फंसी रही न्याय की नाव, किनारे पर आकर डूब गई।

दलित नरसंहार मामलों में, इससे पूर्व भी तो, ऐसे ही 'साक्ष्यों के अभाव' में 'सन्देह का लाभ' दिया जाता रहा है। 'बाइज़्ज़त बरी' किया जाता रहा है। पटना उच्च न्यायालय के न्यायमूर्ति वी.एन. सिन्हा और अमरेश कुमार लाल ने अभियोजन

पक्ष के गवाहों को 'अविश्वसनीय' मानते हुए, 'लक्ष्मणपुर बाथे' नरसंहार के सभी 26 दोषियों को, 'सन्देह का लाभ' देते हुए बरी किया था।[4] 'लक्ष्मणपुर बाथे' नरसंहार (1997) में 16 बच्चों, 27 औरतों सहित कुल 58 लोगों की हत्या और बीभत्सता को कैसे भुलाया जा सकता है? याद रहे कि जिन 27 औरतों की हत्या की गई थी, उनमें से आठ गर्भवती थीं। तस्दीक हो कि अजन्मे बच्चों की गर्भ में ही हत्या हुई थी। 'बथानी टोला' और 'नगरी बाजार' नरसंहार के फैसलों की तरह, 'लक्ष्मणपुर बाथे' नरसंहार मामले में भी पटना उच्च न्यायालय का फ़ैसला चौंकाता कम, डराता अधिक है।

इसी प्रकार जून 2000 में मियांपुर गाँव नरसंहार में, 34 दलितों की हत्या के दस अभियुक्तों को निचली अदालत ने दोषी माना। मगर जुलाई 2013 में पटना उच्च न्यायालय के माननीय न्यायमूर्तियों ने दस में से नौ को 'बाइज़्ज़त बरी' कर दिया। नवम्बर, 1998 में हुए भोजपुर ज़िले के नगरी बाजार नरसंहार के जिन दस अभियुक्तों को निचली अदालत ने ने सज़ा सुनाई थी, उन्हें भी पटना उच्च न्यायालय के माननीय न्यायमूर्तियों ने ही बरी किया था। उल्लेखनीय है कि इन सभी मामलों में, बिहार की रणवीर सेना शामिल थी।

भोजपुर (बिहार) ज़िले के सहर ब्लाक में गाँव बर्की खरों में 11 जुलाई, 1996 को दोपहर करीब 2 बजे, 'बथानी टोला' के 21 दलितों की अमानुषिक हत्या की गई थी। एफआईआर अनुसूचित जनजाति अत्याचार निरोधक अधिनियम के अन्तर्गत दर्ज की गई।[5] खैर जाँच-पड़ताल के बाद चार्ज शीट दायर हुई और 62 के ख़िलाफ़ आरोप लगाये गए। मुक़दमा सिर्फ़ 53 लोगों के विरुद्ध ही चलाया गया, क्योंकि इस बीच कुछ मर गए और कुछ 'भगोड़ा' हो गए। 53 में से 30 'बाइज़्ज़त बरी' कर दिए गए और 23 को ही सज़ा सुनाई गई। तीन को फाँसी की सज़ा हुई और बाकी 20 को अलग-अलग कारावास। पन्द्रह साल के लम्बे अरसे में अभियोजन पक्ष ने सिर्फ़ 13 गवाह पेश किये, जिनमें 3 तो पोस्टमार्टम करनेवाले डॉक्टर थे और एक जाँच अधिकारी। एक गवाह आधी गवाही के बाद आया ही नहीं, सो शेष बचे केवल आठ गवाह।

भोजपुर, आरा के सत्र न्यायाधीश अजय कुमार श्रीवास्तव ने तीन को फाँसी और बीस को उम्र क़ैद की सज़ा सुनाई थी, मगर पटना उच्च न्यायालय के माननीय न्यायमूर्ति नवनीति प्रसाद सिंह और अश्विनी कुमार सिंह ने आरोपियों को 'सन्देह का लाभ' देते हुए पूरा फ़ैसला ही पलट दिया।[6] सज़ायाफ्ता 23 लोगों में से तीन को हाई कोर्ट ने अपराध के समय किशोर होने के आधार पर छोड़ दिया।

बहस के दौरान बचाव पक्ष के वकीलों ने कहा कि उनके मुवक्किल बेक़सूर

हैं और उन पर सरासर झूठे इलज़ाम लगाये गए हैं। उन्होंने ढेरों सवाल खड़े किये जैसे—'किशोर' मान कर पहले ही छोड़ दिया। घटना-दुर्घटना घटी, कुछ निहत्थे लोग मारे गए और कुछ घायल हुए, तीन-चार घंटों के भीतर पुलिस और अन्य अधिकारी मौके पर पहुँच गए थे, तो रिपोर्ट और बयान लिखने में इतनी देरी क्यूँ हुई? अभियुक्तों की पहचान परेड क्यों नहीं करवाई? सम्बन्धित मुख्य गवाहों को अदालत में पेश क्यों नहीं किया? गवाहों के बयानों में इतने अन्तर्विरोध या विसंगतियाँ क्यों हैं? और अभियोजन पक्ष सच छुपा रहा है और पुलिस अफसरों की गवाही अविश्वसनीय है।

दरअसल अधिकांश गवाह अशिक्षित और निर्धन थे, सामजिक दबाव और तनाव की सम्भावना से इनकार नहीं किया जा सकता, वो नहीं जानते-समझते क़ानूनी दाव-पेंच, सालों बाद गवाही एक समान कैसे हो सकती है?

न्यायमूर्तियों ने अपने निर्णय में लिखा, "सारे दस्तावेज देखने-पढ़ने के बाद, हमें खेद है कि एक बर्बर नरसंहार, जिसमें बीस लोगों को निर्दयतापूर्ण मारा-काटा गया और तीन महीने के अबोध बच्चे तक को जिन्दा नहीं छोड़ा गया, ऐसे नृशंस अपराध करनेवालों की सही प्रकार से जाँच-पड़ताल ही नहीं की गई। स्पष्ट तौर पर जाँच एक विशेष दिशा में ही की गई, जो सचाई से बहुत दूर और सन्देह से परे नहीं है। जाँच अधिकारी और अभियोजन पक्ष द्वारा जान-बूझ कर सचाई को दबाया-छुपाया गया है, सिर्फ़ इसलिए कि अपराध में अभियुक्तों के शामिल होने को दर्शाया जा सके और ऐसे गवाह पेश किये गए जो विश्वसनीय नहीं हैं। दुर्भाग्यपूर्ण है कि इस प्रक्रिया में, असली अपराधी साफ़ बच निकले। लोगों ने जान गंवाई, कष्ट सहे, अनेक परिवार ख़त्म हो गए, मगर अपराधियों को समुचित सज़ा मिलने तक की तसल्ली नहीं मिली। दिशाभ्रमित जाँच-पड़ताल और अभियोजन पक्ष को बहुत-बहुत धन्यवाद, इससे अधिक हमें कुछ नहीं कहना।"

'दुर्भाग्यपूर्ण' है, असली हत्यारों को सज़ा न मिलना। 'दिशाभ्रमित' जाँच के लिए 'धन्यवाद' के बाद, कहने-सुनने को बचता भी क्या है?

पटना उच्च न्यायालय के उपरोक्त फ़ैसले के विरुद्ध, राज्य सरकार और पीड़ित परिवारों के सदस्यों द्वारा दायर अपील पर, जुलाई, 2012 में सर्वोच्च न्यायालय के न्यायमूर्ति अल्तमस कबीर और चेलामेश्वर ने नोटिस जारी किये थे। ज़ाहिर है कि सब आरोपी ज़मानत पाकर खुले घूम रहे हैं। कहना कठिन है कि, अन्तिम निर्णय कब और क्या होगा।

दलितों के साथ अत्याचार-अन्याय के मामलों में, अक्सर पुलिस उन्हें ही डराती-धमकाती है या समझौता करने का दबाव डालती है। जाँच-पड़ताल में

एक नहीं अनेक घपले। सालों चार्जशीट दायर नहीं होती। फिर मुकदमों की सुनवाई में दस से पन्द्रह वर्षों तक, तारीख़ पर तारीख़ पड़ती रहती है। निचली अदालत से फ़ैसला हो भी जाये तो, उच्च न्यायालय से लेकर सर्वोच्च न्यायालय तक अपील दर अपील होती रहेगी। हत्यारों के बचाव के सारे रास्ते बंद हो जाएँ तो, 'दया याचिका' का न्याय-पथ सीधे राजभवन और राष्ट्रपति भवन तक जाता ही है। इस बीच अधिकांश आरोपी मर जाएँगे या गवाहों को मार दिया जाएगा और जाँच अधिकारी रिटायर। 'फ़ास्ट ट्रैक कोर्ट' धीरे-धीर 'स्लो ट्रैक कोर्ट' से 'नो ट्रैक कोर्ट' में नज़र आने लगता है। गवाहों को किसी भी प्रकार की कोई क़ानूनी सुरक्षा है नहीं। मुख्य गवाहों की हत्या के कितने ही मामले हमारे सामने है। पुलिस और अदालत के अलावा सामाजिक-आर्थिक-राजनीतिक संरचना भी मूलत: दलित विरोधी है।

'बेलछी' से लेकर 'शंकरबीघा' तक हुए तमाम दलित नरसंहारों और हत्याओं के अदालती आदेश या फ़ैसले, मिलते-जुलते से ही दिखाई देते हैं। 'मथुरा' से लेकर 'भंवरी बाई' और बाद के मामलों के शर्मनाक फ़ैसले, अदालतों से समाज तक बिखरे पड़े हैं। अदालती फैसलों का गम्भीरता से अध्ययन करने पर, न्याय व्यवस्था के चेतन-अवचेतन में सक्रिय, जातीय, वर्गीय या धार्मिक पूर्वाग्रह या दुराग्रह स्पष्ट रूप से सामने आ खड़े होते हैं। कहने की ज़रूरत नहीं कि भारतीय गणतंत्र के बावजूद न्यायपालिका में, दलितों की भागीदारी शून्य के सामान है और उच्च न्यायपालिका में 'आरक्षण' के सवाल पर तो, सारे समाज और सत्ता को जैसे लकवा ही मार जाता है। दलित वर्ग के अधिकतर प्रतिभाशाली न्यायिक अधिकारियों के उच्च न्यायालय पहुँचने के सपनों को तो, समय से पहले ही ख़राब रिकॉर्ड या रिपोर्ट के माध्यम से दफ़ना दिया जाता हैं। शोधार्थी चाहें तो पिछले 70 साल के आंकड़ों का सूक्ष्मतम 'पोस्टमार्टम' कर के देख लें। तमाम बाधाओं के जो किसी तरह सुप्रीम या हाई कोर्ट तक पहुँचे भी हैं, वही जानते हैं कि भीतर दमघोंटू और विषाक्त वातावरण की वजह से कितना अलगाव और अँधेरा है। सुप्रीम कोर्ट के विद्वान् न्यायमूर्तियों तक ने अनुसूचित जनजाति अधिनियम की व्याख्या करते हुए कहा है कि प्रमाणित करो कि बलात्कार का मूलाधार जाति है, वरना सज़ा नहीं दी जा सकती। अपमान सार्वजनिक स्थल पर होना चाहिए और शिकायत कर्ता की वहाँ उपस्थिति अनिवार्य है, वरना तो कोई अपराध ही नहीं बनता। अगर अदालत के फ़ैसले और दृष्टिकोण भी जातीय संस्कारों, पूर्वाग्रहों या दुराग्रहों से मुक्त न हों तो, इन्साफ़ कैसे सम्भव हो सकता है। ऐसे में दलितों पर अत्याचार के आरोपियों को सज़ा, आख़िर कब और कैसे होगी? आम जनता की न्याय में आस्था और

प्रजातंत्र में विश्वास को बनाए-बचाये रखना, इस समय सचमुच बड़ी चुनौती भी है और संवैधानिक उत्तरदायित्व भी।

इससे बड़ी न्यायिक विडम्बना और क्या होगी कि देश की सर्वोच्च अदालत ने 'कार्यस्थल पर महिलाओं का यौन उत्पीड़न' रोकने के लिए, 13 अगस्त, 1997 को जो एतिहासिक 'दिशा-निर्देश' (विशाखा गाइडलाइन्स)[7] जारी किये थे, उन्हें ख़ुद अपनी अदालत में लागू करने में लगभग 17 साल लग गए। महिला आयोग, सरकार और क़ानून मंत्रालय भी विधेयक बनाने के बारे में 17 साल तक सोचते-विचारते रहे। आख़िरकार 22 अप्रैल, 2013 को क़ानून[8] बन पाया।

भारतीय गणतंत्र के 70 साल (26 जनवरी, 1950 से 26 जनवरी, 2020) पूरे हुए। राष्ट्रीय इतिहास के इन 'गौरवशाली' 70 सालों में, सर्वोच्च न्यायालय के मुख्य न्यायाधीश की कुर्सी तक, एक भी महिला नहीं पहुँच पाई या पहुँचने ही नहीं दी गई। वर्तमान स्थिति के अनुसार संविधान बनने के 77 साल बाद यानी 2027 तक, कोई स्त्री मुख्य न्यायाधीश नहीं बन सकती। सामान्य स्थितियों में 30.07.2022 से 10.11.2024 तक, न्यायमूर्ति धनंजय चन्द्रचूड़ भारत के मुख्य न्यायाधीश रहेंगे। उनके बाद वरिष्ठता के आधार पर न्यायमूर्ति संजीव खन्ना और सूर्यकान्त के लिए पद पहले से ही निर्धारित/सुरक्षित हो चुका है। संविधान बनने के लगभग 40 साल बाद सुश्री फातिमा बीवी को (6अक्टूबर, 1989) सर्वोच्च न्यायालय की पहली महिला न्यायधीश बनाया गया था, जो 1992 में रिटायर हो गईं। इसके बाद सुश्री सुजाता वी. मनोहर (1994), सुश्री रूमा पाल (2000), श्रीमती ज्ञान सुधा मिश्रा (2010), सुश्री रंजना प्रकाश देसाई (2011), श्रीमती आर. बानूमथि (2014), सुश्री इन्दु मल्होत्रा और इन्दिरा बनर्जी (2018) को सर्वोच्च न्यायालय की न्यायाधीश बनने का अवसर मिला। कुल मिलाकर 70 सालों में सिर्फ़ 8 महिलाएँ न्यायाधीश बनाई गईं। मौजूदा स्थिति में सुश्री इन्दु मल्होत्रा और इन्दिरा बनर्जी भी मुख्य न्यायाधीश के पद तक नहीं पहुँच पाएंगी।

यहाँ उल्लेखनीय है कि सन 2000, जब सुप्रीम कोर्ट का स्वर्ण जयंती वर्ष मनाया जा रहा था और उसी साल 29 जनवरी को मुख्य न्यायाधीश ए.एस.आनन्द द्वारा, तीन नए न्यायमूर्तियों (डोरे स्वामी राजू, सुश्री रूमा पाल और वाई.के.सभरवाल) को शपथ दिलाई जानी थी। सब कुछ तो तय था, मगर अचानक न जाने क्या हुआ कि शपथ दिलाने की तारीख़ 29 जनवरी की बजाय 28 जनवरी कर दी गई। शायद स्वर्ण जयंती समारोह की वजह से।

डोरे स्वामी राजू और वाई.के. सभरवाल को 28 जनवरी, 2000 की सुबह-सुबह शपथ दिलाई गई और सुश्री रूमा पाल को दोपहर के बाद। बाद में पता चला कि

डोरे स्वामी राजू और वाई.के.सभरवाल को समय रहते सूचना मिल गई थी, परन्तु सुश्री रूमा पाल को समय से सूचना ही नहीं मिली और जब वो कलकत्ता से दिल्ली पहुँचीं, तब तक बहुत देर हो चुकी थी।

उसी दिन तय हो गया था कि अगर कोई अनहोनी न हो तो, डोरे स्वामी राजू (जन्म 2.7.1939) एक जनवरी, 2004 को रिटायर हो जाएँगे और मुख्य न्यायाधीश आर.सी. लाहोटी के सेवानिवृत होने के बाद, एक नवम्बर, 2005 को वाई.के.सभरवाल भारत के नए मुख्य न्यायाधीश बनेंगे। वाई.के.सभरवाल (जन्म 14 जनवरी, 1942) मुख्य न्यायाधीश बनेंगे और 13 जनवरी, 2007 तक मुख्य न्यायाधीश रहेंगे। इस बीच सुश्री रूमा पाल (जन्म 3.6.1941) को 2 जून, 2006 को सुप्रीम कोर्ट की न्यायमूर्ति के रूप में ही रिटायर होना पड़ेगा।

सुश्री रूमा पाल को समय से सूचना मिलने में, सचमुच इतनी देर हुई कि देश की किसी 'बेटी' को न जाने और कितने साल, प्रथम मुख्य न्यायाधीश बनने में लगेंगे। समय से सूचना न देने-मिलने के कारण, शपथ लेने में कुछ घंटों की देरी से देश के न्यायिक इतिहास की धारा ही उलट गई। कहना कठिन है कि नारीवादी इतिहासकार, इसे सिर्फ़ 'संयोग' और 'नियति' कहेंगे या 'पितृसत्ता का षड्यंत्र'?

सर्वोच्च न्यायालय क्या, अभी तो देश के अधिकांश उच्च न्यायालयों में कोई भी 'प्रथम महिला मुख्य न्यायाधीश' नहीं बनी-बनाई गई है। भारतीय गणतंत्र में पहली बार (9 फरवरी, 1959) सुश्री अन्ना चेंदी किसी उच्च न्यायालय (केरल) की न्यायधीश बनीं। कई साल बाद (30 मई, 1974) को सुश्री पी. जानकी अम्मा और सुश्री के.के. उषा (1991 में) उच्च-न्यायालय (केरल) की न्यायधीश बनी। श्रीमती लीला सेठ दिल्ली उच्च न्यायालय की प्रथम महिला न्यायाधीश (25.7.1978) बनीं थी, जो बाद में (1991) भारत में किसी उच्च न्यायालय की 'प्रथम महिला मुख्य न्यायधीश' (हिमाचल उच्च न्यायालय) बनी। 2013 में टी. मीना कुमारी को मेघालय उच्च न्यायालय और 2014 में सुश्री जी. रोहिणी को दिल्ली उच्च न्यायालय और डॉक्टर मंजुला चेल्लुर को देश की प्राचीनतम अदालत कलकत्ता उच्च न्यायालय की 'प्रथम महिला न्यायाधीश' बनाया गया। अब तक देश भर के 24 उच्च न्यायालयों में, महिला न्यायधीशों की नियुक्ति 7% से अधिक नहीं हुई। न्यायपालिका में महिला न्यायाधीशों की कमी का एक कारण यह बताया जाता है कि वकालत के पेशे में ही महिलाओं की संख्या, पुरुषों के मुकाबले बहुत कम है। उच्च न्यायालयों या सर्वोच्च न्यायालय में 'महिला आरक्षण' के सवाल पर, बड़े से बड़े विद्वान् न्यायविदों की राय 'योग्यता' के पक्ष में जा खड़ी होती है।

आश्चर्यजनक तथ्य यह भी है कि इन 70 सालों में भारत के क़ानून मंत्री (भीम राव आंबेडकर से लेकर रविशंकर प्रसाद तक) राष्ट्रीय विधि आयोग और राष्ट्रीय मानवाधिकार आयोग के अध्यक्ष के दफ्तरों पर भी, मर्दों का ही क़ब्ज़ा बना हुआ है और भारत के 'अटोर्नी जनरल' और 'सॉलिसिटर जनरल' का पद भी, पुरुषों के लिए ही आरक्षित रहा है। हाँ! कुछ समय पहले सुश्री इन्दिरा जयसिंह को अतिरिक्त 'सॉलिसिटर जनरल' बनाकर, 'स्त्री सशक्तिकरण' की जय-जयकार अवश्य की गई होगी। मतलब यह कि महत्त्वपूर्ण 'निर्णय-स्थलों' पर, सम्पूर्ण पुरुष-वर्चस्व बना-बचा रहा।

यही नहीं, भारतीय गणतंत्र में वकीलों की अपनी संस्थाओं में भी, महिला अधिवक्ताओं को हाशिये पर ही खड़ा रखा गया। बार कौंसिल ऑफ़ इंडिया के अभी तक सभी अध्यक्ष (श्री सीतलवाड़ से लेकर श्री मनन कुमार मिश्रा तक) मर्द अधिवक्ता ही रहे हैं। दिल्ली बार कौंसिल के पिछले चुनाव में एक भी महिला सदस्य नहीं बन पाई। सुप्रीम कोर्ट बार एसोसिएशन ही नहीं, दिल्ली हाई कोर्ट बार एसोसिएशन, दिल्ली बार एसोसिएशन (तीस हजारी कोर्ट), नई दिल्ली बार एसोसिएशन (पाटियाला हाउस), रोहिणी बार एसोसिएशन, शाहदरा बार एसोसिएशन, साकेत बार एसोसिएशन और द्वारका बार एसोसिएशन तक के अध्यक्ष और महामंत्री भी पुरुष ही चुने जाते रहे हैं। अपवाद के तौर पर एक-दो बार सुश्री परीना स्वरूप सुप्रीम कोर्ट बार एसोसिएशन की महामंत्री और सुश्री सन्तोष मिश्रा नई दिल्ली बार एसोसिएशन (पाटियाला हाउस) के अध्यक्ष पद का चुनाव ज़रूर जीती हैं। अगर देश की राजधानी दिल्ली में यह हाल है, तो बाकी राज्यों का अन्दाज़ा लगाया जा सकता है।

यहाँ उल्लेखनीय है कि रगीना गुहा के मामले में कलकत्ता उच्च न्यायालय ने 1916 में और सुधांशु बाला हजारा के मामले में पटना उच्च न्यायालय ने 1922 में अपना फ़ैसला सुनाते हुए कहा था कि "महिलाएँ क़ानून की डिग्री और योग्यता के बावजूद अधिवक्ता होने की अधिकारी नहीं है।" इस सन्दर्भ में ये दोनों ऐतिहासिक दस्तावेज पढ़ने योग्य हैं। 24 अगस्त, 1921 को पहली बार इलाहाबाद उच्च न्यायालय ने सुश्री कोर्नेलिया सोराबजी को वकील बनने–होने की अनुमति दी थी और स्त्री अधिवक्ता अधिनियम, 1923 (Legal Practitioners (Women) Act, 1923) के अन्तर्गत, महिलाओं के विरुद्ध जारी 'अयोग्यता' को समाप्त किया गया था। इस हिसाब से देखें, तो महिलाओं को वकालत के पेशे में सक्रिय भूमिका निभाते, अभी 100 साल भी पूरे नहीं हुए। 1923 में मनाएँगे शताब्दी वर्ष। क्या यह आशा, विश्वास और उम्मीद की जा सकती है कि 'न्याय यात्रा' के हमराही, लिंगभेद के

शिकार नहीं होंगे। जब तक समता और सम्मान का सपना पूरा नहीं होता, तब तक 'जेंडर जस्टिस' पर बहस बनी रहेगी। चलो देखते हैं, पुराना 'कॉलेजियम सिस्टम' टूटने से कोई अन्तर पड़ेगा या नहीं। नए मुखिया ने भरोसा दिया है कि "जब तक देश में क़ानून का राज है, तब तक किसी को भी डरने की ज़रूरत नहीं।"

('मूलप्रश्न', जुलाई-सितम्बर 2016)

सन्दर्भ

1. एस.पी. गुप्ता बनाम भारत सरकार (एआईआर 1982 सुप्रीम कोर्ट 149), सुप्रीम कोर्ट एडवोकेट्स ऑन रिकॉर्ड बनाम भारत सरकार (एआईआर 1994 सुप्रीम कोर्ट 268) और इन रे प्रेसिडेंशियल रेफेरेंस (एआईआर 1999 सुप्रीम कोर्ट 1)
2. सुप्रीम कोर्ट एडवोकेट्स ऑन रिकॉर्ड बनाम भारत सरकार (रिट पेतितिओं नम्बर 13/2005)
3. राजिन्द्रा सिंह (मृतक) के वारिस बनाम प्रेम मई और अन्य (2007 (11) सुप्रीम कोर्ट केसेस 37)
4. पटना हाई कोर्ट, नन्दू सिंह बनाम बिहार राज्य, Death Reference No 2/2010, निर्णय दिनांक 9 अक्टूबर, 2013)
5. एफ.आई.आर. नम्बर 0098 of 1996 दिनांक 12.07.1996 धारा 147/148/149/302/307/324/326/436 भारतीय दंड संहिता, धारा 27 आर्म्स एक्ट, और धारा 3 (V)
6. पटना हाई कोर्ट, हरे राम सिंह बनाम बिहार राज्य, Death Reference No 7/2010 में निर्णय दिनांक 16 अप्रैल, 2012
7. 'विशाखा' बनाम राजस्थान राज्य, एआईआर 1997 सुप्रीम कोर्ट 3012
8. कार्यस्थल पर स्त्री यौन उत्पीड़न अधिनियम, 2013

क़ानूनी चक्रव्यूह में अनब्याही माँ

वह अनब्याही माँ है। सामाजिक कायदे-क़ानून के तहत वह 'कलंकनी' से कम नहीं है। उसका नाम है—'करुणा'। करुणा धर्म से ईसाई है। सुशिक्षित युवा है। आत्मनिर्भर हैं। वह अपने बच्चे को क़ानूनी मान्यता दिलाना चाहती थी। इसलिए उनको अदालत में अपने को अपने बच्चे की संरक्षक घोषित करने की प्रार्थना की। करुणा पर 120 साल से अधिक पुराना क़ानून[1] लागू होता है। इस क़ानून के प्रावधानों में अनब्याही माँ के 'अवैध' बच्चे की संरक्षता ('गार्जियनशिप') के मामले में, बच्चे के पिता को भी शामिल करना ज़रूरी था/है। करुणा ने अदालत का दरवाज़ा खटखटाया। ज़िला अदालत के न्यायाधीश ने उसकी याचिका यह कहकर ख़ारिज कर दी कि वह पहले बच्चे के पिता का नाम और पता बताए, ताकि उसे नोटिस भेज कर बुलाया जा सके। अदालत उससे पूछ सके कि इस बारे में उसे तो कोई 'एतराज' नहीं है। अपरिहार्य कारणों से, वह बच्चे के पिता का नाम और पता बताना नहीं चाहती थी। (मान लो अगर उसे नाम या पता या दोनों मालूम ही न हो तो?)

करुणा ने दिल्ली उच्च न्यायालय में अपील[2] दायर की, तो दिल्ली हाई कोर्ट के न्यायमूर्ति वाल्मीकि मेहता ने उसकी अपील ठुकराते हुए कहा कि (अनब्याही) एकल माँ से सम्बन्धित उसके दावे पर, बच्चे के पिता को नोटिस जारी करने के बाद ही फ़ैसला किया जा सकता है। क़ानून में यही लिखा है। न्यायमूर्ति को लगता है कि "शायद कोई (वकील) उसे सही सलाह नहीं दे पा रहा।" न्यायमूर्ति क़ानून के 'रखवाले' भी हैं और 'क़ैदी' भी!

चार साल बाद (2015) देश के मीडिया ने यह समाचार प्रमुखता से बताया-सुनाया—"अनब्याही माँ ही अपने बच्चे की क़ानूनी अभिभावक है।" दरअसल विशेष याचिका पर सुनवाई के बाद दिल्ली उच्च न्यायालय के निर्णय को बदलते हुए देश की सर्वोच्च अदालत की खंडपीठ[3] ने 'ऐतिहासिक फ़ैसला'[4] सुनाते हुए

कहा कि अनब्याही माँ को अपने बच्चे की संरक्षता ('गार्जियनशिप') के लिए, पिता की मंजूरी की ज़रूरत नहीं होगी। वह पुरुष (पिता) की सहमति के बिना भी अपने बच्चे की क़ानूनन अभिभावक है। उसे बच्चे के पिता का नाम बताने के लिए बाध्य नहीं किया जा सकता है। बच्चे के हित में यह ज़रूरी है कि उसके पिता को नोटिस देने की आवश्यकता से छुटकारा दिया जाए।

अदालत ने अपने फ़ैसले में कहा कि ऐसे मामलों में न केवल माँ का नाम ही काफी होगा, बल्कि अनब्याही माँ को बच्चे के बाप की पहचान बताने की भी कोई ज़रूरत नहीं। सर्वोच्च अदालत ने अपने आदेश में कहा कि जब भी एक एकल अभिभावक या अविवाहित माँ अपने बच्चे के जन्म प्रमाण-पत्र के लिए आवेदन करे, तो सिर्फ़ एक हलफनामा पेश किए जाने पर बच्चे का जन्म प्रमाण-पत्र जारी कर दिया जाए।

न्यायमूर्तियों ने दुनिया भर के अनेक दीवानी और दूसरे न्यायाधिकार क्षेत्रों का हवाला, समान नागरिक संहिता, सरला मुद्गल केस, और विभिन्न देशों में प्रचलित क़ानूनी दृष्टिकोण का जिक्र करते हुए कहा कि "कोई सरोकार नहीं रखनेवाले पिता के अधिकारों से कहीं अधिक महत्त्वपूर्ण, नाबालिग बच्चे का कल्याण है। ऐसे मामलों में जहाँ पिता ने अपनी सन्तान के प्रति कोई दिलचस्पी नहीं दिखाई है, उसे क़ानूनी मान्यता देना निरर्थक है। यह सरकार का कर्तव्य है कि प्रत्येक नागरिक के जन्म का पंजीकरण करने के लिए आवश्यक कदम उठाए। आधुनिक समय और समाज में माँ ही अपने बच्चे की देखभाल के लिए सबसे बेहतर है और 'ममता' शब्द इस भाव को व्यापक रूप से व्यक्त करता है।"

अदालत ने अपने फ़ैसले में बच्चे द्वारा अपने माता-पिता की पहचान जानने के अधिकार की रक्षा भी की। अदालत ने इस बारे में अपीलकर्ता से पूछताछ की। बेटे को पिता के नाम से अवगत कराने की आवश्यकता के बारे में भी अपीलकर्ता को बताया। और तमाम विवरण के साथ बच्चे के बाप का नाम एक लिफाफे में सीलबंद करवा दिया, जिसे न्यायालय के स्पष्ट निर्देश के बाद ही पढ़ा जा सकता है।

कहना कठिन है कि ऐसा करते हुए न्यायमूर्तियों के चेतन-अवचेतन में, 'पितृसत्ता के प्रेत' कैसे और क्यों सक्रिय हो गए! यह फ़ैसला एक समस्या को सुलझाने की कोशिश में, अब अनेक मसलों को उलझा रहा है। यहाँ भविष्य के सवाल हैं कि अगर बालिग स्त्री 'सहजीवन' में रह सकती है, तो उसे माँ बनने या न बनने का भी अधिकार है। औरत 'कृत्रिम गर्भाधान' से भी माँ बन सकती है। निजी जीवन की गोपनीयता का उसे हक़ है। विवाहित स्त्री भी पर-पुरुष से यौन सम्बन्ध बना

सकती है, फिर भी उसे बच्चे के पिता का नाम (बंद लिफ़ाफ़े में लिख कर रखने) बताने के लिए, क़ानून की सर्वोच्च अदालत ने क्यों विवश किया? क्यों? इसका जवाब कौन और कब देगा!

क्षमा करें मी लार्ड! करुणा की पहचान छिपाने के लिए आप अपने निर्णय में जिसे 'एबीसी' कह (समझ) रहे हैं (दिल्ली हाईकोर्ट के निर्णय में उसका नाम 'करुणा' ही लिखा-लिखाया गया था/है)। करुणा को 'ए बी सी', सुचित्रा को 'मिस एक्स' और अन्य स्त्री को 'एक्स वाई जेड' कहने (समझने) से उनकी असली 'पहचान' नहीं बदलेगी। इन सबके लिए सवाल अस्मत या अस्तित्व का नहीं, अस्मिता का है। ये सब कुछ दाँव पर लगाने के बाद ही आपकी अदालत तक पहुँची हैं।

करुणा उर्फ 'ए बी सी' ईसाई होने की बजाय, हिन्दू होती तो क़ानून[5] या अदालत इतने सवाल न पूछती। वहाँ क़ानून स्पष्ट है कि वैध सन्तान का संरक्षक पिता और अवैध सन्तान की संरक्षक माँ ही होगी। हालाँकि बिना विवाह के बच्चा, सब धर्म-क़ानूनों में अवैध/नाजायज़ ही माना जाता है। निरन्तर बदलते समय और समाज के साथ-साथ, क़ानूनों में भी तो संशोधन होना चाहिए। मगर कौन करे और क्यों?

सबसे अधिक हास्यास्पद क़ानूनी प्रावधान यह है कि 2020 में भी नाबालिग पत्नी का 'संरक्षक' उसका पति होता है।[6] भले ही पति ख़ुद 'नाबालिग' हो। कारण यह कि क़ानून[7] अभी भी 'बाल विवाह' को पूर्ण रूप से 'अवैध' नहीं मानता। क्यों? संसद जवाब दे! नहीं...नहीं...विवाह तो 'पवित्र संस्कार' है और पति को अपनी पत्नी से बलात्कार तक का 'क़ानूनी अधिकार' है। करुणा...अनब्याही करुणा (माँ) को अपने बच्चे की 'संरक्षकता' के लिए ज़िला अदालत से सुप्रीम कोर्ट तक, दौड़ते रहने दो सालों लम्बी 'बाधा दौड़'!

सच यह है कि पितृसत्तात्मक समाजों में, विवाह संस्था के अन्दर पैदा हुए बच्चे वैध, मगर विवाह संस्था के बाहर (अनब्याही, विधवा या तलाक़शुदा स्त्री से) पैदा हुए बच्चे अवैध कहे, माने, समझे जाते हैं। न्याय की नज़र में, 'वैध' सन्तान सिर्फ़ पुरुष की और 'अवैध' स्त्री की होती है। इसीलिए वैध सन्तान का 'प्राकृतिक संरक्षक' पुरुष (पिता) और 'अवैध' की संरक्षक स्त्री (अनब्याही, विधवा या तलाक़शुदा माँ) होती है। उत्तराधिकार के लिए वैध सन्तान और वैध सन्तान के लिए वैध विवाह होना अनिवार्य है। 'अवैध सन्तान' पिता की सम्पत्ति की क़ानूनी वारिस नहीं हो सकता। हाँ, माँ की सम्पत्ति (अगर हो तो) में बराबर के हकदार होगी। मतलब यह कि जो वैध और क़ानूनी है, वो पुरुष का और जो अवैध या ग़ैर-क़ानूनी है, वो स्त्री का। वाह! क्या क़ानूनी बँटवारा है!

कुछ साल पहले हिन्दू क़ानून में वैध बच्चों की संरक्षता के बारे में, गीता हरिहरन केस में सुप्रीम कोर्ट के न्यायमूर्तियों का निर्णय[8] यह था कि पति की 'अनुपस्थिति' में ही, पत्नी को संरक्षक माना जा सकता है। गीता हरिहरन निर्णय पर विस्तृत टिप्पणी पढ़ने के लिए देखें लेख 'बच्चों पर माँ के अधिकार'।[9]

दरअसल वैध-अवैध बच्चों के बीच यही क़ानूनी भेदभाव (सुरक्षा कवच) ही तो है, जो विवाह संस्था को विश्व-भर में, अभी तक बनाए-बचाए हुए है। वैध सन्तान की सुनिश्चितता के लिए—यौन शुचिता, सतीत्व, नैतिकता, मर्यादा और इसके लिए स्त्री देह पर पूर्ण स्वामित्व तथा नियंत्रण बनाए रखना, पुरुष का 'परम धर्म' माना (समझा) जाता है। विसंगति और अन्तर्विरोध देखिये कि विवाह से पूर्व या बाद में वयस्क स्त्री-पुरुष द्वारा सहमति से यौन सम्बन्ध (सहजीवन) अब कोई क़ानूनन अपराध ('व्यभिचार') नहीं।

सुप्रीम कोर्ट के विद्वान पाँच न्यायमूर्तियों की संवैधानिक पीठ द्वारा 'व्यभिचार' के प्रावधान को असंवैधानिक घोषित करने के निर्णय[10] के बाद से, अब बालिग स्त्री-पुरुष किसी से भी सहमति से यौन रिश्ते बना सकते हैं। दूसरे पुरुष की पत्नी के साथ, यौन सम्बन्ध भी कोई अपराध नहीं रहा। आपस में पति-पत्नियाँ बदलना ('वाइफ स्वैपिंग') विधान-सम्मत हो गया है।

उपरोक्त क़ानूनों की आड़ में भले ही फलता-फूलता रहे 'आनन्द बाजार' और 'देह व्यापार'! 'वेश्या', 'कॉल-गर्ल' या 'एस्कोर्ट' से यौन सम्बन्ध बनाना भले ही 'अनैतिक' हो, मगर पुरुष ग्राहक पर कोई अपराध नहीं। पकड़ी गई तो, 'वेश्या' को ही जेल जाना होगा। विडम्बना यह है कि भारतीय (मानुष) समाज में वैवाहिक पार्टनर के बीच ही यौन सम्बन्ध 'नैतिक' है, बाकी सब 'अनैतिक'। क़ानून का 'नैतिकता' या 'अनैतिकता' से कोई लेना-देना नहीं है। क़ानूनी जाल-जंजाल में ऐसे और भी बहुत से प्रावधान हैं, मगर उन पर फिर कभी।

कोई भी स्त्री-पुरुष (सिवा मुस्लिम) पति/पत्नी के जीवित रहते, दूसरा विवाह नहीं कर सकता (अगर पहली पत्नी को एतराज़ हो)। यह दंडनीय अपराध है।[11] पहली पत्नी के जीवित रहते कोई दूसरा विवाह करे, तो ऐसा विवाह रद्द माना जाएगा। मतलब—यह कोई शादी नहीं। लेकिन दूसरे विवाह से पैदा हुए बच्चे 'वैध' माने-समझे जाएँगे। दूसरा विवाह दंडनीय अपराध, लेकिन केवल तब, जब 'पहली पत्नी' या उसके पिता-माता भाई-बहन-पुत्र या पुत्री आदि अदालत में शिकायत करें। पुलिस ख़ुद चाहे तो भी, इसमें कुछ नहीं कर सकती। अब ऐसे में महान भारतीय सभ्यता-संस्कृति, संस्कारों की सीलन से भरे घर में 'चुप्पी' या 'मौन व्रत' साधे बैठी रहे, तो समाज सेवी महिला संघठन या मर्दों द्वारा एकतरफ़ा

बने-बनाए 'क़ानून', क्या कर लेंगे?

जी हाँ! फिलहाल यही और ऐसे ही हैं हमारे क़ानून। पुरुषों की यौन कामनाओं के लिए क़ानून के तमाम 'चोर दरवाज़े' और उनके अवैध बच्चों के अधिकारों की रक्षा के लिए, न्याय मन्दिरों के दरवाज़े हमेशा खुले हैं। स्त्री सिर्फ़ अपने 'अवैध' बच्चों की अभिभावक या संरक्षक हो सकती है। सच कहूँ तो पुरुषों ने अपने हित में कैसे-कैसे क़ानून बनाए हैं—पढ़-सोचकर ही डर लगता है। स्त्री के सन्दर्भ में भारतीय 'क़ानूनी जाल-जंजाल', किसी जानलेवा 'चक्रव्यूह' से कम तो नहीं। इतने 'क्रूर' क़ानूनों में घिरी, 'करुणा' क्या करे!

सन्दर्भ

1. द गार्जियन एंड वाड्र्स एक्ट, 1890
2. करुणा प्रीति बनाम दिल्ली राज्य, एफएओ 346/2011, दिनांक 8 अगस्त, 2011
3. न्यायमूर्ति विक्रमजीत सेन और जस्टिस अभय मनोहर सप्रे
4. एबीसी बनाम दिल्ली राज्य, एआईआर 2015 सुप्रीम कोर्ट 2569, दिनांक 6 जुलाई, 2015
5. हिन्दू अल्पवयस्कता और अभिभावकता अधिनियम, 1956 की धारा 6
6. हिन्दू अल्पवयस्कता और अभिभावकता अधिनियम, 1956 की धारा 6 (सी)
7. बाल विवाह निषेध अधिनियम, 2006
8. गीता हरिहरन बनाम रिज़र्व बैंक ऑफ इंडिया, एआईआर 1999 सुप्रीम कोर्ट 1149
9. औरत होने की सज़ा, अरविन्द जैन, 2006 संस्करण, पृष्ठ 64
10. जोसफ शाइन बनाम भारत सरकार (रिट पेटिशन क्रिमिनल 194/2017, दिनांक 27.09.2018) में न्यायमूर्ति दीपक मिश्रा, खानविलकर, नरीमन, धनन्जय चन्द्रचूड और इन्दु मल्होत्रा।
11. भारतीय दंड संहिता, 1860 की धारा 494

मातृत्व अवकाश पर भी अंकुश

जे. शर्मिला अध्यापिका हैं। विवाह के बाद पहली बार वे गर्भवती हुईं तो उन्हें जुड़वाँ (दो) बच्चे हुए। दूसरी बार जब वह माँ बनीं तो सरकार (शिक्षा विभाग आदेश दिनांक 27.10.2009) ने कहा कि उन्हें दूसरी बार मातृत्व अवकाश (16.10.2006 से 11.01.2007) नहीं मिलेगा। मद्रास राज्य के शिक्षा विभाग का नियम है कि दो से अधिक बच्चे होने पर, किसी को मातृत्व अवकाश नहीं मिलेगा। मतलब वेतन नहीं मिलेगा। वेतन नहीं मिलेगा, तो महिला क्या करेगी? गिड़गिड़ाने या अपवाद स्वरूप छुट्टियाँ मंज़ूर करवाने की बजाय, शर्मिला ने अदालत का दरवाज़ा खटखटाना बेहतर समझा। अपने हक को पाने के लिए उसने क़ानून को चुनौती दी। सोचा, देखते हैं अदालत क्या फ़ैसला सुनाती है। इस ऐतिहासिक और पेचीदा क़ानूनी मामले की सुनवाई के दौरान, वरिष्ठ वकीलों की क़ानूनी बहस तर्क-वितर्क और कुतर्क के बीच से गुज़री। उच्च न्यायालय के न्यायमूर्ति ने सरकारी वकील से पूछा कि अगर पहली बार एक बच्चा हुआ होता और दूसरी बार दो या तीन हो जाते, तो क्या छुट्टी नहीं मिलती?[1]

इस सवाल के बाद सरकारी वकील बगले झाँकने लगे। न्यायमूर्ति ने सरकारी वकील के सब तर्कों को ख़ारिज करते हुए, पूरे मामले पर अपनी नाराज़गी जाहिर की। उन्होंने क़ानून की व्याख्या करते हुए कहा कि इस क़ानून का उदेश्य दो बच्चों तक सीमित नहीं है, बल्कि किसी भी स्त्री को दो बार माँ बनने पर वेतन सहित अवकाश देना है। सम्बन्धित नियम/क़ानून संविधान सम्मत नहीं कहे-ठहराए जा सकते। सभी अधिकारियों को निर्देश दिया जाता है कि वे बिना किसी देरी के इस आदेश का अनुपालन करें।

इस सन्दर्भ में दिलचस्प यह भी है कि भारतीय संविधान, 1950 बनने-बनाने के ग्यारह साल बाद, केन्द्र सरकार ने सरकारी संस्थानों में कार्यरत महिलाओं के लिए मातृत्व लाभ अधिनियम, 1961[2] पारित किया। इससे पहले इस सन्दर्भ में

कुछ राज्यों/क्षेत्रों में अपने-अपने क़ानून थे। अधिकांश में तो कोई क़ानून थे ही नहीं। संविधान बनने के तीन दशक बाद तक, भारतीय विदेश सेवा, एयर इंडिया और अन्य संस्थाओं में महिलाओं को विवाह करने या गर्भवती होने पर नौकरी से इस्तीफ़ा देना पड़ता था। इन क़ानूनों को भी महिलाओं ने चुनौती दी। सी.बी. मुथम्मा[3] और नार्गेश मिर्ज़ा[4] केस में, सुप्रीम कोर्ट ने ऐसे नियमों को असंवैधानिक भी करार दिया। मातृत्व लाभ अधिनियम, 1961 में कुछ महत्त्वपूर्ण संशोधन[5] किये गए हैं। अब अवकाश की अवधि (दो बार) 12 सप्ताह से बढ़ाकर 26 हफ्ते कर दी गई है।

यहाँ यह याद दिलाना ज़रूरी है कि भारत में सबसे पहले मातृत्व लाभ अधिनियम, 1929 बॉम्बे में बनाया गया था। 28 जुलाई, 1928 को विधेयक के पक्ष में बोलते हुए बाबा साहब भीमराव आंबेडकर ने कहा, "ऐसे क़ानून बॉम्बे ही नहीं पूरे देश और दुनिया में लागू होने चाहिए। निर्धन मजदूर स्त्रियों के साथ न्याय नहीं होगा, तो आनेवाले समय में ये कारखाने ही बंद हो जाएँगे।"

रॉयल कमीशन की सिफ़ारिश पर बाद में, मातृत्व लाभ क़ानून मद्रास, उत्तर प्रदेश, बंगाल, पंजाब और असम में भी लागू किये गए। केन्द्र द्वारा खदान मातृत्व लाभ अधिनियम, 1942[6] सिर्फ़ देश भर की खानों में महिला मजदूरों के लिए ही पारित किया गया था। कुछ संशोधन के साथ बॉम्बे मातृत्व लाभ अधिनियम को अजमेर-मेवाड़ राज्य ने 1933, दिल्ली ने 1937 और सिंध ने 1939 में अपनाया। बंगाल मातृत्व लाभ अधिनियम (चाय बागान) 1941 में बना था। श्रम जाँच समिति के साथ सरकारी समझौते (1943) और इसकी रिपोर्ट (1946) के बावजूद, इस सन्दर्भ में कोई केद्रीय क़ानून 1961 तक नहीं बना-बनाया गया। महिला श्रमिकों के असंगठित होने और श्रमिक संघों से लेकर संसद तक में पुरुष वर्चस्व के कारण, उन्हें बुनियादी सुविधाएँ तक नहीं मिल (पाईं) पातीं।

बी. शाह बनाम लेबर कोर्ट[7] मामले में सर्वोच्च न्यायालय ने नये क़ानून के उद्देश्य पर रौशनी डालते हुए कहा था कि यह क़ानून महिला श्रमिकों के साथ सामाजिक न्याय के लिए बनाया गया है, ताकि स्त्रियाँ नौकरी के साथ-साथ परिवार की देखभाल भी कर सकें और सम्मानपूर्वक जीवन यापन कर सकें। अन्तर्राष्ट्रीय श्रम संघठन के साथ हुए समझौते[8] और संविधान के अनुच्छेद 42 के अनुसार इस अधिनियम के लिए, स्त्री की परिभाषा में बिना किसी भेदभाव (धर्म, जाति और नस्ल) के विवाहित और अविवाहित स्त्री शामिल है। अविवाहित स्त्रियों को वैवाहिक स्थिति के आधार पर, इस लाभ से वंचित नहीं किया जा सकता।

कहना न होगा कि महिलाओं की शिक्षा, स्वास्थ्य, परिवार नियोजन और सशक्तिकरण के लिए, राष्ट्रीय योजनाएँ (1976, 1988-2000) बनती रही हैं, दिवालियापन यह है कि आज भी ग़ैर-सरकारी संस्थानों में मातृत्व लाभ अधिनियम सुचारु रूप से लागू नहीं हो पाया है। इस सन्दर्भ में यहाँ इतना ही और कि अपने अधिकारों के लिए लड़ने और अदालत का दरवाज़ा खटखटानेवाली महिलाओं में दिहाड़ी मजदूर तक शामिल हैं और उनकी सूची काफी लम्बी चौड़ी है।

एक अन्य मामले[9] में न्यायमूर्ति ने अपने निर्णय में उल्लेख किया है कि गर्भवती छात्रा की अगर नियमित रूप से वांछित उपस्थिति नहीं है, तो अपवाद स्वरूप उसे इतनी छूट दी जानी ज़रूरी है कि वो परीक्षा में बैठ सके। ऐसा फ़ैसला नित्या बनाम मद्रास विश्वविद्यालय केस में भी दिया गया था। लेकिन ए. अरुलिन बनाम प्रिंसिपल, फिल्म एंड टेलीविज़न इंस्टीट्यूट तमिलनाडु में इसी उच्च न्यायालय की खंडपीठ ने कहा कि शिक्षा संस्थानों के लिए, ऐसा कोई नियम/क़ानून नहीं है और बिना वैधानिक प्रावधान के छूट नहीं दी जा सकती।[10]

सर्वोच्च न्यायालय ने जे. के. कॉटन मिल्स[11] मामले में कहा था कि "वास्तव में, सामाजिक न्याय की अवधारणा अब औद्योगिक क़ानून का ऐसा अभिन्न अंग बन गई है कि किसी भी पक्ष के लिए, यह कहना व्यर्थ सुझाव देना है कि औद्योगिक अधिनिर्णय सामाजिक न्याय के दावों की अनदेखी कर सकता है या औद्योगिक विवादों से निपटने में करना चाहिए। सामाजिक न्याय की अवधारणा संकीर्ण नहीं है। एकतरफ़ा नहीं है। और वह केवल औद्योगिक विशेषण तक सीमित नहीं है। इसका कार्यक्षेत्र व्यापक है। यह सामाजिक-आर्थिक समानता के मूल आदर्श पर स्थापित है और इसका उद्देश्य सामाजिक-आर्थिक विषमताओं और असमानताओं को दूर करने में सहायता करना है। औद्योगिक मामलों से निपटने में यह एक सिद्धांतवादी दृष्टिकोण को नहीं अपनाता है। क़ानून अमूर्त धारणाओं पर आँख मूँदकर उपज देने से इनकार करता है, लेकिन यथार्थवादी और व्यावहारिक दृष्टिकोण अपनाता है।"

माननीय न्यायमूर्ति ने अपने निर्णय में लिखा—"एक उचित सामाजिक व्यवस्था तभी प्राप्त की जा सकती है, जब असमानताओं को तिरस्कृत किया जाए और सभी को क़ानूनी रूप से देय प्रदान किया जाए। हमारे समाज के लगभग आधे हिस्से का गठन करनेवाली महिलाओं के साथ सम्मान और गरिमापूर्ण व्यवहार किया जाना चाहिए, जहाँ वे अपनी आजीविका कमाने के लिए काम करती हैं। जो कुछ भी उनके कर्तव्यों की प्रकृति है, और जिस स्थान पर वे काम करती हैं, उन्हें वे सभी सुविधाएँ प्रदान की जानी चाहिए। वे उसकी हकदार हैं। माँ बनना एक महिला के

जीवन की सबसे प्राकृतिक घटना है। एक ऐसी महिला जो बच्चे का जन्म देनेवाली है, को वो सब सुविधाएँ, जो आवश्यक हैं मिलनी ही चाहिए। नियोक्ताओं को उसके प्रति विचारशीलता और सहानुभूति रखनी होगी। उन्हें उनकी शारीरिक कठिनाइयों का एहसास होना चाहिए, जो एक कामकाजी महिला को गर्भ में बच्चे को ले जाते समय या जन्म के बाद बच्चे को पालते समय कार्यस्थल पर अपने कर्तव्यों को पूरा करने में सामना करनी पड़ती है। मातृत्व लाभ क़ानून का उद्देश्य इन सभी सुविधाओं को एक कामकाजी महिला को गरिमापूर्ण तरीके से प्रदान करना है, ताकि वह मातृत्व की स्थिति का सम्मानजनक रूप से निर्वाह कर सके—पूर्व या प्रसवोत्तर अवधि के दौरान बिना किसी तरह पीड़ित होने के डर से वह रह सके।"

कभी-कभी अति उत्साह में सरकार ऐसे क़ानून बनाती है, जो कालांतर में बेहद विसंगतिपूर्ण (!) सिद्ध होते हैं। उदाहरण के लिए हरियाणा सरकार ने एक क़ानून[12] में संशोधन कर नियम बनाया कि जिनके दो से अधिक बच्चे हैं, वो पंचायत का चुनाव लड़ने के लिए 'अयोग्य' समझे जाएँगे। सुप्रीम कोर्ट तक ने इसे जनहित/राष्ट्रहित में संवैधानिक माना था।[13]

सवाल है कि अगर किसी महिला के पहले ही प्रसव में तीन बच्चे हो जाएँ तो? अपवाद के बारे में तो क़ानून का मसौदा तैयार करनेवाले, सरकार के प्रतिभाशाली अफसरों और राजनेताओं ने सोचा ही नहीं! कहीं यह नियम/क़ानून मूलतः दो से अधिक बच्चों वाली स्त्रियों को राजनीति से बाहर करने-रखने का वैधानिक षड्यंत्र तो नहीं? अब तो सिर्फ़ इतना ही कहा जा सकता है कि सर्वोच्च अदालत के न्यायमूर्ति आर.सी. लाहोटी, अशोक भान और अरुण कुमार द्वारा बहुत से सवालों पर न्यायालय ने चुप्पी साध ली थी।

(राष्ट्रीय सहारा, आधी दुनिया, 21 अगस्त, 2019)

सन्दर्भ

1. जे. शर्मिला बनाम शिक्षा विभाग, मद्रास, 2010
2. 12 दिसम्बर, 1961 से लागू
3. एआइआर 1979 एससी 1868
4. (1981) 4 एससीसी 335
5. 1 अप्रैल, 2017
6. दिसम्बर, 1942 में
7. 1977 (4) एससीसी 384

8. 7 सितम्बर, 1955
9. कविता राजगोपाल बनाम रजिस्ट्रार डॉक्टर आंबेडकर विधि विश्वविद्यालय, चेन्नई, 2008 (4) एलएलएन 299
10. 2008 (4) एलएलएन 308
11. जे. के. कॉटन मिल्स बनाम बद्री माली (1964) 3 एससीआर 724
12. पंचायती राज अधिनियम, 1994
13. जावेद बनाम हरियाणा राज्य (एआइआर 2003 एससी 3057)

किन्तु-परन्तु क़ानून की लाइलाज बीमारी है

यौन शोषण या यौन हिंसा के अधिकांश मामले अनियंत्रित काम-वासना को सन्तुष्ट करने के लिए बेहद सावधानी से रचे होते हैं। कामुक फिल्मी छवियों का एहसास और उद्दाम 'फैंटेसी' का एकमात्र उद्देश्य महिलाओं पर हावी होना है। दरअसल, वास्तविक बलात्कार या 'डेट रेप' करने से पहले, बलात्कारी के दिमाग में नशे की तरह कई बार इसकी 'रिहर्सल' की गई होती है। मगर प्राय: पीड़िता को ही सदा दोषी ठहराया और अपमानित किया जाता है। परिजनों द्वारा कथित 'ख़ानदान की इज़्ज़त' के नाम पर प्रताड़ित किया जाता है।

शादी का झाँसा देकर किसी लड़की के साथ शारीरिक रिश्ते बनाना और बाद में शादी से मना करना, बलात्कार के दायरे में ही आता है। वह भी तब, जब लड़के का लड़की से शुरू से ही शादी करने का कोई इरादा न हो। हम इसे शादी की आड़ में 'यौन शोषण' भी कह सकते हैं। अधिकतर पुरुष शादी का झाँसा देकर शारीरिक रिश्ते बनाते हैं। और तब तक बनाते रहते हैं, जब तक लड़की गर्भवती नहीं हो जाती। कुछ समय बाद गर्भपात कराना भी मुश्किल हो जाता है और अन्तत: मामला परिवार और पड़ोसियों की नज़र में आ ही जाता हैं। बाद के अधिकतर मामलों में, ऐसे दोषियों के ख़िलाफ़ मामले दर्ज होते हैं। रोज़ हो भी रहे हैं।

भारतीय अदालतों ने कई बार सवाल उठाए हैं—"किसी लड़की से शादी का झूठा वायदा कर के, शारीरिक रिश्ते बनाना सहमति है या नहीं? यदि वह बलात्कार नहीं है, तो यह धोखेबाजी है या नहीं?"

जयंती रानी पांडा[1] के बहुचर्चित मामले में कलकता उच्च न्यायालय का मानना था कि अगर कोई बालिग लड़की शादी के वादे के आधार पर, शारीरिक रिश्ते को राजी होती है और तब तक इस गतिविधि में लिप्त रहती है, जब तक कि वह गर्भवती नहीं हो जाती, तो यह उसकी ओर से 'स्वच्छंद सम्भोग' के दायरे में

आएगा। ऐसे में तथ्यों को ग़लत इरादे से प्रेरित नहीं कहा जा सकता। भारतीय दंड संहिता की धारा-90 के तहत अदालत द्वारा कुछ नहीं किया जा सकता, जब तक यह आश्वासन न मिले कि रिश्ते बनाने के दौरान आरोपी का इरादा आरम्भ से ही शादी करने का नहीं था।

बम्बई उच्च न्यायालय के न्यायाधीश बी.बी. वग्यानी ने कहा कि ऐसे मामले काफी कम ही ध्यानार्थ सामने आते हैं। भारतीय दंड संहिता की धारा-415 में 'धोखाधड़ी' के अपराध को परिभाषित किया गया है। निस्सन्देह पीड़िता को जानबूझकर शादी के वादे के झाँसे में रखकर, शारीरिक रिश्ते बनाने के लिए उकसाया गया था। याचिकाकर्ता-अभियुक्त के दुष्कर्म निश्चित रूप से शरीर, मन और सम्मान को क्षति पहुँचाने की वजह हैं। शादी का झूठा वायदा कर, जानबूझकर दिए गए प्रलोभन के बाद शारीरिक रिश्ते बनाना, 'धोखाधड़ी' की परिभाषा के तहत 'शरारत' के दायरे में आता है और दंडनीय अपराध है।[2]

पटना उच्च न्यायालय के न्यायमूर्ति राम नन्दन प्रसाद ने कहा कि मामले से जुड़े तथ्यों को देखते हुए पाया गया कि यह बलात्कार का अपराध नहीं है। शादी के झूठे वायदे की आड़ में लड़का आरोपी को धोखे में रखकर लगातार शारीरिक रिश्ते बनाता रहा, लेकिन झूठे वादे की आड़ में वह शारीरिक रिश्ते कायम करने के लिए राजी नहीं थी। इसलिए यह भारतीय दंड संहिता की धारा-415 के तहत 'धोखाधड़ी' का प्रथम-दृष्ट्या अपराध सिद्ध होता है। धोखाधड़ी के अलावा, आरोपियों को डराने-धमकाने में लिप्त रहने और शिकायतकर्ता और उसके माता-पिता को डराने का मामला भी धारा-506 और 323 के तहत अपराध है।[3]

सर्वोच्च न्यायालय के न्यायमूर्ति पी. वेंकटरमन रेड्डी और पी.पी. नेवलेकर ने 2004 में एक फ़ैसला सुनाया—"हमें इसमें सन्देह नहीं कि आरोपी ने लड़की से शादी का वायदा किया था और इसी प्रभाव में लड़की ने उसके साथ शारीरिक रिश्ते भी बना लिए। लड़की भी उससे शादी करने को उत्सुक थी, जैसा कि उसने ख़ासतौर पर कहा भी। लेकिन हमारे पास कोई सबूत नहीं हैं कि आरोपी का शुरू से ही लड़की के साथ विवाह का कोई इरादा नहीं था और लड़के ने जो वायदा किया वह उसकी जानकारी के मुताबिक झूठा था। इसके विपरीत बाद में लड़की का यह बयान कि आरोपी उससे विवाह करने को तैयार हो गया था, लेकिन उसके पिता और दूसरे लोग उसे गाँव से दूर ले गए। इससे संकेत मिलता है कि आरोपी असल में विवाह का इरादा तो रखता था, लेकिन परिवार के बड़े-बुजुर्गों के दबाव में ऐसा नहीं कर पाया। यह विवाह करने के वायदे को लेकर वायदा ख़िलाफ़ी का मामला प्रतीत होता है, न कि विवाह के झूठे वायदे का मामला।"[4]

उदय बनाम कर्नाटक सरकार[5] के मामले (2003) में सर्वोच्च न्यायालय के न्यायाधीश एन. सन्तोष हेगड़े और बी.पी. सिंह ने दृढ़तापूर्वक कहा कि कोई कड़ा फार्मूला नहीं बनाया जा सकता कि पीड़िता ने स्वैच्छिक सहमति से ही रिश्ते बनाए या किसी ग़लत इरादे के अन्तर्गत। लेकिन निम्नलिखित मामलों में कहा जा सकता है कि :

(क) यदि लड़की की उम्र 19 साल है और उनमें इस करतूत के महत्त्व और नैतिक गुण की पर्याप्त समझ है, तो उसकी सहमति मानी जाएगी।

(ख) उसे मालूम है कि जाति के आधार पर उनकी शादी होने में परेशानी है।

(ग) यह आरोप लगाना काफी मुश्किल है कि अभियुक्त के वायदे से पैदा हुई ग़लतफ़हमी के चलते पीड़िता राजी हुई थी।

(घ) इस मामले में साबित करने का कोई साक्ष्य नहीं है कि आरोपी का पीड़िता से शादी करने का कभी इरादा नहीं था।

न्यायमूर्तियों ने गम्भीर सन्देह जताया था कि शादी के वादे के चलते आरोपी, पीड़िता पर शारीरिक रिश्ते बनाने के लिए दबाव डाल सकता है, क्योंकि वह जानती है कि जाति के आधार पर आरोपी के साथ उसकी शादी नहीं हो सकती और दोनों परिवारों के सदस्यों का विरोध झेलने के लिए मजबूर होंगे। वह पूरी तरह जानती है कि अपीलकर्ता द्वारा किये वायदे के बावजूद शादी नहीं हो सकती। हालाँकि अपीलकर्ता के पास ऐसा विश्वास करने के कारण हैं, क्योंकि जब भी वे मिलते हैं, एक-दूसरे को बहुत प्यार करते हैं। लड़की भी उस लड़के को काफी 'छूट' देती है, जिससे वह बेहद प्यार करता है। सिर्फ़ उसी के लिए ऐसी छूट भी है। याचिकाकर्ता के बुलाने पर चोरी-छुपे लड़की रात 12 बजे सुनसान जगह पर चुपचाप गई। जब दो लोग जवान हों, तो आमतौर पर ये होता ही है कि वे सभी अहम बातों को भुलाकर जुनून में आकर प्यार कर बैठें। ख़ासकर तब, जब वे कमज़ोर क्षणों में अपनी भावनाओं पर काबू न कर पाएँ। ऐसे में दोनों के बीच शारीरिक रिश्ते कायम हो ही जाते हैं। लड़की स्वेच्छा से लड़के के साथ रिश्ते कायम करती है, वह उस लड़के से बेहद प्यार करती है, इसलिए नहीं कि उस लड़के ने उससे शादी के वायदा किया था, बल्कि इसलिए कि लड़की ऐसा चाहती भी थी।

सुप्रीम कोर्ट के न्यायमूर्ति ए.के माथुर और अल्तमस कबीर ने 2006 में एक और फ़ैसला सुनाया—"हम सन्तुष्ट हैं कि आरोपी ने उसे राजी करते हुए सब कुछ किया, लेकिन वह ऐच्छिक भी नहीं था, क्योंकि उसने शादी करने जैसा वायदा कर के उसे फुसलाया। क़ानून इसकी इजाज़त नहीं देता। पीड़ित लड़की और गवाहों

की गवाही से पूरी तरह स्पष्ट होता है कि गवाह पंचायत की तरह काम कर रहे थे। आरोपी ने पंचायत के समक्ष स्वीकार किया कि उसने लड़की के साथ शादी करने का वायदा कर, उसके साथ शारीरिक रिश्ते बनाए। लेकिन पंचायत के समक्ष वायदे करने के बावजूद वह पलट गया। इससे पता चलता है कि आरोपी का शुरू से ही, लड़की से विवाह करने का कोई इरादा नहीं था और वह पीड़िता से शादी नहीं करेगा, इसका झाँसा देकर उसने शारीरिक रिश्ते बनाए। अत: हम सन्तुष्ट हैं कि प्रतिवादी को सज़ा देना न्यायसंगत है। हमारे निष्कर्ष के मुताबिक कोई मामला नहीं बनता। अपील ख़ारिज की जाती है।"[6]

सर्वोच्च न्यायालय के न्यायमूर्तियों ने कहा कि ऐसे मामलों में लड़की की उम्र, उसकी शिक्षा और उसका सामाजिक स्तर और लड़के के मामले में भी इन्हीं सब पर गौर किया जाना ज़रूरी है। लड़की स्वयं ऐसे कृत्य में बराबर की भागीदार है। वह इस मामले में प्रतिवादी को माफ करना चाहती है। लेकिन एक गरीब लड़की के मामले में, ऐसे हालात में जबकि उसके पिता की मौत हो गई हो और वह समझ नहीं पा रही कि किन हालात के चलते वह ऐसे कृत्य में फंस गई और जब आरोपी ने उससे शादी का वायदा किया, लेकिन शुरू से ही वह शादी करने का इरादा नहीं रखता था। ऐसे में लड़की के हामी भरने की कोई अहमियत नहीं है। उससे ग़लतफ़हमी में हामी भरवाना धोखा है। इसे लड़की की मंजूरी नहीं माना जा सकता।

एक अन्य मामले[7] में मामले में सर्वोच्च न्यायालय द्वारा विश्लेषण करने पर पता चला कि जिस समय यह सब हुआ, लड़की की आयु 15 से 16 साल के बीच थी, जबकि जयंती रानी पांडा की आयु 21-22 साल थी। यह साक्ष्य का मामला है कि लड़की से झूठे वायदे करके उसकी सहमति या उसकी राय ली गई और आरोपित को पता था कि वह कभी अपने वायदे को पूरा करने का इरादा नहीं रखता। यदि आरोपी कम उम्र की लड़की को फुसलाकर, उससे विवाह करने का वायदा कर ले, तो ऐसे में यह उसकी सहमति नहीं होती, बल्कि फुसलाकर किया गया कृत्य होता है और आरोपी शुरू से ही अपने वायदे को पूरा करने का इरादा नहीं रखता। ऐसी कपटपूर्ण सहमति को सहमति नहीं कहा जा सकता, क्योंकि अपराध के लिए हामी भराना आरोपी का अपराध है।

दिल्ली हाई कोर्ट के न्यायमूर्ति वी.के. जैन ने 1 फरवरी, 2010 को आरोपी की ज़मानत याचिका ख़ारिज करते हुए, ऐसे आपराधिक कृत्य की निंदा करते हुए लिखा—"इस तथ्य पर गौर करने पर कि आरोपी ने शादी का झाँसा देकर, लड़की से शारीरिक रिश्ते बनाए, इस आशय से कि उससे विवाह का उसका कोई इरादा

नहीं था और कोई बलात्कार का मामला नहीं बनता। यह न सिर्फ़ घोर निंदनीय कृत्य है, बल्कि प्रकृति से भी आपराधिक है। यदि ऐसा होते रहने की अनुमति दी जाए, तो इससे इनसान अनैतिक और बेईमान बनेगा। जो भी इस इरादे से इस देश में आएगा, शादी का ढोंग रचाएगा और कमजोर वर्ग की लड़की से शारीरिक रिश्ते बनाने का दबाव डालकर उनका शोषण करेगा। उधर लड़की को यकीन रहेगा कि वह उसके साथ शादी करेगा। उसे भी यही लगेगा कि जिससे भविष्य में शादी होनी है, वह पति बनेगा ही, कम से कम उससे शादी से रिश्ते रखने में कुछ भी ग़लत नहीं है। इस वायदे का हवाला देकर, उसके साथ दुष्कर्म करके आरोपी आराम से जब चाहेगा चलता बनेगा। ऐसे मौकापरस्त लोगों को लड़की की भावनाओं के साथ खिलवाड़ करने का लाइसेंस नहीं दिया जा सकता। इस तरह तो शादी के पवित्र रिश्ते में भारतीय लड़की को डाल देना, कोई दो दिलों का मेल नहीं है। बेसहारा लड़कियों का शोषण करनेवाले ऐसे लोगों का बेखौफ बच निकलना हमारे ऐसे क़ानून का मकसद कभी नहीं हो सकता, जो इस घिनौने कृत्य के बाद ताउम्र जेल की सज़ा का हकदार हैं।"[8]

बम्बई हाईकोर्ट के माननीय न्यायमूर्ति बी.यू. वाहाने ने एक मामले[9] (अपील) में वयस्क लड़की द्वारा सहमति के हालात या शारीरिक रिश्ते बनाने की इच्छा से एक पार्टी बन जाने सम्बन्धी दलील दी। विद्वान न्यायमूर्ति ने सामाजिक अनुभव के आधार पर स्पष्ट किया कि वयस्क लड़की से चालबाजी से उसकी सहमति ले ली जाए, वह भी तब, जब वह बेसहारा और सेक्स को लेकर असन्तुष्ट हो, उसे पैसे की ज़रूरत हो, इसलिए बहाने से उसे प्रभावित किया जाए या हामी भरने का हालात बनाए जाएँ आदि में भारतीय औरतों की सोच को लेकर न्यायिक सन्दर्भ का हवाला दिया। विवाह करने सम्बन्धी वायदे के साथ सेक्स करना और गर्भवती होने पर पुलिस रिपोर्ट। वर्ग, धर्म, क्षेत्र, आयु या सामाजिक स्तर सम्बन्धी ज़्यादातर मामले एक जैसे होने पर आदमी लड़की पर सेक्स के लिए दबाव बनाता है। विवाह करने का भरोसा देकर गर्भवती करता है। परिवार और पुलिस की रिपोर्ट के सन्दर्भ में बरी होने, सन्देह का लाभ पाने या उच्च अदालत में सज़ा फिर अपील और इस तरह अन्तिम न्याय मिलने में पाँच से बीस साल लगना। ये वे मामले[10] हैं, जो समूचे मामलों की नज़ीर भर हैं।

इस ख़ास सन्दर्भ में क़ानूनी राय और फ़ैसले सीधे-सीधे बंटे हुए हैं और सहमति और तथ्यों के उलझाव में उलझे हुए हैं। उलझे हुए हैं क्योंकि क़ानून पूरी तरह पारदर्शी नहीं है और फ़ैसले हर मामले के तथ्यों और हालातों के आधार पर होते हैं। न्यायिक राय को लेकर आम राय यही है कि विवाह का वायदा कर पीड़िता

से शारीरिक रिश्ते की सहमति लेना कि भविष्य में वह विवाह करेगा, ग़लत तथ्यों के तहत ली गई सहमति नहीं कही जा सकती। कुछ अदालतों का विचार है कि विवाह करने का झूठा वायदा करने को लेकर दी गई कथित सहमति, विवाह का राजीनामा नहीं है। इसके मुताबिक, विवाह के झूठे वायदे को लेकर पति-पत्नी जैसा शारीरिक रिश्ता बनाने सम्बन्धी सहमति हासिल करना क़ानूनी नज़रिये से सहमति ही नहीं है। ऐसे मामलों में सबसे कठिन काम यह साबित करना होता है कि आरोपी का शुरू से ही, पीड़ित लड़की से विवाह करने का कोई इरादा नहीं था। वह कह सकता है कि मैं विवाह करना तो चाहता हूँ लेकिन मेरे माता-पिता, धर्म, जाति, 'खाप' आदि इसके लिए अनुमति नहीं देते। औरत के ख़िलाफ़ अपराध सम्बन्धी 'किंतु-परन्तु' को लेकर जब तक क़ानून में संशोधन नहीं होता, तब तक न्याय से जुड़े ऐसे क़ानूनी पेंच यूँ ही कायम रहेंगे।

(दुनिया इन दिनों, सितम्बर 2014)

सन्दर्भ

1. जयंती रानी पांडा बनाम पश्चिम बंगाल सरकार और अन्य, 1984 क्रिमिनल लॉ जर्नल 1535
2. आत्माराम महादू मोरे बनाम महाराष्ट्र राज्य (1998 (5) बीओएम सीआर 201
3. मीर वाली मोहम्मद उर्फ कालू बनाम बिहार सरकार, (1991 (1) बीएलजेआर 247
4. दिलीप सिंह उर्फ दिलीप कुमार बनाम बिहार राज्य, 2005 (1) एससीसी 88
5. 2003 (4) एससीसी 46
6. यादला श्रीनिवास राव बनाम आन्ध्र प्रदेश राज्य, आपराधिक अपील 1369/2004
7. येदला श्रीनिवास राव बनाम आन्ध्र प्रदेश (2003)
8. निखिल पराशर बनाम राज्य, ज़मानत याचिका नम्बर 1745/2009
9. शिवाजी पुत्र श्रवण खैरनार बनाम महाराष्ट्र राज्य, अपील नम्बर 111/1987
10. लम्बोदर बेहरा बनाम उड़ीसा राज्य, 103 (2007) 399 सीएलटी और ज्योत्स्ना कोरा बनाम पश्चिम बंगाल राज्य, 2008 के सीआरआर नं. 2657)

बिल्ली के गले में घंटी कौन बाँधे

कुछ समय पहले जब जज साहिबा ने यह बात कही, तो अदालत में सनसनी कम, उत्तेजना ज़्यादा फैल गई। बच्चियों के साथ आए दिन होनेवाले बलात्कार की घटना पर अपना गुस्सा जाहिर करते हुए, दिल्ली की निचली अदालत की जज ने बलात्कारी का कैस्ट्रेशन (बंध्याकरण) करने की बात कही थी। अदालत की उत्तेजना क़ानूनी दुनिया में बहस में तब्दील हो गई। सवाल पर सवाल सामने आने लगे। क्या कैस्ट्रेशन से मनचले डरेंगे और बलात्कारों पर अंकुश लगेगा? न्याय क़ानून के मुताबिक दिया जाना ज़रूरी है, न कि इस संकल्पना के आधार पर। किसी क़ानून में ऐसी व्यवस्था नहीं है कि अगर बलात्कार के मामले में कोई ख़ास आरोपी स्वेच्छा से कैस्ट्रेशन कराता है, तो विधि के मुताबिक कोई भी अदालत कम-से-कम दंड दे सकती है। आदि-आदि।

दिल्ली में यौन अपराध और बलात्कार सम्बन्धी आए दिन हो रही घटनाओं की गम्भीरता को देखते हुए, आशंका है कि मीडिया में इसे लेकर ज़बर्दस्त बहस हो। लेकिन दिल्ली एडिशनल सेशन जज (रोहिणी) कामिनी लॉ ने कहा है कि क़ानून निर्माताओं को इस सम्भावना पर ध्यान देना चाहिए कि क्या बलात्कार से जुड़े मामलों में अभियुक्त का रासायनिक ऑपरेशन के जरिये दंड के रूप से बंध्याकरण (कैस्ट्रेशन) कर दिया जाए। अभियुक्त दिनेश यादव को पन्द्रह साल की अपनी सौतेली बेटी के साथ चार साल तक बलात्कार के जुर्म में दस साल जेल की कठोर सज़ा का फ़ैसला सुनाते हुए, कामिनी लॉ ने कहा कि बलात्कार सम्बन्धी मामलों में वैकल्पिक सज़ा की व्यवस्था करना वक्त की माँग होनी चाहिए। सुश्री लॉ ने इस आदेश की कॉपी क़ानून और न्याय मंत्रालय के सचिव, राष्ट्रीय महिला आयोग की अध्यक्ष और दिल्ली महिला आयोग की अध्यक्ष को भेजी। कई विकसित देशों में केमिकल बंध्याकरण के साथ ही लम्बे समय तक जेल में बंद रखने जैसा वैकल्पिक उपाय है। भारत सरकार का इस मुद्दे पर रवैया लचर है।

इसके विपरीत, हमारे सांसदों और विधायकों को सर्वाधिक गम्भीर इस मसले पर ध्यान देते हुए, कम उम्र की लड़कियों के साथ रह-रह कर ऐसे अपराध करनेवालों या प्रोबेशन की शर्त पर या सौदेबाजी पर उतारू लोगों के मामले में वैकल्पिक दंड का प्रावधान करना चाहिए। अदालत ने स्पष्ट कहा कि समूची दुनिया के न्यायाधीश इस मामले में एक नज़रिया यह रखते हैं कि रासायनिक बंध्याकरण को आए दिन बलात्कार करनेवाली विकृत मानसिकता के लोगों और छेड़छाड़ करनेवालों के लिए, बाध्यकारी कर देना चाहिए।

सालों पहले अतिरिक्त सेशन जज एस.एम. अग्रवाल ने हाई कोर्ट और दूसरे मामलों को स्वीकार करते हुए, साढ़े तीन साल की लड़की के मामले में स्वैच्छिक कैस्ट्रेशन का जिक्र कर कैस्ट्रेशन की बात कही थी। दिल्ली हाईकोर्ट के न्यायमूर्ति पी.के. बाहरी और न्यायमूर्ति एस.डी. पंडित ने जगदीश प्रसाद शर्मा[1] मामले में व्यवस्था दी—"इस मामले से अलग होने से पहले हम विचार कर सकते हैं कि जानकार अतिरिक्त सेशन जज द्वारा अपील करनेवाले का हाई कोर्ट के आदेश के आलोक में और शेष दंड की छूट को देखते हुए स्वैच्छिक कैस्ट्रेशन उचित नहीं है, क्योंकि अतिरिक्त सेशन जज के आदेश का यह हिस्सा पूरी तरह ग़ैरक़ानूनी है। क़ानून के मुताबिक फ़ैसला सुनाया जाना ज़रूरी है, न कि इस संकल्पना के आधार पर कि ऐसे घृणित अपराधों पर अंकुश के लिए। किसी क़ानून में ऐसी कोई व्यवस्था नहीं है कि यदि बलात्कार के मामलों में कोई ख़ास आरोपी स्वेच्छा से कैस्ट्रेशन कराता है, तो क़ानून के मुताबिक कोई भी अदालत कम-से-कम दंड तो दे ही सकती है। जन प्रतिनिधियों द्वारा निर्धारित क़ानूनी आधार पर न्यूनतम दंड कोई भी अदालत दे सकती है। विधायिका द्वारा बनाए क़ानून के अन्तर्गत दंड दिया जाता है। अतिरिक्त सेशन जज को स्वयं ऐसी किसी भी कार्रवाई का प्रस्ताव देने में संयम बरतते हुए, ख़ुद पर नियंत्रण रखना चाहिए।"

हाई कोर्ट या तो पूर्व के फैसलों को दोहराए या प्रस्ताव मंजूर करे। ऐसा लगता है कि निचली अदालत के न्यायाधीश ने फ़ैसला सुनाने से पहले, दिल्ली हाईकोर्ट के पूर्व में दिए फ़ैसले पर गौर ही नहीं किया। हाईकोर्ट ने 1995 में दिए अपने फ़ैसले में इस मामले में गम्भीर और दूरगामी प्रस्तावों पर काफी कुछ रोशनी डाली थी। इस कारण यह कहना ज़रूरी नहीं रह जाता कि उक्त न्यायाधीश का आदेश ग़ैरक़ानूनी घोषित किया जाता है और क़ानून के जानकार अग्रवाल को सलाह दी गई थी कि "वे स्वयं किसी तरह की कार्रवाई का प्रस्ताव न करें। यह क़ानून के मुताबिक औचित्यपूर्ण भी नहीं है।"

यदि सुश्री लॉ के आदेश के विरुद्ध कोई उच्च अदालतों में अपील करता

है, तो यह किसी के आकलन से परे होगा, क्योंकि हाईकोर्ट के न्यायाधीश पूर्व में सुनाए गए फैसलों का अनुकरण करेंगे या सुझाए गए किसी मौलिक प्रस्ताव को मंजूर करेंगे।

यह विचारणीय है कि कैरोलिना की सुप्रीम कोर्ट ने भी बलात्कार के मामले में भी बंध्याकरण पर ख़ामोशी अपनायी। दक्षिण कैरोलिना के सुप्रीम कोर्ट ने हाल में व्यवस्था दी कि अंग-भंग के रूप में बंध्याकरण असंवैधानिक है और इस तरह उसने तीन दोषियों को दोबारा दंडित करते हुए उन्हें तीस साल क़ैद की सज़ा सुनायी। न्यायाधीशों ने टिप्पणी दी कि सर्किट जज विक्टर पायले द्वारा सुनाई गई सज़ा कुछ भी नहीं है, क्योंकि बंध्याकरण का 'क्रूर और असामान्य दंड' देने से राज्य के संविधान ने मना किया है।

झानू पीएफ के तेजतर्रार सांसद सदस्य माग्रेट डोंगो की दलील है कि बलात्कार के अपराधी को नपुंसक किए जाने के मामले को संविधान के नए प्रावधानों से जोड़ा जाना चाहिए। डोंगो का कहना है, "क़ानून का कोई भी रूप जो शरीयत की तरह दिखता है, हटाया जाना चाहिए, ताकि अपराधियों और बर्बर परम्पराओं को रोका जा सके जो बलात्कार के दायरे में आते हैं।

मैं सभी महिलाओं का आह्वान करता हूँ कि वे इस बात के लिए आश्वस्त रहें कि नए संविधान में बलात्कारियों की सज़ा के तौर पर नपुंसकता का प्रावधान हो। शायद इसी तरह से बलात्कारियों की गतिविधियों पर अंकुश लगाया जा सकता है, जिसने कई ज़ख़्म दिए हैं। जिम्बाब्वे के कई परिवारों को गहरा सदमा दिया। इस जघन्य घटना के बाद बलात्कार की शिकार दोबारा कभी भी अपनी ज़िन्दगी नहीं जी सकी, जो इनसान के लिए सबसे जघन्य अपराध की श्रेणी है। मैं सभी सांसदों से प्रार्थना करता हूँ कि वे बच्चियों के साथ-साथ महिलाओं के हितों की रक्षा करें। क़ानून में परम्परा के तौर पर बदले की भावना है, जिसमें ऐसा चलन है जो पुरुषों को बलात्कार के लिए उकसाता है। मौजूदा क़ानून निष्प्रभावी साबित हो चुका है। कड़े दंड के तौर पर बधिया कर देने से दिक्कत कम नहीं होगी। हमें पूर्व में देखना होगा कि ग़लती कहाँ हुई। बलात्कार हमारे समाज की अनकही पीड़ा का कारण है। इसके लिए कोई जगह नहीं होनी चाहिए और इसे कभी भी स्वीकार नहीं किया जाना चाहिए।"

नाबालिगों के साथ बढ़ रही बलात्कार-सम्बन्धी घटनाओं को लेकर जिम्बाब्वे की महिलाएँ और अधिकार संगठन परेशान हैं। 'गर्ल चाइल्ड नेटवर्क' की प्रोग्राम मैनेजर बोंगी सिबांडा कहती हैं कि बलात्कार के करीब 95% मामले पुरुषों द्वारा युवा लड़कियों के मुकाबले छोटी बच्चियों के साथ के हैं। महिला, जेंडर और

सामुदायिक विकास मामलों के मंत्री ओलिवा मुचेना ने हाल ही में बहस में बहस छेड़ी और कहा "जो बच्चियों के साथ बलात्कार करते हैं, उनके कैस्ट्रेशन के विकल्प पर गम्भीरता से ध्यान देने की ज़रूरत है, क्योंकि इस मामले में सज़ा के कई स्तर हैं और बच्चों के साथ बलात्कार करनेवालों पर भी यही प्रावधान लागू होना चाहिए। आप किसी बच्चे के साथ बलात्कार कैसे कर सकते हैं? यह तो सरासर हत्या करने जैसा व्यवहार माना जाना चाहिए और इसके लिए कैस्ट्रेशन की सज़ा दी जानी चाहिए।"

सिबांडा ने कहा, "इसलिए मेरा विश्वास है कि बलात्कारियों का कैस्ट्रेशन की माँग के लिए हमें जोर-शोर से आवाज़ उठानी चाहिए, जिससे बलात्कार जैसी घृणित हरकतें न करने का सन्देश जाए। यह खेदजनक है कि ज़्यादातर मामलों में बच्चियाँ ही यौन शोषण की शिकार होती हैं और रिश्तेदार ही उनके लिए दोषी होते हैं। नतीजा यह होता है कि ऐसे मामलों को दबा दिया जाता है और शायद, घर से निकाल दिए जाने की आशंका से पीड़ित बच्ची अपना मुंह कभी नहीं खोलती। पीड़ित बच्ची की ज़िन्दगी पर एक भावनात्मक घाव लग जाता है। ऐसे में कोई क्यों पूरी ज़िन्दगी भावनात्मक घाव लिये गुज़ारे? इसीलिए मैं कोई वजह नहीं देखता कि किसी के ऐसे कुकृत्य से कोई बच्ची पूरी ज़िन्दगी भावनात्मक रूप से सदमा लिये जिये।"

इसमें शक नहीं कि बलात्कार के बढ़ते मामले समाज के ढीले रवैये से सीधे तौर पर जुड़े हैं। इनमें समाज का उदासीन रवैया, उनके प्रति क्रूरता के मुताबिक कार्रवाई में असमर्थता और बेहद सख्त दंड दिया जाना इसके निषेध के तौर पर कार्य करते हैं। लेकिन कोर्ट की दृष्टि से बलात्कारियों का कैस्ट्रेशन किया जाना ग़ैरक़ानूनी, असंवैधानिक, निहायत कठोर, प्रतिशोधी और भारतीय संविधान के अनुच्छेद-21 के तहत अभियुक्त के मूलभूत अधिकार का हनन है। बावजूद इसके क़ानून में निश्चित रूप से भाषा, व्याख्या, दूरदृष्टि और नज़रिये की सुरक्षा और समाज के भेड़ियों से असहाय बच्चों को बचाने के स्तर पर आमूलचूल परिवर्तन की ज़रूरत तो है ही। लेकिन सवाल वही है—बिल्ली के गले में घंटी कौन, कब और कैसे बाँधेगा?

सन्दर्भ

1. जगदीश प्रसाद शर्मा बनाम राज्य (57) 1995 डीएलटी 761

दहेज क़ानून के मकड़जाल

दहेज उत्पीड़न विरोधी क़ानून की मूल विडम्बना यह है कि यह स्त्रियों को सुरक्षा कम देता है, आतंकित और भयभीत ज़्यादा करता है। त्रासदी यह रही है कि आज तक इसका लाभ वास्तविक पीड़िताओं को कम ही मिल पाया है। ईमानदारी से कहूँ तो साफ़ तौर पर कारण यह है कि क़ानून की भाषा में दहेज माँगना, लेना या देना किसी भी तरह 'अपराध' नहीं है। दहेज हत्या 'दुर्लभतम में दुर्लभ' मामला नहीं है। दहेज उत्पीड़न 'मृत्यु से ठीक पहले' मौत होना सिद्ध करना पड़ता है। अब तो दहेज अपराधियों की गिरफ़्तारी पर भी रोक या अंकुश लग गया है। नेशनल क्राइम रिकॉर्ड ब्यूरो 2013 की रिपोर्ट के मुताबिक देश में हर घंटे एक महिला दहेज हत्या का शिकार हो रही है। यह भी तब है, जब दहेज प्रताड़ना के अधिकांश मामले तो दर्ज ही नहीं होते। क़ानूनी जाल-जंजाल या समाज में बदनामी के भय से उत्पीड़ित महिलाएँ सामने नहीं आतीं और घुट-घुटकर जीती-मरती रहती हैं। इस सब के बावजूद देश की सब से बड़ी अदालत का कहना है कि महिलाएँ क़ानून का 'नाजायज़ इस्तेमाल' ढाल की बजाय, हथियार के तौर पर कर रही हैं। सच यह है कि इस देश में बहुत से क़ानून हैं, मगर महिलाओं के लिए कोई क़ानून नहीं है और जो हैं वो अपने मूल चरित्र में अन्ततः स्त्री विरोधी ही हैं।

सर्वोच्च न्यायालय के न्यायमूर्ति चन्द्रमौली कुमार प्रसाद और पिनाकी चन्द्र घोष की खंड पीठ ने 2 जुलाई, 2014 को अरनेश कुमार[1] के मामले में दहेज क़ानून का 'दुरुपयोग' रोकने के लिए महत्त्वपूर्ण व्यवस्था दी। सर्वोच्च न्यायालय ने स्पष्ट कहा कि जिन मामलों में सात साल तक की सज़ा हो सकती है, उनमें गिरफ़्तारी सिर्फ़ इस आधार पर नहीं की जा सकती कि आरोपी ने वह अपराध किया ही होगा। गिरफ़्तारी तभी की जाए, जब पर्याप्त सबूत हों। आरोपी की गिरफ़्तारी न करने से जाँच प्रभावित हो और अपराध करने या फरार होने की आशंका हो। अदालत के निर्देश यह भी हैं कि दहेज मामले में गिरफ़्तारी से पहले, केस डायरी

में कारण दर्ज करना अनिवार्य होगा, जिस पर मजिस्ट्रेट ज़रूरी समझे तो गिरफ़्तारी का आदेश दे सकता है। इस आदेश की अनदेखी करने पर अधिकारी के विरुद्ध विभागीय कार्रवाई की जानी चाहिए। न्यायमूर्तियों ने आदेश जारी किया है कि दहेज उत्पीड़न के मामलों में भी, आरोपी को बहुत ज़रूरी होने पर ही गिरफ़्तार किया जाना चाहिए। सर्वोच्च न्यायालय का यह निर्णय दहेज क़ानून[2] तक ही सीमित नहीं है, बल्कि ऐसे सभी मामलों के लिए है जिनमे अपराध की सज़ा सात वर्ष से कम हो या अधिकतम सात साल तक ही। उल्लेखनीय है कि इस निर्णय द्वारा पति के सम्बन्धियों को भी 'रक्त-विवाह और गोद सम्बन्धों' तक ही सीमित कर दिया गया है। शेष किसी सम्बन्धी के ख़िलाफ़ मामला नहीं चल सकता।

सर्वोच्च न्यायालय ने एक बार फिर से महिलाओं द्वारा दहेज क़ानून के 'दुरुपयोग' पर 'गहरी चिन्ता' जताते हुए कहा है कि यह क़ानून बनाया तो इसलिए गया था कि महिलाओं को दहेज प्रताड़ना से बचाया जा सके, परन्तु कुछ औरतों ने इसका 'नाजायज़ इस्तेमाल' किया और दहेज उत्पीड़न की झूठी शिकायतें दर्ज कराई हैं। उल्लेखनीय है कि यह सर्वोच्च न्यायालय का ऐसा पहला या आख़िरी निर्णय नहीं है, जिसे किसी न्यायमूर्ति विशेष का पूर्वग्रह या दुराग्रह मान-समझ कर नज़रअन्दाज़ किया जा सके। हिंसा, यौन-हिंसा, घरेलू हिंसा से लेकर सहजीवन में सहमति से सम्बन्धों तक पर, उच्च न्यायालयों समेत और भी न्यायालय विवादस्पद सवाल उठा चुके हैं। दहेज क़ानूनों से परेशान 'पति बचाओ' या 'परिवार बचाओ' आन्दोलन भी राष्ट्रीय स्तर पर सक्रिय है।

सर्वोच्च न्यायालय द्वारा दहेज क़ानूनों के 'दुरुपयोग' पर जारी दिशा-निर्देश, महिला संघठनों को बेहद चौंकानेवाले हैं। विचारणीय प्रश्न यह है कि क्या वास्तव में ही स्त्रियों द्वारा दहेज क़ानूनों का 'दुरुपयोग' किया जा रहा है या अभियोग पक्ष की कमज़ोरियों के कारण सज़ा नहीं हो पाती? क्या अपराधियों को गिरफ़्तारी में असीमित छूट से, पुलिस की निरंकुशता और भ्रष्टाचार को बढ़ावा नहीं मिलेगा?

हम क्यों और कैसे भूल जाते हैं कि दहेज अपराध में सज़ा की दर इसलिए भी बेहद कम है कि अपराध घर की चारदीवारी के भीतर होते हैं, जिनके पर्याप्त सबूत नहीं होते या हो नहीं सकते। कौन देगा 'बहू' के पक्ष में गवाही? ऊपर से क़ानून में इतने गहरे गढ्ढे हैं, क़ानून के रखवाले भ्रष्टाचार से मुक्त नहीं, साधन-सम्पन वर्ग में दहेज का चलन पहले से अधिक बढ़ा है। दहेज क़ानून ऊपरी तौर पर बेहद प्रगतिशील दिखते हैं, पर दरअसल बेजान और नख-दन्त विहीन हैं। कहा यह जा रहा है कि महिलाएँ क़ानून का 'नाजायज़ इस्तेमाल' हथियार की तरह कर रही

हैं, न कि ढाल के रूप में। क़ानून अगर हथियार ही है, तो क्या सिर्फ़ महिलाएँ ही इसका 'नाजायज़ इस्तेमाल' कर रही हैं? बाकी क़ानूनों के 'दुरुपयोग' और बढ़ते अपराधों के बारे में आपका क्या विचार है?

निस्सन्देह दहेज विरोधी क़ानून तो 1961 में ही बन गया, लेकिन इस पर लगाम लगने की बजाय समस्या निरन्तर जटिल और भयंकर होती गई। इसलिए 1983 में भारतीय दंड संहिता, 1860 में संशोधन करके धारा 498A को जोड़ा गया। साक्ष्य अधिनियम में भी बदलाव किये गए। कारण, क़ानून की भाषा में दहेज माँगना, लेना या देना किसी भी तरह 'अपराध' नहीं माना-समझा गया। परिणामस्वरूप दहेज उत्पीड़न और दहेज हत्याओं के आँकड़े, साल-दर-साल बढ़ते ही चले गए और आज तक दहेज हत्या के किसी भी मामले में किसी को फाँसी नहीं हुई। जिन मामलों में हुई भी तो वो उच्च अदालतों ने आजीवन कारावास में बदल दी। सर्वोच्च न्यायालय से उम्रक़ैद की सज़ा पाए हत्यारे फाइलें गायब करवा के, तब तक बाहर घूमते रहे जब तक अख़बारों में 'भंडाफोड़' नहीं हुआ।[3]

आश्चर्यजनक तो यह भी है कि जब दहेज-हत्या के मामलों में फाँसी की सज़ा के मामले सर्वोच्च न्यायालय तक पहुँचने लगे, तो भारतीय संसद को 1986 में क़ानून बदलना पड़ा। सैकड़ों मामले हैं, किस-किस के नाम गिनवाएं। भारतीय दंड संहिता, 1860 की धारा 304B में, दहेज हत्याओं के लिए चालाकीपूर्ण ढंग से विशेष प्रावधान पारित किया गया। इस क़ानून में यह कहा गया कि शादी के सात साल बाद तक अगर वधू की मृत्यु अस्वाभाविक स्थितियों में हुई है और 'मृत्यु से ठीक पहले'[4] दहेज के लिए प्रताड़ित किया गया है, तो अपराध सिद्ध होने पर उम्र-क़ैद तक की सज़ा हो सकती है। इससे पहले दहेज हत्या के केस भारतीय दंड संहिता, 1860 की धारा 302 के तहत दर्ज होते थे और अधिकतम सज़ा फाँसी हो सकती थी। मगर संशोधन द्वारा यह पुख्ता इन्तज़ाम कर दिया गया कि दहेज हत्या के जघन्य, बर्बर और अमानवीय अपराधों में भी, फाँसी का फंदा 'पिता-पुत्र-पति' के गले तक न पहुँच सके। और अगर सज़ा हो भी तो सात साल से लेकर अधिकतम सज़ा 'उम्रक़ैद' ही हो सके।

मीडिया में प्रचारित-प्रसारित यह किया गया कि महिलाओं की रक्षा-सुरक्षा के लिए सख़्त क़ानून बनाए गए हैं। ऐसे अनेक मामले हैं, जिनमें सर्वोच्च न्यायालय सहित विभिन्न अदालतों ने अपराधियों को इसी आधार पर बाइज़्ज़त रिहा किया कि पीड़िता को 'मृत्यु से ठीक पहले' दहेज के लिए प्रताड़ित नहीं किया गया था। विधि आयोग की 202वीं रिपोर्ट इस सन्दर्भ में पढ़ने लायक है। विधि आयोग ने भी कोई विशेष संशोधन की सिफ़ारिश नहीं की।

सर्वोच्च न्यायालय के न्यायमूर्ति आर.एम. लोढ़ा (2014 में बने मुख्य न्यायाधीश) और ए.के. पटनायक की खंडपीठ ने अगस्त 3, 2010 को अमर सिंह[5] केस के फ़ैसले में कहा कि दहेज हत्या के मामले में आरोप ठोस और पक्के होने चाहिए, महज अनुमान और अन्दाज़ों के आधार पर ये आरोप नहीं ठहराए जा सकते। पति के परिजनों पर ये आरोप महज अनुमान के आधार पर सिर्फ़ इसलिए नहीं गढ़े-मढ़े जा सकते कि वे एक ही परिवार के हैं। जस्टिस आर. एम. लोढ़ा और पटनायक की खंडपीठ ने यह कहते हुए पति की माँ और छोटे भाई के ख़िलाफ़ लगाये गए दहेज प्रताड़ना और दहेज हत्या के आरोपों को रद्द कर दिया। आरोपियों को बरी करते हुए खंडपीठ ने कहा "दहेज माँगना अपराध नहीं है और दहेज के लिए उत्पीड़न मृत्यु से ठीक पहले होना चाहिए, वरना सज़ा नहीं हो सकती। वधूपक्ष के लोग पति समेत उसके सभी परिजनों को अभियुक्त बना देते हैं, चाहे उनका दूर-दूर तक इससे कोई वास्ता न हो। ऐसे में असली अभियुक्त के छूट जाने का ख़तरा बना रहता है।"

दूसरी और सुप्रीम कोर्ट जस्टिस मार्कंडेय काटजू और जस्टिस ज्ञान सुधा मिश्रा ने एक मामले[6] में कहा कि "दहेज हत्या के मामले में फांसी की सज़ा होनी चाहिए। ये केस 'दुर्लभतम में दुर्लभ' की श्रेणी में आते हैं। स्वस्थ समाज की पहचान है कि वह महिलाओं को कितना सम्मान देता है, लेकिन भारतीय समाज 'बीमार समाज' हो गया है। समय आ गया है कि वधू हत्या की कुरीति पर ज़ोरदार वार कर इसे खत्म कर दिया जाए। इस तरह कि कोई ऐसा अपराध करने की सोच न पाए।"

न्यायमूर्तियों ने यह भी कहा कि "इलाहाबाद हाई कोर्ट के फ़ैसले और आदेश से असहमत होने का कोई कारण नहीं है। वास्तव में नृशंस और बर्बरतापूर्ण हत्या के मामले में मौत की सज़ा होनी चाहिए। लेकिन आरोप धारा 302 के तहत नहीं लगाया गया, सो हम ऐसा नहीं कर सकते। वरना मामला तो यह 'दुर्लभतम में दुर्लभ' की श्रेणी में आता है और अपराधियों को मौत की सज़ा होनी चाहिए।"

हक़ीक़त यह भी है कि विधायिका ने जानबूझकर 'आधे-अधूरे' क़ानून बनाए और कभी समीक्षा करने की चिन्ता ही नहीं की। जिनके लिए क़ानून बनाए गए, उनसे न्याय व्यवस्था का कोई सरोकार बन ही नहीं पाया। दहेज क़ानून के मौजूदा रूप-स्वरूप पर पुनर्विचार कब-कौन करेगा? लाखों पीड़ित-उत्पीड़ित स्त्रियाँ न जाने कब से सम्मानपूर्वक जीने-मरने का अधिकार पाने के लिए रोज़ कचहरी के चक्कर काटती घूम रही हैं।

(राष्ट्रीय सहारा, आधी दुनिया, 26 सितम्बर, 2018)

सन्दर्भ

1. अरनेश कुमार बनाम बिहार राज्य, (2014) 8 एससीसी 273
2. भारतीय दंड संहिता 1860 की धारा 498 ए या दहेज प्रतिषेध अधिनियम की धारा 4
3. सुधा गोयल (दिल्ली राज्य बनाम लक्ष्मण कुमार व अन्य, एआईआर 1986 सुप्रीम कोर्ट 250) में 'चौथी दुनिया' और शशिबाला केस (मुलखराज बनाम सतीश कुमार, 1992 क्रिमिनल लॉ जरनल 1529) में टाइम्स ऑफ़ इंडिया में सनसनीखेज रिपोर्ट-सम्पादकीय छपने के बाद ही हत्यारों को जेल भेजा जा सका था। देखें : 'वधुओं को जलाने की संस्कृति' ('औरत होने कि सज़ा' अरविन्द जैन)
4. 'सून बिफोर डेथ' ('soon before death')
5. अमर सिंह बनाम राजस्थान, क्रिमिनल अपील नम्बर 854/2004
6. सत्य नारायण तिवारी उर्फ़ जॉली बनाम उत्तर प्रदेश राज्य, क्रिमिनल अपील नम्बर 1168/2005 दिनांक 28 अक्टूबर, 2010

न्याय के रेगिस्तान में अजन्मी बच्चियाँ

मंजू बनाम राज्य[1] केस में एक माँ ने अपनी ही कन्या की भ्रूणहत्या जैसे दिल दहला देनेवाला जुर्म किया। इसमें दिल्ली हाई कोर्ट के न्यायमूर्ति प्रदीप नन्द्रजोग और न्यायमूर्ति सुरेश कैत ने फ़ैसले में सहानुभूतिपूर्वक लिखा, "वह नवजात कन्या थी और उसका इस धरती पर आना उसके लिए आफत थी। माता-पिता के लिए चिन्ता का सबसे बड़ा मुद्दा उसकी शादी थी। नवजात कन्या उनके लिए मजबूरी के सिवाय कुछ नहीं थी। उसकी शादी का ख़याल जैसे उन्हें बर्बाद करने के लिए काफी था। गरीब होना मामूली चीज थी। समाज ने भी पैदा होने से पहले ही, उसकी मृत्यु का शोकपत्र लिख डाला था। उसकी माँ ने तो सिर्फ़ उसे जगजाहिर किया था। यह एक बेनाम नवजात की दास्तान है। सम्भवत: यह पहला फ़ैसला है, जिसमें किसी पीड़ित को उसके नाम से सम्बोधित नहीं किया जा सकता है।"

न्यायमूर्ति नन्द्रजोग ईमानदारी से मानते हैं, "मानवता इनसानी ज़िन्दगी से भी बढ़कर है, इसका हमें पता नहीं। मरने के बाद क्या होता है, इसका भी हमें कुछ नहीं पता, पर यह मान्यता है और स्वीकृति भी कि मानवीय व्यक्तित्व इनसानी जाति के रूप में आगे तक जाता है। लेकिन कन्या के लिए तो यह भी अस्वीकार्य है।"

अपीलकर्ता मंजू (मां) लेडी हार्डिंग मेडिकल कॉलेज के मैटर्निटी वॉर्ड में भर्ती थी। उसने 24 अगस्त, 2007 को दोपहर करीब 12:10 बजे एक कन्या को जन्म दिया। उसी दिन वॉर्ड में बतौर असिस्टेंट सुपरिंटेंडेंट शकुंतला अरोड़ा थीं। वे कन्या के जन्म की गवाह थीं। अपीलकर्ता मंजू को लेबर रूम से निकालकर वॉर्ड में शिफ्ट किया गया। शाम करीब 4:30 बजे बच्ची को मैटर्निटी वॉर्ड में तैनात स्टाफ नर्स बिन्दू जॉर्ज ने उसकी माँ को सौंप दिया। सायं लगभग साढ़े छह बजे बच्ची सम्बन्धित ख़बर से अस्पताल में खलबली मच गई। नर्स संगीता रानी बताती है कि मुझे ड्यूटी पर मौजूद इंटर्न डॉक्टर ने फोन पर बताया—'सिस्टर! जल्दी आओ, बच्ची बीमार

है।' पीएनसी इंटर्न ने दोषी मंजू की बच्ची को उठाया और जल्दी-जल्दी उसे ठीक करने में जुट गई। मैंने एक स्टूडेंट नर्स के जरिए सीनियर रेजिडेंट डॉ. निधि को भी बुलवाया। डॉक्टर ने बच्ची के गर्दन और नाक पर लाल व नीले रंग का निशान दिखाते हुए मुझे और सभी स्टाफ नर्स को दिखाया। उसके बाद डॉ. निधि ने पाया कि कन्या जीवित नहीं है। उसके बाद पुलिस को सूचना दी गई।

पुलिस को सूचना देने के बाद इन्वेस्टिगेटिंग ऑफिसर ने कन्या के मृत शरीर को क़ब्ज़े में ले लिया और तहक़ीकात करनेवाले दस्तावेजों को भरने के बाद, हॉस्पिटल के मुर्दाघर में पोस्टमॉर्टम के लिए भेज दिया। डॉ. अभिषेक यादव ने 26 अगस्त, 2007 की सुबह कन्या के मृत शरीर का पोस्टमॉर्टम किया और रिपोर्ट तैयार की। डॉ. यादव ने कन्या के शरीर पर आठ बाहरी चोट का पोस्टमॉर्टम रिपोर्ट में उल्लेख किया। डॉक्टरों की राय थी कि इस तरह की मौत गला घोंटने से होती है।

न्यायमूर्ति नन्द्रजोग और न्यायमूर्ति कैत इस तथ्य को बख़ूबी जानते हैं कि न्यायिक दायरे में 'सत्यमेव जयते' का बड़ा असर होता है और सुप्रीम कोर्ट अपने न्यायिक क्षेत्राधिकार के तहत 'यतो धर्मस्ततो जयते' यानी 'सिर्फ़ सचाई ही टिकती है' को मानकर काम करता है।

न्यायाधीश नन्द्रजोग ने फ़ैसला लिखते हुए स्पष्ट किया कि हमारे न्यायिक अधिकार क्षेत्र के दूसरे शब्द नीति से जुड़े हैं और सुप्रीम कोर्ट का क्षेत्राधिकार 'न्याय करने' से जुड़ा है। इसलिए सिर्फ़ सुप्रीम कोर्ट को ही भारतीय संविधान के अनुच्छेद 142 के तहत सम्पूर्ण न्यायिक अधिकार प्राप्त हैं। एलिजाबेथ बुमिलर रचित पुस्तक है—'आप सौ बेटों की माँ बनें'। दहेज, बहू जलाना, कन्या भ्रूणहत्या—निजी अनुभवों के आधार पर शोधपरक दस्तावेज होते हैं। वास्तव में ये उत्तेजित करने और विचारों में हलचल पैदा करनेवाली पुस्तक है।[2] 1986 से 2001 के बीच 50 लाख कन्या भ्रूणहत्याएँ हुईं, क्योंकि ये सब लिंग परीक्षण सम्बन्धी मेडिकल से जुड़े पेशेवरों के हाथ में था। 1994 में संसद ने क़ानून[3] बनाया (1 जनवरी, 1996 से लागू), जो पैदा होने से पहले परीक्षण तकनीकों के दुरुपयोग का जवाब था। बावजूद इसके, सुप्रीम कोर्ट ने मई, 2001 में सरकार को इसे लागू करने का निर्देश देना पड़ा। फिर भी हालात पहले जैसे ही हैं। कितने अपराधियों को सज़ा मिली? क़ानून बेमानी साबित हुआ है।

आत्मा में झाँकने के क्रम में न्यायमूर्ति नन्द्रजोग ने ख़ुद से सवाल किया, 'लेकिन, क्या अपील करनेवाली माँ एक ऐसे अपराध की जननी नहीं मानी जानी चाहिए, जिसे समाज ने निर्मित किया है। कन्या भ्रूणहत्या, मोहरे बनकर किया

जानेवाला कृत्य है। क्या समाज के पापों का यही भुगतान है? वह माँ अनभिज्ञ है। गरीबी-रेखा से नीचे दयनीय माहौल में रह रही है। उसने अपराध प्रक्रिया संहिता की धारा 313 के तहत बायें हाथ के अँगूठे से अपनी निरक्षरता साबित की है। गरीबी-रेखा से नीचे जीवन बसर करती, वह अपना झुग्गी-झोंपड़ी का पता बताती है। शायद ही वह अपनी आत्मा और शरीर को खंडित होने से बचा पायी हो या यह हकीकत साबित कर पायी हो कि उसका पति दैनिक वेतनभोगी है। हमारे सामने सबसे बड़ा मुद्दा यह है कि यदि वह अपराध करनेवाली नहीं है, तो समाज के पापों का वह भुगतान क्यों करे?'

भारतीय समाज में क़ानूनी, सामाजिक और नैतिक माहौल पर गौर करने के बाद न्यायमूर्ति नन्द्रजोग ने लाचार स्वर में कहा, "प्रतिक्रिया की प्रक्रिया ख़ुद में इतनी अविवेकपूर्ण और एकतरफ़ा है, जिसमें एक अनभिज्ञ और कमजोर के ख़िलाफ़ काफी कुछ हो जाता है। इस तरह एक अविवेकपूर्ण प्रक्रिया में एक अनभिज्ञ और कमज़ोर न्याय पर भरोसा और उससे उम्मीद कैसे करे?"

अन्ततः न्यायमूर्ति नन्द्रजोग और न्यायमूर्ति कैत ने वकीलों के तर्क सुनने और गवाही से जुड़े सबूतों पर गौर करने के बाद नतीजा निकाला कि यहाँ शक की कोई वजह नहीं। दुर्भाग्य से कम उम्र की लड़कियों का गला दबाया जाता है और याचिकाकर्ता माँ ने ख़ुद कन्या भ्रूणहत्या सम्बन्धी गुनाह किया और अपनी बच्ची की हत्या की। ऐसे जटिल और उलझे हालात में शायद कुछ सांत्वना देने के लिए, न्याय की बेड़ियों और जेल सम्बन्धी उदाहरणों का उल्लेख करते हुए न्यायमूर्ति नन्द्रजोग और न्यायमूर्ति कैत ने लुइस मैक्नीस की लिखी 'प्रेयर बिफोर बर्थ' कविता के तीन अंश सुनाए—"मैं अभी तक जन्मा नहीं हूँ। सांत्वना दीजिए; मैं डरा हुआ हूँ। क्योंकि मानव जाति मेरे आगे ऊंची दीवार चिना देगी, जिसमें काफी शक्तिशाली दवाएँ होंगी। उनकी बुद्धिमानी मुझे ललचाने के लिए होगी। काले रंग की खूंटी मुझे कँपा रही है। मुझे ख़ून से नहलाया जा रहा है।

"मैं अभी तक जन्मा नहीं हूँ, दुनिया में आने का मैं पाप कर रहा हूँ, इसके लिए मुझे माफ कर दीजिए। मेरे लिए जो शब्द वे कहें, मेरे विचार जो मेरे लिए वे सोचते हैं, मेरा लिंग मेरे नियंत्रण से बाहर है, उसके ख़िलाफ़ विश्वासघाती हैं, वे मेरी ज़िन्दगी जिसे वे मेरे हाथों से ही मार देंगे, मेरी मृत्यु होगी, उसी समय वे मेरे पास रहेंगे।

"मैं अभी तक जन्मा नहीं हूँ। जब मैं खेलूँ, तो मेरा अंग सहलाओ, जब मैं इशारा करूँ तो बूढ़े आदमी की तरह मुझे सिखाओ, नौकरशाह मुझ पर धौंस दिखायें, पहाड़ बनकर मेरी रक्षा करो, प्रेमीजन मुझ पर हँसें, सफेद कॉलर वाले मुझे मूर्ख

समझें और मुझे पराया कहें और भिखारी भेंट स्वरूप मुझे लेने से इनकार करें। यहाँ तक कि मेरे बच्चे अभिशाप कहकर दोष मढ़ें।"

निर्णय में आगे लिखा है कि दरअसल, समाज में रह रहा इनसान पापों को अंजाम देता है। दिल की गहराई से महसूस हुआ कि अजन्मी बच्ची की हालत सम्बन्धी चिन्ता आत्मप्रवंचना है। आख़िर वह आधुनिक समाज का मुकाबला कैसे करेगी? मानवता को आधुनिक समाज के आतंकों से कैसे बचाएगी? वह आधुनिक मानवता का किस तरह सामना करेगी और कैसे वह ईश्वर या मानवता इन ख़ून चूसनेवाले चमगादड़ों यानी आधुनिक समाज के चमगादड़ों से सुरक्षित करेगी या डंडा मारनेवाले पिशाच से बचाएगी? इसी तरह के दूसरे भय समाज में हैं। इसी तरह के और अवरोधक समाज में ही हैं—ड्रग, झूठ, यातना और हिंसा इन्हीं की कई शक्लें हैं। अजन्मी बच्ची सुरक्षित होना चाहती है। धरती विकृत हो रही है और अजन्मी बच्ची ईश्वर से प्रार्थना कर रही है कि वे उसे शारीरिक, मानसिक और भावनात्मक रूप से सेहतमंद रखें। अजन्मी बच्ची का महसूसना है कि आधुनिक समाज अपनी पहचान खो रहा है, क्योंकि वहीं उसे पापों का पिटारा मिल रहा है। समाज ही मर्द और औरत में पाप उड़ेल रहा है। चूँकि बच्ची दुनिया का एक हिस्सा होगी, इसलिए उनके पाप कर्म में लिप्त होने की सम्भावना है। उसे जो भी पढ़ाया जाएगा, वही वह बोलेगी। उसे जिस तरह प्रशिक्षित किया जाएगा, वैसा ही सोचेगी और क्षमा भी वैसे ही माँगेगी। वास्तव में एक माँ की दलील भी बच्चे जैसी ही तो होती है।

न्यायाधीश नन्द्रजोग ने साफ़ कहा कि भारत की जनता का नैतिक पतन होने का मतलब है कि भारत में सज़ा-सम्बन्धी क़ानून कारगर नहीं है। इस तरह समझाने-बुझाने की नीति नाकाम हो चुकी है और कुशलता और काव्यमय ढंग से समझाया गया है कि दुनिया की उम्र काफी कम हो गई है। इसके लिए महज आंकड़ों से इस तरह समझाया जा रहा है—दुनिया की आबादी बढ़ने में सिर्फ़ एक संख्या ही तो जोड़ी जाती है, दुनिया में औरत की आबादी में सिर्फ़ एक संख्या ही तो जोड़ने से काम चल जाता है, इस तरह एक संख्या कम करने से दुनिया की आबादी में वह कम हो जाती है। भारत में पुरुष-महिला के औसत आगे भी असन्तुलित होना है। पैदा होनेवालों के रजिस्टर में एक एंट्री भर ही तो हुई, इस तरह मृत्यु सम्बन्धी रजिस्टर में एक ही तो कम हुआ। एक मुस्कराहट ही तो हमेशा के लिए छिन गई!

अजन्मा बच्चा सुरक्षित होना चाहता है। धरती विकृत हो रही है और अजन्मा बच्चा ईश्वर से प्रार्थना कर रहा है कि वे उसे शारीरिक, मानसिक और भावनात्मक रूप से सेहतमंद रखें।

न्यायमूर्ति नन्द्रजोग ने टिप्पणी की है, "कोई तार्किक व्यक्ति कन्या भ्रूणहत्या की तरफ़दारी नहीं करेगा। यह न सिर्फ़ दंडनीय अपराध है, बल्कि ईश्वर के प्रति पाप भी है। ज़िन्दगी रूपी तोहफा मानवता के प्रति ईश्वर का महानतम उपहार है। बच्ची की पैदाइश जीवन की पैदाइश है। यह अभिभावकों की ओर से दिया गया जीवन नहीं है, लेकिन अभिभावक द्वारा दिया गया जीवन अवश्य है। व्यापक रूप से सामाजिक तरंगों पर गौर करें तो आनेवाली ज़्यादातर याचिकाओं में कन्या के ख़िलाफ़ क्रूरता ज़्यादा दिखती है। इससे पता चलता है कि पुरुष के ख़िलाफ़ काफी कम मामले हैं—औसतन औरतों का सेक्स जैविक रूप से ज़्यादा सशक्त है, फिर भी वह अल्पसंख्यक है। आज़ादी के साठ साल बीतने के बाद भी तथाकथित आधुनिक समाज कन्याओं को लेकर अपना रवैया नहीं बदल पाया है। चाहे गाँव हो या शहर, शिक्षित हो या बेपढ़ा, धनी हो या निर्धन, हर जगह कन्या को लेकर प्रतिकूल हालात हैं। 21वीं सदी में भी सामाजिक सोच का यह दुखद पहलू है।"

आगे चलकर न्यायमूर्ति नन्द्रजोग ने यह भी कहा कि "इसका कारण कन्या की शादी के दौरान दहेज है। इसीलिए कन्या के साथ ऐसा बर्ताव होता है और पुत्र को इसीलिए पूँजी की तरह देखा जाता है। समाज भूल जाता है कि एक पुत्र तभी तक पुत्र है, जब तक उसकी शादी नहीं हुई रहती, लेकिन एक पुत्री ताउम्र पुत्री होती है।"

न्यायमूर्ति को अनेक सवालों का सामना करना पड़ रहा है। अगर कन्या को लेकर आज़ादी के 60 साल की समयावधि में समाज का तथाकथित आधुनिकीकरण होने के बावजूद सामाजिक रवैये में बदलाव नहीं आया, तो फिर क्या रास्ता है? क्या न्यायिक तौर-तरीकों में सामाजिक बर्ताव शामिल नहीं है? क्या न्याय दिलाने की संस्कृति में कोई अहम बदलाव आया है? इस अन्याय को होने से कैसे रोका जाए और वह भी तब, जब क़ानून की चीलों ने भी लाचारी से सर्वोत्तम क्रिया-प्रतिक्रिया दी हो!

इस अँधेरिया मोड़ पर आकर माननीय न्यायाधीशों को आश्चर्य हुआ कि 'अपनी समस्त प्रतिभाओं के बावजूद इंडिया या भारत अन्य देशों के समुदाय के साथ कदम से कदम मिलाकर चल पाने में क्यों अक्षम है और वह भी तब, जब हमारा सिर बिल्कुल ऊंचा है। शायद इसका कारण यह है कि हम अपने 50 प्रतिशत नागरिकों के साथ ऐसा बर्ताव करते हैं, इनमें हमारी बहनें भी हैं, जिन्हें दोयम दर्जे का और जूनियर पार्टनर माना जाता है। बिना यह सोचे कि कदमताल करने के दौरान अगर आपका सहयोगी थोड़ा पीछे रह गया है, तो आपकी ही प्रगति धीमी होगी।'

माननीय न्यायमूर्तियों ने विश्लेषण किया कि अपीलकर्ता (मां) से सम्बन्धित मेडिकल पेपर्स दर्शाते हैं कि उसके माता-पिता ने उसकी शादी मात्र 15 वर्ष की कच्ची उम्र में कर दी थी। इस अपरिपक्व उम्र में अपीलकर्ता (मां) बतौर गृहिणी और माँ की भूमिका उसी सूरत में निभा सकती है, जब उसे कुछ सिखाया जाए और किसी दूसरे के कहे के अनुसार चला जाए। निस्सन्देह, जब तक वह माँ बनी होगी, क़ानून के मुताबिक वह वयस्कता की दहलीज पर पहुँच चुकी होगी। भले ही कहा जाए कि चाहे जिन भी परिस्थितियों में वह ख़ुद के बारे में सोचने व आसपास के सामाजिक वातावरण से लड़ने के लिए परिपक्व हो गई हो? मनीष सिंह बनाम राज्य सरकार[4] में दिल्ली हाई कोर्ट ने विवशतापूर्वक सुझाव दिया कि यह सिर्फ़ संसद के विमर्श के लिए है कि हिन्दू विवाह क़ानून और बाल विवाह (निषेध) क़ानून के मौजूदा प्रावधान नाकाफी साबित हुए हैं या बाल विवाह को रोकने की कोशिश करने में नाकाम रहे हैं और उन्हें किसी उपचारात्मक या सुधारात्मक कदम उठाने की ज़रूरत है। सुशीला गोथाला बनाम राजस्थान सरकार[5] में राजस्थान हाईकोर्ट ने बाल विवाह (निषेध) सम्बन्धी सलाह देते हुए कहा, "मेरे विचार से किसी भी सूरत में क़ानून के उल्लंघन के तहत तब तक बाल विवाह होने को रोका नहीं जा सकता, जब तक ख़ुद समाज द्वारा इसे दूर न किया जाए और पुराने रिवाजों को जड़ से मिटा न दिया जाए।" सर्वाधिक पीड़ादायक बात यह है कि सामाजिक बुराई के रूप में फैली इस प्रथा से इनकार करने के बजाय, समाज द्वारा इसे स्वीकृति मिली हुई है। इसमें भी कोई शक नहीं कि बाल विवाह के परिणाम कई रूपों में सामने आते हैं। जो बच्चे शादी का अर्थ नहीं समझते, उनकी कम उम्र में शादी कर दी जाती है। कितनी ही महिलाएँ जिनकी शादी बचपन में हो चुकी है, वे अपने ही पति द्वारा निरक्षर होने या अन्य कारणों से वयस्क या बालिग होने पर छोड़ दी जाती हैं। इस सामाजिक बुराई की जमकर निन्दा करना बहुत ज़रूरी है। पर दुर्भाग्यपूर्ण है कि कोई भी सामाजिक संगठन बाल विवाह जैसे दोषों व बुराइयों के प्रति जनता को जागरूक करने के लिए आगे नहीं आते।

मुझे लगता है कि अन्तर्विरोधी और विसंगतिपूर्ण यथार्थ में उलझने की अपेक्षा बेहतर होता, अगर न्यायमूर्ति बाल विवाह क़ानूनों का सूक्ष्मतापूर्ण विवेचन भी करते और अपने ठोस सुझाव देते।

माननीय न्यायमूर्तियों ने इस हक़ीक़त को स्वीकार किया कि कन्या के ख़िलाफ़ होनेवाले अपराध विकृत सामाजिक पैमाने और बीभत्स सामाजिक सोच की देन हैं और अपीलकर्ता जो न सिर्फ़ झुग्गी में रहती बेपढ़ी-गरीब है और जिसकी शादी मात्र 15 साल में हो गई, वह कभी भी कोई जुर्म करने की साज़िश ख़ुद से

नहीं रच सकती। वह तो उस शख़्स के हाथों की कठपुतली भर है, जिसने उसे यह सब करने का हुक्म सुनाया या रास्ता दिखाया। आपराधिक न्याय प्रणाली के जरिये कोई नियम क्यों नहीं तैयार किया जाता? माननीय न्यायमूर्तियों ने तब जानबूझकर क्रिमिनल रूल्स ऑफ प्रैक्टिस, केरल-1982 की नियम संख्या-131 को स्पष्ट किया उन सभी मामलों में, जिनमें कोई औरत नवजात शिशु की हत्या की दोषी बताई गई हो। हाई कोर्ट के जरिए सरकार को बताया गया है कि यहाँ सज़ा को कम करने या उससे जुड़े मामलों में रिकॉर्ड के लिए सम्बन्धित कॉपियाँ नत्थी की जाएँगी। पर एक बार फिर हैरानी हुई कि केन्द्रशासित क्षेत्र दिल्ली में आपराधिक मामलों में न्यायिक व्यवस्था की प्रभारी राज्य सरकार के रूप में ऐसी सरकार नहीं है और इसीलिए हमने दिल्ली सरकार को नवजात कन्या की हत्या की गुनहगार महिला को कम-से-कम केरल राज्य में बने नियमों के मुताबिक मानने सम्बन्धी सलाह दी।

किसी निष्कर्ष पर पहुँचने से पहले माननीय न्यायमूर्तियों ने एक बार दोहराया— "हमारे अनुरोध को बतौर 'मैनडामस' के तौर पर नहीं लेना चाहिए। हमने साफ़ कहा है कि अपीलकर्ता के प्रति सहानुभूति जैसी चिन्ता दर्शाने का अर्थ हमारी ओर से यह नहीं है कि हम कन्या शिशुहत्या को कोई संगीन जुर्म नहीं मानते। हक़ीक़त यह है कि यह संगीन जुर्म है और दोषी के प्रति किसी प्रकार की हमदर्दी नहीं दिखाई जा सकती। सिर्फ़ इस तथ्य पर गौर हो कि दोषी ख़ुद ही अपने निरक्षरता, गरीबी और सामाजिक वंचना के कारण समाज की उपेक्षा का शिकार थी।" यदि यह कहना सही है कि दोषी को सहानुभूति और दया की ज़रूरत नहीं तो क्यों, कैसे और किस आधार पर माननीय न्यायमूर्तियों ने अपने फ़ैसले में यह स्वीकारा कि "वह परित्यक्ता है, जो तकलीफ़देह हालात में गरीबी रेखा के नीचे रहती है। धारा- 313 सीआर.पी.सी. के तहत उसके द्वारा दिए गए ख़ुद के बयान में बाएँ हाथ के अँगूठे की छाप ही उसके अनपढ़ होने का गवाह है। उसके पते से पता चलता है कि वह झुग्गी-झोंपड़ी में रहती है। माननीय न्यायमूर्तियों ने आगे साफ़ किया, 'कन्या के प्रति अपराध विकृत सामाजिक दस्तूर और तंग नज़रिये की ही देन हैं। इस तरह अशिक्षित, गरीब और झुग्गीवासी अपीलकर्ता की सिर्फ़ 15 वर्ष की उम्र में ही शादी हो गई हो, तो उसे अपराध को अंजाम देने जैसी भूमिका के लिए ज़िम्मेदार नहीं ठहराया जा सकता।"

(राष्ट्रीय सहारा आधी दुनिया, 6 जुलाई, 2011)

सन्दर्भ

1. (2010 क्रिमिनल लॉ जर्नल 2307)
2. 'May You Be the Mother of a Hundred Sons', Elisabeth bumiller, Ballantine Books, 1991
3. Pre-conception and Pre-natal Diagnostic Techniques Act, 1994 (PNDT)
4. एआईआर 2006 दिल्ली 37
5. 1995 (1) डीएमसी 198

यौन स्वतंत्रता, क़ानून और नैतिकता

सरकार का नारा है 'बेटी बचाओ, बेटी पढ़ाओ'। इसके विपरीत सामाजिक-सांस्कृतिक आकांक्षा है 'आदर्श बहू'। वैसे भारतीय शहरी मध्य वर्ग को 'बेटी नहीं चाहिए'। बेटी मायने दान-दहेज आदि-आदि। अनावश्यक खर्चे। अगर बेटियाँ हैं भी तो उन्हें हर हाल में किसी भी तरह की बाहरी यौन हिंसा से एकदम 'सुरक्षित' रहना चाहिए। देसी सामन्ती जुबान में सती-सावित्री। अन्तर्विरोध यह है कि रिश्तों की किसी भी छत के नीचे स्त्रियाँ पूर्ण रूप से सुरक्षित नहीं हैं। समाज की क्रूरता ही है कि यौन हिंसा, हत्या, आत्महत्या, दहेज प्रताड़ना और तेज़ाबी हमले लगातार बढ़ते जा रहे हैं। दरअसल पुरुषों को घर में घूँघट या बुर्केवाली औरत ही चाहिए—सीता, सावित्री, पार्वती, तुलसी या आनन्दी टाइप। लेकिन 'आनन्द बाज़ार' और ब्रांड चलाने-बेचने के लिए 'बोल्ड एंड ब्यूटीफुल' बिकनीवाली। सो स्त्रियों को सहमति के लिए लाखों डॉलर, पाउंड, दीनार, सोने का लालच, विश्व सुन्दरी के ईनाम व प्रतिष्ठा और जो सहमत नहीं उनके साथ जबरदस्ती यानी हिंसा, यौन-हिंसा, दमन, उत्पीड़न, शोषण के तमाम हथकंडे। पुरुषों के लिए घर-बाहर पूर्ण यौन स्वतंत्रता है।

संक्षेप में 'नया क़ानून' यह है कि शादी से पहले 'सहजीवन' और शादी के बाद पत्नी से बलात्कार और अन्य यौन क्रीड़ाओं तक का क़ानूनी अधिकार और घर से बाहर 'व्यभिचार' (कॉल-गर्ल, एस्कॉर्ट, वेश्या या प्रेमिका) की खुली क़ानूनी छूट...'समलैंगिकता' भी अपराध नहीं! स्त्रियों को 'सबरीमाला' या किसी भी मन्दिर जाने पर रोक नहीं और मर्दों को किसी भी लाल बत्ती क्षेत्र में कोई नहीं पकड़ेगा। व्यभिचारिणी (अपवित्र) पत्नी को गुज़ारा भत्ता तक नहीं मिलेगा। दहेज की शिकायत पर कोई गिरफ़्तारी नहीं...बहुत कर लिया दहेज क़ानूनों का दुरुपयोग![1] समाज में व्यभिचार बढ़े या देह-व्यापार, स्त्री शोषण-उत्पीड़न बढ़े या यौन-हिंसा के आँकड़े! स्त्रियाँ चीखती-चिल्लाती रहें 'सोशल मीडिया' पर #मीटू!

सुप्रीम कोर्ट के पाँच न्यायमूर्तियों की संवैधानिक पीठ ने 'व्यभिचार'[2] को असंवैधानिक करार दे दिया है।[3] और कोई रास्ता भी नहीं था। 158 साल पुराने क़ानूनों में से एक, इस क़ानून को देश की सबसे बड़ी अदालत असंवैधानिक ही करार दे सकती थी। पत्नियों को पति के विरुद्ध शिकायत का अधिकार देती, तो पितृसत्ता के लाड़लों की सारी पोल ही न खुल जाती।

सुप्रीम कोर्ट के उपरोक्त निर्णय से पहले धारा-497 के अनुसार अगर कोई व्यक्ति किसी अन्य व्यक्ति की पत्नी से, उसके पति की सहमति से या मिली-भगत के बिना सहवास (बलात्कार नहीं) करता था, तो व्यभिचार का अपराधी माना जाता था, जिसके लिए उसे पाँच साल की क़ैद या जुर्माना या दोनों हो सकते थे। लेकिन ऐसी किसी भी स्थिति में महिला को उत्प्रेरणा का अपराधी नहीं माना जाता था। जबकि तलाक़ के लिए पति या पत्नी द्वारा शादी के बाद (पहले नहीं) पति-पत्नी के अलावा किसी भी अन्य व्यक्ति के साथ स्वेच्छा से सहवास करने पर एक-दूसरे के विरुद्ध तलाक़ का मुकदमा दायर किया जा सकता है। मतलब सज़ा के लिए व्यभिचार की परिभाषा अलग और तलाक़ के लिए परिभाषा अलग।

धारा-497 का दूसरा साफ़-साफ़ अर्थ यह था कि व्यभिचार सिर्फ़ किसी दूसरे की पत्नी के साथ सम्बन्ध रखना था और वह भी अगर उसके पति की भी सहमति या मिली-भगत न हो। दो पति आपस में अपनी पत्नियाँ एक-दूसरे से बदल लें, तो कोई व्यभिचार नहीं था/है। मैं नहीं जानता कि भारतीय समाज में ऐसा भी होता है या नहीं, लेकिन इस सन्दर्भ में कुछ साल पहले एक कहानी[4] ज़रूर पढ़ी थी और पढ़कर बहुत दिन तक भुनभुनाता रहा था। खैर...इसका अर्थ यह हुआ कि आपसी सहमति से पुरुष किसी भी बालिग, अविवाहित, विधवा या तलाक़शुदा महिला से कोई अपराध किए बिना यौन सम्बन्ध रख सकते थे/हैं, चाहे ऐसी महिला उनकी अपनी ही माँ, बहन, बेटी, बुआ, मौसी, भाभी, चाची, ताई, भतीजी या भानजी क्यों न हो। हालाँकि ऐसी कुछ महिलाओं के साथ वैध विवाह नहीं किया जा सकता। विवाहित महिला से भी सम्बन्ध रख सकते थे, बशर्ते उसके पति को कोई ऐतराज न हो। पति का क्या है, वह सहमति दे सकता था/है या सब कुछ देखते हुए भी चुप्पी साध सकता है, अगर उसका कोई हित सधता हो। अपने हित के लिए सब कुछ उचित था/है शायद। इस सन्दर्भ में शानीजी की कहानी 'इमारत गिरानेवाले' और कृष्णा सोबती का उपन्यास 'दिलो दानिश' उल्लेखनीय है। पढ़ना चाहें तो 'मदाम बावेरी, 'लेडी चैटरली'स लवर' और 'अन्ना केरेनिना' भी महत्त्वपूर्ण हैं।

कुल मिलाकर क़ानूनी मतलब यह कि पत्नी पति की सम्पत्ति थी/है, पति चाहे तो ख़ुद इस्तेमाल करे, न चाहे तो न करे या चाहे तो किसी को इस्तेमाल करने दे और न चाहे तो न करने दे। पत्नी की अपनी इच्छा, मर्जी या सहमति का न कोई अर्थ, न अधिकार। पति की सहमति के बिना सम्बन्ध रखने का परिणाम होता पुरुष के लिए जेल और पत्नी के लिए तलाक़। पति अगर व्यभिचारी हो, तो पत्नी को पति या उसकी प्रेमिका के ख़िलाफ़ शिकायत तक करने का अधिकार नहीं था/है।[5]

व्यभिचार के क़ानूनी प्रावधान (धारा-497) में पुरुषों को ऐयाशी की खुली छूट ही नहीं दी गई थी, बल्कि कहीं यह अधिकार भी दे दिया गया था (है) कि वह ज़रूरत पड़ने पर अपनी पत्नी को अपने हितों की ख़ातिर 'वस्तु' की तरह इस्तेमाल भी कर सके। इधर अख़बारों में पति-पत्नी द्वारा मिलकर वेश्यावृत्ति करने की बहुत सी ख़बरें छपी हैं, जो हमारी धारणा को और अधिक पुष्ट करती हैं।

वास्तव में धारा-497 ही ऐसा क़ानूनी सुरक्षा-कवच है, जिसके कारण समाज, जिस में व्यापक स्तर पर वेश्यावृति और कॉलगर्ल व्यापार फैल रहा है। वेश्यावृत्ति के बारे में बने क़ानून के अनुसार अनैतिक देह-व्यापार नियंत्रण अधिनियम के किसी भी प्रावधान में पुरुष ग्राहक पर कोई अपराध ही नहीं बनता। पकड़ी जाती हैं हमेशा वेश्याएँ, कॉलगर्ल या दलाल। देह व्यापार में अरबों का लेन-देन हर साल होता है, लेकिन वेश्याओं की आर्थिक स्थिति? वेश्या, कॉलगर्ल या अनैतिक चरित्र की महिलाएँ ही क्यों, भारतीय क़ानून पति द्वारा 18 साल से बड़ी उम्र की पत्नी के साथ सहवास को भी बलात्कार नहीं मानता—धारा 375 का अपवाद। इंग्लैंड की एक अदालत ने कुछ साल पहले एक निर्णय में पति द्वारा पत्नी से ज़बरदस्ती सहवास को बलात्कार माना, लेकिन भारत में अभी ऐसे किसी फ़ैसले की उम्मीद करना मूर्खता होगी।

सवाल है कि अदालतें सामाजिक नैतिकता की 'सुरक्षा प्रहरी' क्यों नहीं होतीं? सामाजिक नैतिकता का क़ानून से कोई सम्बन्ध हो या न हो लेकिन क़ानून की अपनी भी तो कोई नैतिकता होनी ही चाहिए। सामाजिक नैतिकता और क़ानून के बीच जो गहरी खाई है, वह समाज में अनैतिकता, व्यभिचार और यौन-हिंसा को बढ़ावा नहीं दे रही? या फिर समाज में लगातार बढ़ती अनैतिकता, व्यभिचार और यौन-हिंसा को रोकने में क़ानून पूरी तरह लाचार और बेकार नहीं है? क्या व्यभिचार पर क़ानूनी अंकुश न होने के कारण ही कहीं अवैध सम्बन्धों की पृष्ठभूमि में तनाव, लड़ाई-झगड़े, मारपीट, तलाक़, आत्महत्या या हत्या के मामले नहीं बढ़ रहे या नहीं बढ़ेंगे? व्यभिचार के परिणामस्वरूप इसकी सबसे अधिक शिकार या पीड़ित पक्ष

औरतें ही क्यों हैं? क्या इसलिए कि उसके पास कोई विकल्प या बचाव का कोई रास्ता ही नहीं छोड़ा गया है?

व्यभिचार के आधार पर तलाक़-सम्बन्धी प्रावधान फौजदारी क़ानून से कहीं बेहतर हैं, क्योंकि वहाँ पति या पत्नी द्वारा एक-दूसरे के अलावा किसी से भी यौन सम्बन्ध को व्यभिचार माना गया है। परिभाषा बेहतर है, लेकिन व्यभिचार को प्रमाणित करना कितना मुश्किल है या कितना आसान? अधिकतर इस प्रावधान का प्रयोग पुरुषों द्वारा अपनी पत्नी पर व्यभिचार के झूठे-सच्चे आरोप लगाकर अपमानित करने और छुटकारा पाने के लिए ही किया जाता है। भरण-पोषण भत्ता न देने-लेने के लिए तो, अक्सर ऐसे ही आरोप लगाए जाते हैं, क्योंकि बचाव के लिए ऐसे क़ानूनी प्रावधान बनाए गए हैं।

व्यभिचार के आधार पर तलाक़ के एक मुकदमे[6] को देखें। पत्नी ने पति को एक लड़की के साथ कमरे में आपत्तिजनक अवस्था में रंगे हाथों पकड़ा और फिर तलाक़ का मुकदमा दायर किया। तलाक़ मिल जाता, लेकिन अपील में दिल्ली हाई कोर्ट ने कहा कि अधिक से अधिक यह पति के 'असभ्य व्यवहार' का प्रमाण है 'व्यभिचार' का नहीं, क्योंकि यह प्रमाणित नहीं किया गया है कि पति ने लड़की के साथ सहवास किया, जो क़ानून की परिभाषा के अनुसार अनिवार्य है। अपने फ़ैसले की पुष्टि में इंग्लैंड के दो फैसलों का उदाहरण भी दिया गया था कि पत्नी द्वारा किसी अन्य से हस्तमैथुन या बिना सहवास के यौन-सम्बन्ध व्यभिचार नहीं है। इसी फ़ैसले में एक जगह (पृष्ठ 331) में लिखा है कि 'कृत्रिम गर्भाधान' व्यभिचार नहीं है। क्योंकि इसमें सहवास नहीं है या पुरुषों का कृत्रिम गर्भाधान द्वारा पिता बनने का गौरव पाने में कोई परेशानी नहीं है? पिता भी बन गए और किसी को पता भी नहीं चला कि पति 'नपुंसक' है। पत्नी को कृत्रिम रूप से गर्भाधान करने का अधिकार तो है, लेकिन बच्चे गोद लेने का फ़ैसला और अधिकार सिर्फ़ पति को, पत्नी की तो सहमति-भर चाहिए। हां, ऐसे ही दोहरे चरित्र वाला है हमारा क़ानून और समाज।

यह सच है कि अवैध सम्बन्धों में स्त्री-पुरुष समान रूप से भागीदार होते हैं। दो बालिग स्त्री-पुरुष आपस में जैसे सम्बन्ध रखना चाहें रखें, लेकिन क़ानून में विवाहित स्त्रियों के साथ जिस तरह पक्षपात किया जा रहा था/है, वह उचित ही नहीं अन्यायपूर्ण भी था/है। पत्नी को व्यभिचारी पुरुष या प्रेमिका के विरुद्ध फौजदारी क़ानून में शिकायत करने का अधिकार दिया जाना चाहिए, परन्तु पुरुष समाज को डर है कि अगर ऐसा हो गया तो उनकी ऐयाशी ही नहीं, सारा देह व्यापार, नारी शोषण-उत्पीड़न के हथकंडे और औरतों पर हुकूमत के सारे हथियार ही चौपट हो

जाएँगे। सामाजिक नैतिकता से जुड़े बिना, क़ानून समाज का कोई भला नहीं कर सकते। क़ानून सामाजिक नैतिकता के प्रहरी नहीं बन सकते, तो न्याय के प्रहरी कैसे बन सकते हैं? तब तो मानना पड़ेगा कि अदालतें न्याय नहीं, सिर्फ़ फ़ैसले सुनाती हैं और न्यायाधीश, न्यायमूर्ति नहीं मात्र निर्णायक भर हैं। नैतिकता के बिना, न्याय नपुंसक नहीं होता क्या?

व्यभिचार की संवैधानिक वैधता के मामले[7] में न्यायमूर्ति वाई. वी. चन्द्रचूड का विचार था कि 'फौजदारी क़ानून की अपेक्षा दीवानी क़ानून में बेहतर व्याख्या दी गई है। अगर हम फरियादी की दलील मान लें तो धारा-497 को क़ानून से निकाल फेंकना पड़ेगा। उस हालत में व्यभिचार और भी निरंकुश हो जाएगा और तब किसी को भी व्यभिचार के अपराध में सज़ा देना नामुमकिन हो जाएगा, इसलिए समाज का हित इसी में है कि 'सीमित व्यभिचार दंडनीय बना रहे।' लेकिन सभी न्यायमूर्ति और उनके पुत्र न्यायमूर्ति धनंजय चन्द्रचूड अपने पिता (न्यायमूर्ति वाई. वी. चन्द्रचूड) के विचारों-तर्कों से सहमत नहीं।

लिंग समानता और स्त्री मुक्ति के नारे की आड़ में यह निर्णय मर्दों को व्यभिचार/ऐयाशी/शोषण/देह-व्यापार की असीमित छूट ही देगा और फ़ैसले के दूरगामी भयंकर परिणाम होंगे। हालाँकि विवाहित स्त्री के लिए तो 'व्यभिचार' पहले भी न अपराध था और न कोई सज़ा। हाँ! इस फ़ैसले से मर्दों को भी 'अपराध-मुक्त' कर दिया गया है। पत्नी को व्यभिचारी पति या उसकी प्रेमिका के विरुद्ध शिकायत तक करने का अधिकार नहीं था। अब 'व्यभिचार' अपराध नहीं रहा, तो शिकायत की बात ही खत्म। विवाहित स्त्री को इस फ़ैसले से कुछ भी 'हासिल' नहीं हुआ और होना भी नहीं था। कुछ 'अति उत्साही' महिलाएँ इस फ़ैसले से बहुत ख़ुश हैं कि अब वो किसी की सम्पत्ति नहीं...पति मालिक नहीं... आदि-आदि! मीडिया भी खूब लिंग समानता की बात उछाल रहा है।'परस्त्री गमन' अब संविधान सम्मत क़ानून, (अ)नैतिकता का प्रहरी नहीं। समझना मुश्किल है कि इस फ़ैसले से स्त्रियों को ऐसा क्या मिल गया, जो पितृसत्ता का प्रचार-प्रसार तंत्र इतनी उछल-कूद मचा रहा है?

सवाल है कि अगर आपसी सहमति से यौन सम्बन्ध अपराध या अनैतिक नहीं, तो वेश्यावृत्ति[8] भी असंवैधानिक होनी चाहिए! 18 साल से कम उम्र की लड़की से यौन सम्बन्ध बलात्कार का अपराध माना जाता है, मगर लाखों नाबालिग लड़कियों से रोज बलात्कार होता है। और आज तक एक भी रिपोर्ट दर्ज नहीं, क्यों? अगर 'व्यभिचार' अपराध नहीं, तो 'बहुविवाह' का विरोध क्यों? जब तक पति को क़ानूनी रूप से अपनी बालिग पत्नी से बलात्कार

तक करने की छूट (क़ानूनी अधिकार) है, तब तक ऐसे काग़ज़ी फ़ैसले व्यर्थ और अर्थहीन हैं। क़ानून की नज़र में तो विवाहित औरत अभी भी पति की ही सम्पत्ति है और बनी रहेगी। पति को वैवाहिक बलात्कार से छूट का प्रावधान भी असंवैधानिक घोषित करके तो दिखाओ ना! वैवाहिक सम्बन्धों की पुनर्स्थापना सम्बन्धी क़ानून[9] तो अभी भी बना ही हुआ है ना! रुकमा बाई केस (1884) से लेकर अब तक क्या बदला![10]

लगभग अठारह साल पहले आपराधिक प्रक्रिया संहिता, 1973 की धारा 125 की उप-धारा 3 के अन्त में एक स्पष्टीकरण दिया गया है—"अगर किसी ने अन्य महिला से विवाह कर लिया है या रखैल रख ली है, तो यह समझा जाएगा कि पत्नी के लिए पति से अलग रहने का उचित कारण मौजूद है।" लेकिन उप-धारा 4 में प्रावधान किया गया है कि अगर पत्नी (तलाक़शुदा भी) व्यभिचारपूर्ण जीवन व्यतीत कर रही है, तो वह अपने पति (पूर्व पति) से गुज़ारा-भत्ता लेने की अधिकारी नहीं होगी। मतलब यह कि पुरुष (पति) को व्यभिचार करने (रखैल रखने) का क़ानूनी अधिकार है, लेकिन ऐसी पत्नी (व्यभिचारिणी, कुलटा, पतिता, छिनाल, वेश्या, वग़ैरह) को गुज़ाराभत्ता तक नहीं मिलेगा। ऐसे ही प्रावधान सभी धर्मों के विवाह अधिनियमों में भरे पड़े हैं।[11] कहीं 'लिविंग इन एडल्ट्री' शब्द का प्रयोग किया गया है और कहीं 'शुड बी चेस्ट'। धर्मांतरण के बाद भी भत्ता नहीं मिलेगा। यानी स्त्री न धर्म बदल सकती है और न पुरुष। गुज़ारा भत्ता चाहिए तो 'सती, सीता-सावित्री' बनकर रहे...वरना! भारतीय विधि आयोग की रिपोर्ट[12] में इन प्रावधानों को हटाने का सुझाव दिया गया था, लेकिन स्त्री की चीख कौन सुनता है![13]

'औरत होने की सज़ा'(ओं) की लिस्ट बहुत लम्बी-चौड़ी है, वो यहाँ और अभी नहीं। विवाहेतर सम्बन्ध अपराध नहीं, मगर इसके परिणामस्वरूप हुए बच्चों (अवैध) का उत्तरदायित्व स्त्री को ही उठाना होगा। यही सलाह देंगे न कि 'सुरक्षित सम्बन्धों के लिए 'निरोध' इस्तेमाल करें!' मत भूलो कि व्यभिचारी तो अभी भी अपराधी/अधम/नीच/पापी ही समझा जाएगा। क़ानून ने अपराध-मुक्त कर दिया तो क्या...अर्धसामन्ती समाज के 'मर्द' भी उसे क्षमा कर देंगे? मामला खाप पंचायत से लेकर 'ऑनर किलिंग' तक फैला है और फैलेगा। धाँय.. धाँय..! पत्नी को ग़ैर-मर्द के साथ आपत्तिजनक स्थिति में देखकर गुस्से या उत्तेजना (grave and sudden provocation) में उनकी हत्या करने पर सज़ा में कमी/छूट/रियायत करने का विधि-विधान अभी भी वहीं है। है ना! पाठक चाहें तो पढ़ें के.एम. नानावती बनाम महाराष्ट्र[14] केस या याद करें फिल्म 'ये रास्ते हैं प्यार के' या 'रुस्तम'...!

'व्यभिचार' को असंवैधानिक घोषित करने से पहले, उल्लेखनीय है कि समलैंगिकता[15] पर दिल्ली उच्च न्यायालय ने फ़ैसला[16] सुनाया था कि यह प्रावधान असंवैधानिक है। सुप्रीम कोर्ट ने दिल्ली उच्च न्यायालय के फ़ैसले को निरस्त करते हुए कहा था कि संसद/सरकार चाहे तो इस पर क़ानून बनाए। लेकिन 2018 में नवतेज़ सिंह जोहर मामले[17] में सुप्रीम कोर्ट के मुख्य न्यायाधीश दीपक मिश्रा, न्यायमूर्ति खानविलकर, नरीमन. धनंजय चन्द्रचूड़ और इन्दु मल्होत्रा ने अपना ही निर्णय बदलते हुए समलैंगिकता क़ानून की वैधता के सवाल पर कहा कि बालिग स्त्री-पुरुष आपसी सहमति से एकान्त में समलैंगिक सम्बन्ध (अप्राकृतिक यौन सम्बन्ध) बनाते हैं, तो इसे अपराध नहीं माना-समझा जाएगा। सब न्यायमूर्तियों ने सैंकड़ों पृष्ठों में अपना अलग-अलग फ़ैसला लिखा-सुनाया। मतलब पितृसत्ता ने अपने विशिष्ट बेटे-बेटियों को समलैंगिक यौन सम्बन्धों की छूट देकर, 'सम्पूर्ण यौन क्रान्ति' का सूत्रपात कर दिया।

निर्भया बलात्कार-हत्या कांड[18] के बाद देशभर में हुए विरोध, प्रदर्शन, आन्दोलन के परिणाम स्वरूप बलात्कार क़ानून में बदलाव के लिए रातोरात जे.एस. वर्मा कमीशन बैठाया गया। अध्यादेश (फरवरी, 2013) जारी हुआ और फिर क़ानूनी संशोधन किये गए। पितृसत्ता द्वारा अपनी नाबालिग बेटियों को 'सुरक्षित' रखने के लिए सहमति से सहवास की उम्र सोलह साल से बढ़ाकर अठारह साल की गई।[19] मतलब अठारह साल से कम उम्र की लड़की से उसकी सहमति से भी यौन सम्बन्ध बनाना बलात्कार का अपराध माना-समझा जाएगा। मगर बेटों (पति) को उनकी अपनी 15 साल से बड़ी उम्र की (बहू) पत्नी से सहवास ही नहीं, बल्कि संशोधन के बाद 'अन्य यौन क्रीड़ाओं' (अप्राकृतिक यौन क्रीड़ाओं/ मैथुन) तक का क़ानूनी अधिकार भी दे दिया, जिसे किसी भी स्थिति में (वैवाहिक) बलात्कार नहीं माना-समझा जाएगा।[20] कोई पुलिस-अदालत पत्नी की शिकायत का संज्ञान नहीं ले सकती।[21] कोई दलील-अपील नहीं। यह दूसरी बात है कि चार साल बाद (अक्टूबर 2017) सुप्रीम कोर्ट ने अपने 127 पृष्ठों के निर्णय[22] में कहा कि पन्द्रह से अठारह साल के बीच की उम्र की पत्नी से यौन सम्बन्ध को बलात्कार का अपराध माना जाएगा। लेकिन माननीय न्यायमूर्तियों ने अठारह साल से बड़ी उम्र की पत्नी के बारे में चुप्पी साध ली। सो बालिग़ विवाहिता अभी भी पति के लिए घरेलू 'यौन दासी' बनी हुई है और बनी रहेगी। कोई नहीं कह सकता कि वैवाहिक बलात्कार से पति को क़ानूनी छूट पर विचार-विमर्श कब शुरू होगा? याद रहे कि (2018) 12 साल से कम उम्र की बच्चियों के साथ बलात्कार के मामलों में फाँसी की सज़ा का भी प्रावधान किया गया। अध्यादेश[23] जारी होने के

बाद 12 साल से कम उम्र की बच्ची से बलात्कार की सज़ा उम्र क़ैद या फाँसी। न्यूनतम 20 साल क़ैद।

क़ानून की कुछ धाराओं में अध्यादेश जारी कर संशोधन किया गया।[24] 'कठुआ' और 'उन्नाव' बलात्कार कांड (2018) के बाद उभरे जनाक्रोश को ठंडा करने के लिए 2012-13 फिर दोहराया गया। फाँसी के फंदे से बचने के लिए अपराधी अपने ख़िलाफ़ सारे सबूत और गवाह भी मिटाने का भरसक प्रयास करता रहा है और भविष्य में करेगा। सो अबोध बच्चियों की बलात्कार के बाद हत्या की सम्भावना ही नहीं, आँकड़े भी बढ़ रहे हैं और बढ़ेंगे ही। बाकी कुछ बचा तो न्यायिक विवेक करता रहेगा उचित सज़ा का फ़ैसला। गम्भीर चिन्ता यह है कि कहीं ऐसा न हो कि अदालतें, 'दुर्लभतम में दुर्लभ' मामला ही ढूँढ़ती रहें और ऐसे अपराधों में सज़ा, पहले से भी कम हो जाये। अदालतों की संवेदनशीलता और गम्भीरता के बिना यह मिशन अधूरा ही होगा। और अगर सही तरीक़े से अनुपालन हुआ, तो यह अध्यादेश स्वयं (पितृ)सत्ता के गले में फाँसी का फंदा सिद्ध होगा।

बालिग स्त्री-पुरुष द्वारा आपसी सहमति से यौन सम्बन्ध बनाना, किसी भी क़ानून में कभी कोई अपराध नहीं था और न है।[25] बालिग स्त्री-पुरुष को बिना विवाह के पति-पत्नी की तरह साथ रहने और यौन सम्बन्ध बनाने की वैधानिक मान्यता 2006 में ही प्रदान कर दी गई थी।[26] मगर सुप्रीम कोर्ट ने कहा कि घरेलू हिंसा अधिनियम, 2006 की धारा 17(1) के अन्तर्गत पत्नी को सिर्फ़ अपने पति के घर में ही रहने का अधिकार है।[27] अपने सास-ससुर के घर में रहने का कोई क़ानूनी अधिकार नहीं है। मतलब बहू को ससुराल वाले जब चाहें अपने घर से धक्के मार कर बाहर निकाल सकते हैं।

शादी का झाँसा देकर सहजीवन में किसी लड़की के साथ शारीरिक रिश्ते बनाना और बाद में शादी से मना करना, बलात्कार के दायरे में आता है। वह भी तब, जब लड़के का लड़की से शुरू से ही शादी करने का कोई इरादा न हो। हम इसे 'शादी की आड़ में यौन शोषण' भी कह सकते हैं। अधिकतर लड़के शादी का झाँसा देकर, शारीरिक रिश्ते बनाते हैं और तब तक बनाते रहते हैं, जब तक लड़की गर्भवती नहीं हो जाती। कुछ समय बाद, गर्भपात कराना भी मुश्किल हो जाता है और अन्तत: मामला परिवार और पड़ोसियों की नजर में आ ही जाता है। बाद के अधिकतर मामलों में ऐसे दोषियों के ख़िलाफ़ मामले दर्ज होते हैं। रोज़ हो रहे हैं और आगे भी होते रहेंगे।

वास्तव में यौन शोषण हिंसा के अधिकांश मामले अनियंत्रित काम-वासना को सन्तुष्ट करने के लिए बेहद सावधानी से रचे होते हैं। कामुक फिल्मी छवियों

का एहसास और उद्दाम 'फैंटेसी' का एकमात्र उद्देश्य महिलाओं पर हावी होना है। दरअसल, वास्तविक बलात्कार या 'डेट रेप' करने से पहले बलात्कारी के दिमाग में नशे की तरह कई बार इसकी 'रिहर्सल' की गई होती है। मगर प्राय: पीड़िता को ही सदा दोषी ठहराया और अपमानित किया जाता है। परिजनों द्वारा कथित 'खानदान की इज़्ज़त' के नाम पर प्रताड़ित किया जाता है। ऐसे दहशतज़दा धार्मिक-सामाजिक और सांस्कृतिक परिवेश में स्त्रियों के लिए अपनी मर्जी से निर्णय लेने का कितना 'स्पेस' बचता है?

(मूल लेख 'हंस' नवम्बर, 2018 में प्रकाशित)

सन्दर्भ

1. अरनेश कुमार बनाम बिहार राज्य, (2014) 8 एससीसी 273
2. भारतीय दंड संहिता, 1860 की धारा 497
3. जोसफ शाइन बनाम भारत सरकार (रिट पेटिशन क्रिमिनल 194/2017, दिनांक 27.09.2018) में न्यायमूर्ति दीपक मिश्रा, खानविलकर, नरीमन, धनंजय चन्द्रचूड और इन्दु मल्होत्रा।
4. ज्ञानप्रकाश विवेक की कहानी 'अन्तत:' 'हंस', अक्तूबर, 1998, पृष्ठ 24
5. आपराधिक दंड प्रक्रिया संहिता, 1973 की धारा-198
6. एआईआर 1982 दिल्ली 328
7. सौमित्र विष्णु बनाम भारत सरकार (एआईआर 1985 सुप्रीम कोर्ट 1618)
8. अनैतिक मानव व्यापार अधिनियम, 1986
9. Restitution of conjugal rights
10. पढ़ें 'एन्स्लेव्ड डॉटर्स'- सुधीर चन्द्रा, ऑक्सफ़ोर्ड यूनिवर्सिटी प्रेस, 1998
11. हिन्दू विवाह अधिनियम, 1955 की धारा 25, हिन्दू दत्तकता और भरण-पोषण अधिनियम, 1956 की धारा 24, विशेष विवाह अधिनियम, 1954 और पारसी विवाह अधिनियम, 1936
12. 132वीं रिपोर्ट, 1991
13. 'नारी न्याय और नैतिकता'-अरविन्द जैन (हिन्दुस्तान, 2 जून, 2000)
14. एआईआर 1962 सुप्रीम कोर्ट 605
15. भारतीय दंड संहिता, 1860 की धारा 377
16. नाज़ फाउंडेशन (2009 डी. आर. जे. 1) और सुरेश कौशल (2014(1) एस.सी.सी.1)
17. नवतेज जोहर बनाम भारत सरकार और अन्य (याचिका नम्बर 572/2016 व अन्य)
18. 16 दिसम्बर, 2012
19. भारतीय दंड संहिता, 1860 की धारा 375
20. भारतीय दंड संहिता, 1860 की धारा 375 का अपवाद

21. आपराधिक दंड प्रक्रिया संहिता, 1973 कि धारा 198 उप-धारा 6
22. इंडिपेंडेंट थॉट बनाम भारत सरकार याचिका नम्बर 382/2013 में न्यायमूर्ति मदन बी. लोकुर और दीपक गुप्ता का निर्णय।
23. आपराधिक क़ानून (संशोधन) अध्यादेश, 2018 (दिनांक 21अप्रैल, 2018)
24. भारतीय दंड संहिता, 1860, भारतीय साक्ष्य अधिनियम, 1873, आपराधिक दंड प्रक्रिया संहिता और बाल अपराध संरक्षण अधिनियम, 2012
25. लता सिंह बनाम उत्तर प्रदेश सरकार और अन्य (एआईआर 2006 सुप्रीम कोर्ट 2522) एस. खुशबू बनाम कान्निम्मल और अन्य (2010) 5 एससीसी 600
26. घरेलू हिंसा अधिनियम, 2006
27. एस. आर. बत्रा बनाम तरुण बत्रा, (2007) 3 एस. सी. सी. 169, में न्यायमूर्ति एस. बी. सिन्हा और मार्कंडेय काटजू का निर्णय दिनांक 15 दिसम्बर, 2006

स्वतंत्र स्त्री और आवारा पूँजी

सिद्धार्थ वशिष्ठ उर्फ मनु शर्मा सुपुत्र श्री विनोद शर्मा (भूतपूर्व नेता कांग्रेस) को प्रसिद्ध मॉडल जेसिका लाल हत्या कांड[1] (1999) में उम्र क़ैद की सज़ा (2006) सुनाई गई थी। मगर 14 साल बाद ही मनु शर्मा को दिल्ली के उप-राज्यपाल ने 'विशेषाधिकार' इस्तेमाल करते हुए, अच्छे चाल-चलन के आधार पर सज़ा पूरी होने से पहले ही रिहा करने का आदेश (जून 2020) दिया है।[2] इससे पहले (दिसम्बर 2018) नैना साहनी (तन्दूर कांड) के हत्यारे सुशील शर्मा (भूतपूर्व प्रधान युवक कांग्रेस) को भी रिहा कर दिया गया था।

मनु शर्मा को इस तरह रिहा करने पर, व्यापक विरोध सोशल मीडिया में देखा जा सकता है। सवाल उठ रहे हैं कि यह कैसी न्यायिक व्यवस्था है, जहाँ सारे 'विशेषाधिकार' साधन सम्पन्न व्यक्ति के लिए सुरक्षित हैं और हज़ारों निर्दोष गरीब (विचाराधीन क़ैदी) पर्याप्त क़ानूनी मदद के अभाव में जेलों में बंद हैं। 'रूदुल शाह' जैसे लोगों को, रिहाई के बावजूद, सालों तक रिहा नहीं किया जाता। दलित नरसंहारों में किसी को सज़ा नहीं। सभी हत्यारे बाइज़्ज़त रिहा हो चुके हैं।

थोड़ा अतीत में झाँक कर देखें तो बीसवीं सदी के अन्तिम दशक और इक्कीसवीं सदी की शुरुआत में नैना साहनी (1995), प्रियदर्शन मट्टू (1996), जेसिका लाल (1999), शिवानी भटनागर (1999), नीतीश कटारा (2002) और मधुमिता शुक्ला (2003) हत्या कांड प्रमुख चर्चित मामले रहे हैं। हत्या के चार मामलों में शर्मा (ब्राह्मण) और दो मामलों में यादव समुदाय के सम्मानित परिवार जुड़े हैं, जिनका सत्ता वर्चस्व में शिखर तक संवाद था/है।

जेसिका लाल 1999

उल्लेखनीय है कि सेशन कोर्ट ने सबूतों के अभाव में मनु शर्मा और अन्य अभियुक्तों

को (2006) बाइज़्ज़त बरी कर दिया था।[3] रिहाई के बाद जनाक्रोश फूट पड़ा था। 'क्या किसी ने भी जेसिका को नहीं मारा'? दिल्ली हाई कोर्ट ने उम्र क़ैद की सज़ा[4] (2006) सुनाई थी। दिल्ली हाई कोर्ट के निर्णय को सुप्रीम कोर्ट में चुनौती दी गई। मगर मनु शर्मा के वरिष्ठ वकील राम जेठमलानी की बहस सुनने के बाद, सुप्रीम कोर्ट ने भी सज़ा के सवाल पर हस्ताक्षेप करने से मना कर दिया था।[5] आश्चर्यजनक है कि 2006 से 2020 के दौरान मनु शर्मा कितनी ही बार पैरौल और फर्लो पर जेल से बाहर रहे।

तन्दूर कांड 1995

दिल्ली की गोल मार्केट के फ्लैट में नैना साहनी की गोली मार कर हत्या की गई और लाश अशोक यात्री निवास की बगिया के तन्दूर में झोंक दी गई। 2-3 जुलाई, 1995 की यह दुर्घटना अगले दिन अख़बारों के पहले पेज की ख़बर थी। उस समय का सबसे सनसनीखेज़ हत्याकांड। कई दिनों तक ख़बरों और सम्पादकीय पन्नों पर सुलगता रहा यह सामाजिक, न्यायिक और राजनीतिक तन्दूर। नैना की लाश तक लेने कोई आगे नहीं आया। उन दिनों एक लेख लिखा था 'कितनी है बदनसीब नैना कफ़न के लिए'[6] जो एक राष्ट्रीय अख़बार में प्रकाशित भी हुआ था। दरअसल यह मामला भारतीय समाज में स्त्री को तन्दूर में भूनने की प्रतीकात्मक घटना या दुःस्वप्न था, जिसने सबके चेहरे बेनक़ाब कर दिए।

खैर...नैना साहनी (तन्दूर कांड[7]) की हत्या के अपराध में अभियुक्त सुशील कुमार शर्मा को सेशन (2003) और दिल्ली हाई कोर्ट ने (2007) फाँसी की सज़ा सुनाई थी।[8] मगर (2013) सुप्रीम कोर्ट के न्यायमूर्तियों ने फाँसी की सज़ा को उम्र क़ैद में बदल दिया।[9] फिर एक दिन (2018) दिल्ली हाई कोर्ट ने अच्छे चाल-चलन के आधार पर सुशील को सरकार द्वारा रिहा न करने के फ़ैसले को ग़लत ठहराया और उसे रिहा कर देने का आदेश सुना दिया।[10] इस तरह अपने समय के सबसे बर्बर हत्या कांड का अपराधी, जेल की सलाखों से बाहर घूम रहा है। वह ऐसा पहला और अन्तिम व्यक्ति नहीं है। सवाल उठता है कि जब सेशन और हाई कोर्ट ने सज़ा-ए-मौत का फ़ैसला सुनाया था, तो सुप्रीम कोर्ट ने आजीवन कारावास में क्यों बदल दिया? क्या सज़ा कम करने के आधार तर्क (न्यायिक सहानुभूति) उचित थे?

माननीय न्यायमूर्तियों ने अपने निर्णय के पैरा 82 में लिखा है :

"मृतक एक योग्य पायलट और युवा कांग्रेस (गर्ल्स विंग), दिल्ली राज्य की

महासचिव भी थी। वह एक **स्वतंत्र महिला** थी, जो अपने फ़ैसले ख़ुद लेने में सक्षम थी। रिकॉर्ड पर मौजूद साक्ष्यों से यह नहीं कहा जा सकता कि वह अपने घर की चारदीवारी से बाहर के लोगों सम्पर्क में नहीं थी। साक्ष्य बता रहे हैं कि घटना की तारीख़ पर भी लगभग 4.00 बजे, उसने मतलूब करीम से सम्पर्क किया था। वह एक गरीब, अनपढ़, असहाय महिला नहीं थी। मृतक की सामाजिक स्थिति को ध्यान में रखते हुए, कहना कठिन है कि अपीलकर्ता उस पर हावी होने की स्थिति में था। अपीलकर्ता मृतक के साथ गहराई से प्रेम करता था और अच्छी तरह से जानता था कि मृतक करीम के बहुत करीब थी। उसने इस उम्मीद में शादी की कि मृतक उसके साथ बस जाएगी और वह एक ख़ुशहाल जीवन जीएगा। रिकॉर्ड पर सबूत बता रहे हैं कि वे एक साथ रह रहे थे और शादी कर ली थी। लेकिन दुर्भाग्य से, ऐसा लगता है कि मृतक अभी भी करीम के सम्पर्क में थी। ऐसा प्रतीत होता है कि अपीलार्थी मृतक के प्रति बहुत 'पोजेसिव' था। सबूतों से पता चलता है कि अपीलकर्ता को उसकी निष्ठा पर शक था और यही हत्या का मुख्य कारण भी था। हमने नोट किया है कि जब अपीलकर्ता को लेडी हार्डिंग शवगृह में शव दिखाया गया, तो वह रोने लगा। इसलिए, यह कहना मुश्किल होगा कि वह कोई पश्चात्ताप नहीं कर रहा था। चिकित्सा साक्ष्य यह स्थापित नहीं करते कि मृतक के शरीर को काटा गया था। कोई ऐसा हथियार बरामद नहीं हुआ, जिससे यह पता चल सके कि अपीलकर्ता ने शव को काटा था। उल्लेखनीय है कि अपीलकर्ता के ख़िलाफ़, मृतक के परिवार का कोई भी सदस्य सामने नहीं आया। हत्या तनावपूर्ण व्यक्तिगत सम्बन्धों का परिणाम थी। यह समाज के ख़िलाफ़ अपराध नहीं था। अपीलकर्ता का कोई आपराधिक अतीत नहीं है। वह पक्का अपराधी नहीं है और इस बात का कोई संकेत या सबूत नहीं है कि वह भविष्य में ऐसे अपराधों में फिर से लिप्त हो सकता है। इसलिए, इस मामले के तथ्यों के आधार पर यह कहना सम्भव नहीं है कि अपीलकर्ता के सुधार और पुनर्वास की कोई सम्भावना नहीं है। हमें नहीं लगता कि सारे विकल्प समाप्त हो गए हैं। हालाँकि यह प्रासंगिक नहीं है, लेकिन हम यह उल्लेख कर सकते हैं कि अपीलकर्ता अपने माता-पिता का इकलौता पुत्र है, जो वृद्ध और दुर्बल हैं। अपीलकर्ता दस साल से अधिक समय, मृत्यु सेल में बिता चुका है। निस्सन्देह, अपराध क्रूर है मगर सिर्फ़ क्रूरता इस मामले में मौत की सज़ा का उचित आधार नहीं हो सकती। उपरोक्त परिस्थितियाँ हमें मौत की सज़ा को उम्रक़ैद में बदलने के लिए कह रही हैं।"

देश की सबसे बड़ी अदालत की मानें तो 'स्वतंत्र महिला' जो 'अपने फ़ैसले

ख़ुद लेने में सक्षम' है, अगर किसी व्यक्ति के सम्पर्क में है तो उसके पति (प्रेमी) को उसकी 'निष्ठा' पर सन्देह होना 'स्वाभाविक' है। ऐसे में स्त्री की हत्या तनावपूर्ण व्यक्तिगत सम्बन्धों का परिणाम है और यह समाज के ख़िलाफ़ कोई अपराध ही नहीं है। जो पेशेवर अपराधी नहीं है, उसको तो हमेशा सुधारा ही जा सकता है और सुधारा भी जाना चाहिए! सुधरने-सुधारने की सम्भावना से इनकार कैसे करें और क्यों करें? अपराधी इकलौता सुपुत्र हो तो उसे सज़ा में विशेष छूट मिलना भी, पितृसत्ता और न्याय के हित में ही है। मर्दों/पुरुषों द्वारा गढ़े-गढ़ाए आपराधिक न्यायशास्त्र में, ऐसी सैंकड़ों ऐतिहासिक नज़ीर उपलब्ध्द हैं।

प्रियदर्शन मट्टू (1996)

पच्चीस वर्षीय प्रियदर्शिनी मट्टू दिल्ली विश्वविद्यालय में क़ानून (अन्तिम वर्ष) की छात्रा थी। वसंत कुंज में अपने माँ-बाप के साथ रहती थी। 23 जनवरी, 1996 को घर में उसकी लाश मिली।[11] बलात्कार के बाद हत्या की गई थी। सीबीआई द्वारा जाँच-पड़ताल के बाद पता चला की हत्या सन्तोष कुमार सिंह नामक युवक ने की है, जो काफी समय से प्रियदर्शिनी को परेशान कर रहा था। सन्तोष दिल्ली विश्वविद्यालय से क़ानून की पढ़ाई पूरी कर चुका था। सन्तोष के पिता जे.पी. सिंह जम्मू-कश्मीर के वरिष्ठ पुलिस अधिकारी (डायरेक्टर जनरल) थे।

आश्चर्यजनक रूप से सेशन कोर्ट (जज) ने यह कहते हुए, सन्तोष कुमार सिंह को बाइज़्ज़त बरी कर दिया कि "मैं जानता हूँ कि इसने अपराध किया है मगर सबूतों के अभाव और विरोधाभासी साक्ष्यों के आधार पर सज़ा देना सम्भव नहीं"।[12] बरी होने के बाद सन्तोष दिल्ली हाई कोर्ट में ही वकालत करने लगा था। अपील में दिल्ली हाई कोर्ट के न्यायमूर्ति आर. एस. सोढी और पी. के. भसीन ने पुलिस ही नहीं बल्कि सेशन जज के फ़ैसले की भी यह कहते हुए कड़े शब्दों में आलोचना की कि फ़ैसला न्याय की हत्या और न्यायिक विवेक को झकझोरनेवाला है। न्यायमूर्तियों ने लिखा है कि यह फ़ैसला तथ्यों का बेहद अपरिपक्व मूल्यांकन है। तथ्यों को देखने और दोनों तरफ़ के वकीलों की बहस सुनने के बाद न्यायमूर्तियों ने सन्तोष कुमार सिंह को फाँसी की सज़ा सुनाई।[13] दिल्ली हाई कोर्ट के इस निर्णय को सुप्रीम कोर्ट में चुनौती दी गई।[14] सुप्रीम कोर्ट के न्यायमूर्ति हरजीत सिंह बेदी और सी. के. प्रसाद ने दिल्ली हाई कोर्ट के फ़ैसले को सही ठहराया लेकिन फाँसी की सज़ा को आजीवन कारावास में बदलते हुए कहा कि "अपराध निस्सन्देह जघन्य और सोच समझ कर किया

गया है। हम हैरान हैं कि अपीलार्थी ने, जो ख़ुद वकील है और जिसके पिता वरिष्ठ पुलिस अधिकारी रहे हैं, अपने बचाव में कोई साक्ष्य पेश नहीं किया। सज़ा सुनाने का काम बेहद मुश्किल है और जहाँ जीवन और मौत की सज़ा के बीच फ़ैसला करना हो तो बहुत कम विकल्प बचते हैं। अगर अदालत को सज़ा सुनाने में दिक्कत आ रही हो, तो बेहतर है कि कम सज़ा का ही चुनाव किया जाए। फिर घटना के समय अपीलार्थी चौबीस साल का युवा था, रिहा होने के बाद विवाह कर चुका है और एक बेटी का बाप भी बन गया है। सज़ा होने के एक साल बाद उसके पिता का भी देहान्त हो गया। ऐसी भी कोई आशंका नहीं है कि अपीलार्थी सुधरने योग्य नहीं है।"[15]

न्यायमूर्ति बेदी ने निर्णय में लिखा है कि विशेष रूप से हम माता-पिता की उस प्रवृत्ति पर ध्यान देते हैं कि वे अपने बच्चों के लिए बहुत अधिक सजग और भयावह स्थिति में होते हैं। स्थिति तब और ख़तरनाक हो जाती है, जब किसी अभियुक्त के पास असीमित शक्ति हो या स्वयं इससे भी अधिक ख़तरनाक सत्ता की श्रेणी में शामिल हो या फिर दोनों का अन्तहीन मादक कॉकटेल बन जाए।"[16]

विधि विशेषज्ञों का कहना-मानना है कि बरी होने के बाद सन्तोष ने अगर विवाह न किया होता और एक बेटी का बाप न बनता, तो निश्चित रूप से फाँसी की सज़ा होने की सम्भावना बढ़ जाती। सज़ा सुनाते समय सुप्रीम कोर्ट के न्यायमूर्तियों का कलेजा एक वकील की पत्नी और बेटी के नाम पर पसीज ही गया।

मई 2019 में दिल्ली हाई कोर्ट की न्यायमूर्ति गीता मित्तल ने सन्तोष कुमार सिंह को एल.एल.एम. की परीक्षा देने के लिए, 21 मई, 2019 से तीन हफ्तों की पैरोल पर छोड़ा था।[17] जानकारों का कहना है कि एल.एल.एम. की परीक्षा के नाम पर, वह इससे पहले भी कई बार पैरोल ले चुका है। कभी 13 दिन के लिए और कभी एक महीने के लिए। सज़ायाफ्ता अपराधियों द्वारा शिक्षा अर्जित करने पर कोई रोक नहीं है, सो समय-समय पर अदालत पैरोल के मामले में काफी उदार हैं। स्पष्ट है कि ऐसा लाभ भी शिक्षित और साधन सम्पन्न अपराधी ही उठा पाते हैं।

शिवानी भटनागर 1999

शिवानी भटनागर पत्नी राकेश भटनागर, निवासी नवकुंज अपार्टमेंट, पटपड़गंज, दिल्ली की हत्या 23 जनवरी, 1999 को हुई थी।[18] संयोग है कि तीन साल पहले

इसी दिन (23 जनवरी, 1996) प्रियदर्शिनी मट्टू की हत्या हुई थी। शिवानी इंडियन एक्सप्रेस की वरिष्ठ पत्रकार थी। उसके पति भी वरिष्ठ पत्रकार थे/हैं।

जाँच-पड़ताल के बाद दिल्ली पुलिस ने हरियाणा के वरिष्ठ पुलिस अधिकारी रविकान्त शर्मा को मुख्य अभियुक्त माना, जिसके इशारे पर अन्य अभियुक्तों के साथ मिल कर हत्या का षड्यंत्र रचा गया। अभियोग पक्ष के अनुसार शिवानी और रविकान्त के बीच गहरे प्रेम सम्बन्ध बने और शिवानी ने एक बच्चे को भी जन्म दिया। रविकान्त ने जब उससे मुँह मोड़ा तो शिवानी भंडा फोड़ने की धमकी देने लगी। रविकान्त ने भी उसे रास्ते से हटाने की योजना बनाई। आरोप के अनुसार असल में हत्या करने प्रदीप शर्मा अकेला ही गया था, बाकी सब षड्यंत्र में शामिल थे। पुलिस के पास सब के बीच हुई टेलीफोन पर बातचीत मुख्य सबूत थे। रविकान्त शर्मा ने 2002 में तब समर्पण किया, जब उसके ख़िलाफ़ ग़ैर ज़मानती वारंट जारी हुए। इस बीच वो छुपते-छुपाते रहे।

खैर...अतिरिक्त सेशन जज, कड़कड़डूमा कोर्ट ने 24 मार्च, 2008 को रविकान्त शर्मा, श्री भगवान, सत्य प्रकाश और प्रदीप शर्मा को आजीवन कारावास की सज़ा सुनाई। अन्य अभियुक्तों को बरी कर दिया गया।

सेशन के फ़ैसले को दिल्ली हाई कोर्ट में चुनौती दी गई।[19] अपील की सुनवाई न्यायमूर्ति बी. डी. अहमद और मनमोहन सिंह की खंडपीठ के सामने हुई थी। रविकान्त शर्मा का पक्ष रखने के लिए, वरिष्ठ वकील सुशील कुमार थे। बहस सुनने के बाद न्यायमूर्तियों ने 12 अक्टूबर, 2011 को सुनाए फ़ैसले में सिर्फ़ प्रदीप शर्मा को ही दोषी माना और बाकी सब को अपर्याप्त सबूतों के आधार पर रिहा कर दिया।[20] दिल्ली हाई कोर्ट के निर्णय के विरुद्ध राज्य सरकार ने सुप्रीम कोर्ट में विशेष अनुमति याचिका दायर की जो अभी विचाराधीन है। दिल्ली हाई कोर्ट से बरी होने के बाद, रविकान्त शर्मा पंचकुला में रह रहे हैं। नौकरी में इसलिए बहाल नहीं हो पाये कि सुप्रीम कोर्ट में अपील विचाराधीन पड़ी है।

नीतीश कटारा 2002

नीतीश कटारा (उम्र 25 साल) को विकास यादव सुपुत्र डी.पी. यादव और विशाल यादव ने 17 फरवरी, 2002 को सिर्फ़ इसलिए मौत के घात उतार दिया कि वो विकास की बहन भारती यादव से प्रेम करता था। घटना वाले दिन नीतीश एक शादी में गया हुआ था, जहाँ से उसे विकास और विशाल सफ़ारी गाड़ी में बैठा कर ले गए थे। और अगले दिन नीतीश की जली हुई लाश विवाह स्थल से 80

किलोमीटर दूर खुर्जा (उत्तर प्रदेश) में मिली थी। शायद यादव परिवार को नीतीश और भारती के बीच प्रेम सम्बन्ध स्वीकार नहीं थे और उन्होंने इसे ख़ानदान की नाक का सवाल बना लिया था। हत्या के बाद भारती लन्दन चली गई और गवाही में उसने सिर्फ़ इतना कहा कि नीतीश से उसकी सिर्फ़ दोस्ती थी। 2009 में उसका विवाह एक स्थानीय व्यापारी से सम्पन्न हुआ। अख़बारों और टीवी पर यह मामला ज़रूरत से अधिक ही चर्चा में रहा। सुरक्षा कारणों से यह मामला उत्तर प्रदेश से दिल्ली ट्रांसफर कर दिया गया था।

नई दिल्ली फ़ास्ट ट्रैक कोर्ट की न्यायाधीश रविन्दर कौर ने तमाम गवाहों के बयान दर्ज करने और बहस सुनने के बाद (लगभग 1100 पन्नों के फ़ैसले दिनांक 30 मई, 2008) विकास और विशाल को उम्र क़ैद की सज़ा सुनाई और एक लाख सात हज़ार रुपये जुर्माना भी किया। सुखदेव पहलवान को भी उम्र क़ैद की सज़ा सुनाई गई। सेशन कोर्ट ने इस हत्या को 'ऑनर किलिंग' का मामला कहा।[21]

दिल्ली हाई कोर्ट के न्यायमूर्ति गीता मित्तल और जे.आर. मिढा ने 6 फरवरी, 2015 को सेशन के फ़ैसले को सही मानते हुए उम्र क़ैद (तीस साल) की सज़ा सुनाई।[22] अपील में सुप्रीम कोर्ट के न्यायमूर्ति दीपक मिश्रा और सी. नागप्पन ने 3 अक्टूबर, 2016 को सुनाए निर्णय में विकास और विशाल की सज़ा 30 साल की बजाय 25 साल क़ैद कर दी। लेकिन इस शर्त के साथ कि राज्य सरकार सज़ा में कोई छूट नहीं देगा।[23] मतलब समय से पहले जेल से रिहा नहीं होंगे। सुखदेव पहलवान को बीस साल कारावास की सज़ा सुनाई गई। फाँसी की माँग सम्बन्धी याचिकाओं को हाई कोर्ट और सुप्रीम कोर्ट द्वारा रद्द कर दिया गया।

सज़ा के सवाल पर विचार करते समय न्यायमूर्तियों ने पाया कि आरोपी व्यक्ति सदियों से अपूर्ण भावनाओं और दृष्टिकोण को त्यागने की क्षमता हासिल नहीं कर पाए। शायद, उनकी इस परिकल्पना ने परेशान किया था कि ये वही विचार हैं, जो इस समय में अनादिकाल से यहाँ पहुँचे हैं और अनंत काल तक बने रहना चाहते हैं। आगे बढ़ते हुए, न्यायालय ने कहा :

"कोई भी यह महसूस कर सकता है कि 'मेरा सम्मान ही मेरा जीवन है' लेकिन इसका मतलब यह नहीं है कि दूसरे की कीमत पर एक का सम्मान बनाए रखा जाए। स्त्री की स्वतंत्रता, आज़ादी, संवैधानिक पहचान, व्यक्तिगत पसन्द और विचार हैं। वो एक पत्नी हो या बहन या बेटी या माँ। निश्चित रूप से उसे शारीरिक बल या धमकी या अपने स्वयं के नाम पर मानसिक क्रूरता से नहीं

रोका जा सकता है। इसके अलावा, न तो परिवार के सदस्यों और न ही सामूहिक सदस्यों को लड़की द्वारा चुने गए लड़के पर हमला करने का कोई अधिकार है। उसकी व्यक्तिगत पसन्द उसका स्वाभिमान है और उसमें सेंध लगाना, उसके सम्मान को नष्ट करना है। उसकी अपनी पसन्द को ख़त्म करके तथाकथित भाईचारे या पितृ सम्मान या वर्ग सम्मान को थोपना अति क्रूरता का अपराध है। इससे भी अधिक जब यह अपराध एक (सम्मान/इज़्ज़त/नाक) आड़ में किया जाता है। यह 'सम्मान' की एक निंदनीय धारणा है, जो मध्ययुगीन जुनूनी दावे के बराबर है।"[24]

मधुमिता शुक्ला 2003

लखनऊ की पेपर मिल कॉलोनी में मधुमिता शुक्ला (उम्र 24 साल) नाम की एक युवा कवयित्री रहती थी। 9 मई, 2003 को सात महीने की गर्भवती मधुमिता की हत्या हुई, तो उसकी बहन निधि शुक्ल ने महानगर थाने में रिपोर्ट दर्ज करवाई। जाँच-पड़ताल से पता चला कि हत्या करने सन्तोष कुमार राय और प्रकाश चन्द्र पांडे आए थे और उन्होंने हत्या उत्तर प्रदेश के मंत्री अमरमणि त्रिपाठी और उनकी पत्नी मधुमणि त्रिपाठी के कहने पर की थी। इस षड्यंत्र में कुछ और लोग भी शामिल पाये गए। मंत्री जी और मधुमिता के प्रेम सम्बन्धों के परिणाम स्वरूप ही मधुमिता गर्भवती थी। दो बार गर्भपात करवा चुकी थी और इस बार गर्भ गिराने को राजी नहीं हो रही थी। शायद इसीलिए मंत्री जी और उनकी पत्नी मधुमिता से पीछा छुड़ाना चाहते थे।

17 मई, 2003 को मामला क्राइम ब्रांच को और 17 जून, 2003 को सीबीआई को सौंपा गया। अमरमणि त्रिपाठी को सितम्बर 2003 में गिरफ़्तार कर लिया गया और कुछ समय बाद मधुमणि त्रिपाठी ने पुलिस के सामने समर्पण किया। इलाहाबाद हाई कोर्ट की लखनऊ ब्रांच के एक जज ने 29 अप्रैल, 2004 और 8 जुलाई, 2004 को अमरमणि त्रिपाठी और मधुमणि त्रिपाठी को ज़मानत पर छोड़ने के आदेश पारित कर दिए।[25] सीबीआई की अपील पर सुप्रीम कोर्ट के न्यायमूर्ति अशोक भूषण और आर.वी. रवीन्द्रन ने 26 सितम्बर, 2005 को ज़मानत रद्द कर दी थी।[26]

जाँच-पड़ताल पूरी होने के बाद अभियोग के लिए मामला, सुप्रीम कोर्ट के आदेशानुसार देहरादून की विशेष अदालत को भेजा गया था। विशेष अदालत ने लगभग 80 गवाहों के बयान दर्ज किये और बहस सुनने के बाद 24 अक्टूबर, 2007 को हत्या और हत्या के षड्यंत्र में शामिल सभी अभियुक्तों को आजीवन

कारावास की सज़ा सुनाई। प्रकाश चन्द्र पांडे को बरी कर दिया गया।

मुजरिमों ने सेशन कोर्ट के फ़ैसले के ख़िलाफ़, उत्तराखंड हाई कोर्ट, नैनीताल में अपील दायर की।16 जुलाई 2012 को मुख्य न्यायाधीश बरीन घोष और यू.सी. ध्यानी की खंडपीठ ने भी सेशन को फ़ैसले को उचित ठहराते हुए उम्र क़ैद की सज़ा सुनाई। हाई कोर्ट ने प्रकाश चन्द्र पांडे को भी आजीवन कारावास का दंड दिया, जिसे सेशन कोर्ट ने बरी कर दिया था।

मधुमिता केस राजनीति के अपराधीकरण और अपराध के राजनीतिकरण का एक नमूना भर है। तन्दूर कांड से लेकर मधुमिता हत्याकांड तक ऐसे कितने ही अपराधी हैं जो राजनीति के विषवृक्ष तले फलते-फूलते रहे हैं। सुन्दरियों के शिकार में सत्ता, सबसे अधिक आकर्षण का केन्द्र बनता जा रहा है।

उपरोक्त मामलों में नैना साहनी युवक कांग्रेस महिला विंग की महा-सचिव थी। एक स्वतंत्र स्त्री। प्रियदर्शिनी मट्टू दिल्ली विश्वविद्यालय में क़ानून (अन्तिम वर्ष) पढ़ रही थी। स्वाभाविक है, वकील बनना चाहती थी। स्त्री अधिकारों की पैरवी करना चाहती थी। जेसिका लाल प्रसिद्ध मॉडल थी। शिवानी भटनागर (पति भी) शहर के प्रमुख अंग्रेज़ी अख़बार की वरिष्ठ पत्रकार थी। मधुमिता शुक्ला (गर्भवती) युवा कवयित्री थी। नीतीश कटारा राजनेता की बेटी भारती यादव और राजनेता के बेटों की बहन का प्रेमी था। और बिना किसी दोष/ग़लती के इन सभी शिक्षित, स्वावलम्बी, आधुनिक, प्रतिभाशाली सम्भावनाओं की हत्या कर दी गई। पीड़िता और हत्यारे के बीच (एकतरफ़ा) प्रेम सम्बन्ध है। हत्या के कारणों में प्रमुख है प्रेम, कहीं प्रेम पाना, भोगना, कहीं प्रेम न मिल पाना और कहीं प्रेम (प्रेमिका) से छुटकारा पाना है।

इन सभी मामलों में अधिकांश हत्यारे (अपराधी) भारतीय समाज के शहरी, शिक्षित और साधन-सम्पन्न वर्ग के प्रभावशाली व्यक्ति हैं। नैना साहनी केस में सुशील शर्मा युवा कांग्रेस का प्रधान था, जेसिका लाल मामले में सिद्धार्थ वशिष्ठ उर्फ मनु शर्मा के पिता विनोद शर्मा राजनेता (मंत्री) थे, प्रियदर्शन मट्टू केस में सन्तोष कुमार सिंह वकील है, जिसके पिता जम्मू-काश्मीर के वरिष्ठ पुलिस अधिकारी (डायरेक्टर जनरल पुलिस) थे, शिवानी भटनागर मामले में रविकान्त शर्मा स्वयं वरिष्ठ पुलिस अधिकारी (इंस्पेक्टर जनरल) थे और नीतीश कुमार हत्या कांड में विकास यादव भी राजनेता डी.पी. यादव के बेटे हैं। विकास यादव तो जेसिका लाल केस में भी शामिल था। उत्तरप्रदेश के राजनेता अमरमणि त्रिपाठी पर भी मधुमिता शुक्ल की हत्या का आरोप था/है। अधिकांश अभियुक्त/अपराधी सत्ता की तमाम सुविधाओं में पले-बढ़े, बिगड़े 'राजकुमार' कहे जा सकते हैं। इन

छह मामलों में मुख्य अभियुक्त /अपराधी दो राजनेता हैं, तो दो राजनेताओं के सुपुत्र हैं और एक वरिष्ठ पुलिस अधिकारी है, तो एक वरिष्ठ पुलिस अधिकारी का (वकील) सुपुत्र है।

मौजूदा भारतीय न्याय व्यवस्था, क़ानून द्वारा निर्मित जटिल और पेचीदा जाल-जंजाल है। बचाव के लिए विधि विशेषज्ञ और वरिष्ठ वकीलों की फीस अकल्पनीय है, न्याय प्रक्रिया धीमी गति से ही चलती है और इन्साफ़ की अवधारणा इतनी अनिश्चित है कि अनुमान लगाना असम्भव समझें। घटना से अन्तिम फ़ैसले तक, कम से कम 10 साल से 15 साल तक का समय तो प्राय: लग ही जाता है। अब आप ही देखिए कि जेसिका लाल और प्रियदर्शिनी मट्टू मामले में सेशन से अपराधी बरी हुए मगर अपील में हाई कोर्ट और सुप्रीम कोर्ट ने उम्र क़ैद की सज़ा दी। इसके विपरीत शिवानी भटनागर केस में सेशन ने रविकान्त शर्मा व अन्य को उम्र क़ैद की सज़ा सुनाई परन्तु हाई कोर्ट ने बाइज़्ज़त बरी कर दिया। नैना साहनी केस में सुशील शर्मा को सेशन और हाई कोर्ट से फाँसी की सज़ा हुई, जेसिका लाल केस में हाई कोर्ट ने सन्तोष कुमार सिंह को फाँसी की सज़ा दी, लेकिन सुप्रीम कोर्ट ने दोनों की फाँसी की सज़ा को उम्र क़ैद में बदल दिया। वरिष्ठ वकील राम जेठमलानी द्वारा की गई तार्किक बहस के बावजूद, मनु शर्मा को सज़ा में कोई राहत नहीं मिल पाई। दूसरी तरफ़ वरिष्ठ वकील सुशील कुमार ने रविकान्त शर्मा और सन्तोष कुमार सिंह के बचाव में बहस की थी। रविकान्त शर्मा हाई कोर्ट से बाइज़्ज़त बरी हो गए और सुप्रीम कोर्ट ने सन्तोष कुमार सिंह की फाँसी की सज़ा को उम्र क़ैद में बदल दिया। मधुमिता शुक्ला केस में त्रिपाठी दम्पती को हाई कोर्ट ने ज़मानत पर छोड़ दिया था, मगर सुप्रीम कोर्ट ने ज़मानत रद्द कर दी।

रविकान्त शर्मा फिलहाल हाई कोर्ट से बरी हो गए। सुशील शर्मा और मनु शर्मा को उप-राज्यपाल ने 'विशेषाधिकार' का इस्तेमाल कर, सज़ा पूरी होने से पहले ही रिहा कर दिया। सम्भव है कि कुछ समय बाद सन्तोष कुमार सिंह और अमरमणि त्रिपाठी भी अच्छे चाल-चलन के आधार पर, सुशील और मनु की तरह जेल से रिहा हो जाएँ। इन सब के उलट नीतीश कटारा के हत्यारे विकास यादव और विशाल यादव को पूरे पच्चीस साल जेल में रहना होगा, क्योंकि हाई कोर्ट और सुप्रीम कोर्ट का भी आदेश है कि राज्य सरकार उनकी सज़ा माफ नहीं कर सकती।[27]

स्त्री के विरुद्ध हिंसा बाहर ही नहीं बल्कि वो सम्बन्धों की किसी भी छत के नीचे सुरक्षित नहीं है। आरुषि तलवार (13 साल) हत्याकांड[28] (2008) में उसके

अपने माँ-बाप डॉक्टर राजेश तलवार और डॉक्टर नूपुर तलवार को, नोएडा की विशेष अदालत के न्यायाधीश एस. लाल द्वारा 2013 में उम्र क़ैद की सज़ा सुनाई गई।[29] उन पर घरेलू नौकर हेमराज की हत्या का भी आरोप था।

सीबीआई ने तो जाँच-पड़ताल के बाद, 'क्लोज़र रिपोर्ट' दायर की थी। डॉक्टर तलवार द्वारा दायर आपत्तियों के बाद साक्ष्यों के आधार पर, अदालत ने डॉक्टर दम्पती के ख़िलाफ़ पहले सम्मन और फिर ग़ैर-ज़मानती वारंट जारी किए थे। विधि विशेषज्ञों का मानना है कि अगर 'क्लोज़र रिपोर्ट' के विरुद्ध आपत्तियाँ न दर्ज होतीं, तो मुकदमा वहीं ख़त्म हो सकता था। मगर कैसे होता!

मीडिया में बहुचर्चित आरुषि हत्याकांड से भारतीय समाज के आधुनिक वर्ग की आवारा पूँजी की, बहुत सी करतूत नग्नतम रूप में सामने आने लगी है। कोई नहीं जानता कि यह रहस्यमय हत्या, आरुषि और हेमराज को 'आपत्तिजनक स्थिति' में देखने की वजह से हुई या वैवाहिक सम्बन्धों से बाहर अवैध सम्बन्धों की पोल खुलने के डर से। सेशन कोर्ट से सुप्रीम कोर्ट तक कई-कई बार, बार-बार हर आदेश के विरुद्ध अपील/समीक्षा की गई। तथाकथित बड़े और महँगे वरिष्ठ वकील पेश हुए, लेकिन मामला अभी तक कोर्ट-कचहरी में उलझा हुआ है।[30]

उम्र क़ैद की सज़ा के निर्णय के ख़िलाफ़ अपील में इलाहाबाद हाई कोर्ट ने 2012[31] में दोनों को बाइज़्ज़त बरी कर दिया था। हाई कोर्ट फ़ैसले के विरुद्ध सुप्रीम कोर्ट ने सीबीआई की अपील पर अगस्त 2018 में नोटिस जारी किया था।[32] मामला अभी तक विचाराधीन है। कहना कठिन है कि अन्तिम फ़ैसला कब और क्या होगा!

शिवानी भटनागर केस में हत्या मीडिया से बाहरी व्यक्तियों ने की थी। मगर तरुण तेजपाल तो स्वयं प्रसिद्ध पत्रकार, प्रकाशक, उपन्यासकार और 'तहलका' पत्रिका के प्रधान सम्पादक रहे हैं। उनकी अपनी सहयोगी पत्रकार ने उन पर गोआ में बलात्कार करने का आरोप लगाया। 23 नवम्बर, 2013 को एफआईआर दर्ज हुई। वारंट जारी हुए और 30 नवम्बर, 2013 को लोग गिरफ़्तार किये गए। बाद में जुलाई 2014[33] में सुप्रीम कोर्ट के आदेश से ज़मानत पर रिहा हुए। सेशन कोर्ट ने सितम्बर 2017 में आरोप तय किये।[34] इसके विरुद्ध दायर रिवीजन बॉम्बे हाई कोर्ट में दायर की गई।[35] न्यायमूर्ति ने तेजपाल के वरिष्ठ वकील अमन लेखी की बहस सुनने के बाद, 20 दिसम्बर, 2017 को याचिका स्वीकार करने से मना कर दिया।[36]

हाई कोर्ट के निर्णय को सुप्रीम कोर्ट में चुनौती दी गई। 19 अगस्त, 2019 को सुप्रीम कोर्ट के न्यायमूर्ति अरुण मिश्रा और आर. एम. शाह ने भी यह

कहते हुए हस्तक्षेप करने से मना कर दिया कि यह एक औरत की गरिमा और सम्मान से जुड़ा गम्भीर आपराधिक मामला है। न्यायमूर्तियों ने सेशन कोर्ट को निर्देश दिया कि मामले का निपटारा छह महीने में किया जाये। छह महीने की समय सीमा समाप्त हो चुकी है। लेकिन मामला अभी सेशन कोर्ट में ही अटक-लटका है।

मीडिया में स्त्री अस्मिता पर हुए शोध बताते है कि पिछले दो दशकों में मीडिया में स्त्रियों (पत्रकारों) की उपस्थिति बढ़ी है, मगर 'स्थिति' निरन्तर बिगड़ती गई है। स्त्रियों के यौन शोषण, उत्पीड़न और आत्महत्या के आँकड़े भी लगातार बढ़ते रहे हैं। उपरोक्त मामलों के अलावा भी बहुत घटनाएँ इस बीच हुई हैं, जिन पर फिर कभी विस्तार से विचार करेंगे। शीना बोरा केस में इन्द्राणी मुखर्जी और अन्य पर लगे आरोप और अभियोग अभी विचाराधीन हैं। पर अभी तक सामने आए तथ्य-सत्य, मीडिया के भीतर पल रही हिंसा की प्रतिध्वनियाँ तो साफ़-साफ़ सुनी ही जा सकती हैं। नैना साहनी (तन्दूर कांड) और मधुमिता शुक्ला हत्याकांड की परोक्ष अनुगूँज, सुनन्दा पुष्कर पत्नी शशि थरूर की हत्या/आत्महत्या में भी सुनाई पड़ सकती हैं। अभी यह मामला भी अदालत में विचाराधीन है। उच्च मध्यम-वर्ग के 'पाताललोक' में आवारा पूँजी का सनसनीखेज और भयावह नाटक जारी है! देखते रहिए...जनाब!

('जनचौक', 4 जुलाई 2020)

सन्दर्भ

1. 29 अप्रैल, 1999 (एफआईआर नम्बर 287/1999 थाना महरौली, दिल्ली)
2. उप-राज्यपाल का आदेश दिनांक 2 जून, 2020
3. सिद्धार्थ वशिष्ठ उर्फ़ मनु शर्मा बनाम दिल्ली राज्य, सेशन केस नम्बर 105/2001 में सेशन जज एस. एल. भयाना (जो बाद में दिल्ली हाई कोर्ट के जज बने) का फ़ैसला, दिनांक 21 फरवरी, 2006
4. दिल्ली राज्य बनाम सिद्धार्थ वशिष्ठ उर्फ़ मनु शर्मा, क्रिमिनल अपील 193/2006, दिल्ली हाई कोर्ट के न्यायमूर्ति आर.एस. सोढी और पी.के. भसीन का निर्णय, दिनांक 18 दिसम्बर, 2006
5. सिद्धार्थ वशिष्ठ उर्फ़ मनु शर्मा बनाम राज्य, 2010 (6) एससीसी 1, न्यायमूर्ति पी. सथाशिवम और स्वतंत्र कुमार का निर्णय, दिनांक 19 अप्रैल, 2010
6. 'कितनी है बदनसीब नैना कफ़न के लिए', औरत होने की सज़ा, अरविन्द जैन, राजकमल प्रकाशन, पृष्ठ 128-134

7. 2-3 जुलाई, 1995
8. सुशील शर्मा बनाम दिल्ली राज्य, क्रिमिनल अपील 827/2003 में दिल्ली हाई कोर्ट के न्यायमूर्ति का निर्णय दिनांक 19 फरवरी, 2007
9. सुशील शर्मा बनाम दिल्ली राज्य, 2014 (4) एससीसी 317, क्रिमिनल अपील 693/2007 में सुप्रीम कोर्ट के न्यायमूर्ति पी. सथाशिवम, रंजना प्रकाश देसाई और रंजन गोगई का निर्णय, दिनांक 8 अक्टूबर, 2013
10. सुशील शर्मा बनाम दिल्ली राज्य, रिट पेटीशन क्रिमिनल नम्बर 3798/2018 में दिल्ली हाई कोर्ट के न्यायमूर्ति सिद्धार्थ मृदुल और संगीता ढींगरा का निर्णय, दिनांक 21 दिसम्बर, 2018
11. एफआईआर 50/1996, दिनांक 23 जनवरी, 1996, थाना वसंत कुंज, नई दिल्ली, बाद में तफ़्तीश सीबीआई को सौंपी गई।
12. सेशन जज जी. पी. थरेजा का फ़ैसला, दिनांक 3 दिसम्बर, 1999
13. राज्य (सीबीआई) बनाम सन्तोष कुमार सिंह, (2007 क्रिमिनल लॉ जर्नल 964), क्रिमिनल अपील नम्बर 233/2000 में निर्णय, दिनांक 17 अक्टूबर, 2006
14. क्रिमिनल अपील नम्बर 87/2007
15. सन्तोष कुमार सिंह बनाम राज्य (सीबीआई), 2010 (9) एससीसी 747 सुप्रीम कोर्ट निर्णय दिनांक 6 अक्टूबर, 2010
16. 2010 (9) एससीसी 747 का अन्तिम पैराग्राफ
17. पीटीआई न्यूज़, 14 मई, 2019
18. एफआईआर 21/1999, थाना मंडावली
19. रविकान्त शर्मा बनाम राज्य, क्रिमिनल अपील नम्बर 357/2008
20. रविकान्त शर्मा बनाम राज्य, क्रिमिनल अपील नम्बर 357/2008, निर्णय दिनांक 12 अक्टूबर, 2011
21. राज्य बनाम विकास यादव, सेशन केस नम्बर 78/2002
22. विकास यादव बनाम उत्तर प्रदेश राज्य, दिल्ली हाई कोर्ट क्रिमिनल अपील नम्बर, निर्णय 6 फरवरी, 2015
23. विकास यादव बनाम उत्तर प्रदेश राज्य, 2016 (9) एससीसी 541, सुप्रीम कोर्ट क्रिमिनल अपील नम्बर 1531-1533, निर्णय दिनांक 3 अक्टूबर, 2016
24. 2016 (9) एससीसी 541
25. क्रिमिनल केस नम्बर 1402(बी)/2004 और 1954(बी)/2004
26. क्रिमिनल अपील नम्बर 1248 of 2005, 2005 (8) एससीसी 21
27. आपराधिक दंड प्रक्रिया संहिता, 1973 की धारा 432 और 433 ए के अनुसार अदालत चाहे तो ऐसा आदेश दे सकती है।
28. 15-16 मई, 2008
29. 25-26 नवम्बर, 2013
30. 2012 (2) एससीसी 188, 2012 (4) एससीसी 217, 2012 (4) एससीसी 245, 2012 (11) एससीसी 465 और 2014 (1) एससीसी 628

31. 12 अक्टूबर, 2012
32. 10 अगस्त, 2018
33. 1 जुलाई, 2014
34. 7 सितम्बर, 2017
35. तरुण जीत तेजपाल बनाम सीबीआई, बॉम्बे हाई कोर्ट, रिवीजन नम्बर 60/2017
36. तरुण जीत तेजपाल बनाम सीबीआई, सुप्रीम कोर्ट, क्रिमिनल अपील 1246/2019